Autrice d'une dizaine de romans, **Ingrid Desjours** est aussi scénariste. Cette ancienne psychologue a quitté Paris, il y a quelques années, et vit désormais à la campagne, entourée d'animaux.
Retenir l'hiver, son second roman chez Hauteville, est le fruit de deux de ses sources d'émerveillement : les contes et l'hiver.
Les contes pour leur portée universelle et la saison hivernale pour sa sérénité. L'hiver est, pour elle, l'une des plus belles saisons car elle permet de guérir les brûlures de l'été tout en préparant le renouveau du printemps.
Quand elle n'écrit pas, Ingrid Desjours anime des ateliers d'écriture en France et à l'international.

De la même autrice :

Capucine Ladouce, votre nouvelle meilleure amie… mais pas celle de votre mari
Retenir l'hiver

Ce livre est également disponible au format numérique

www.editions-hauteville.fr

Ingrid Desjours

RETENIR L'HIVER

Hauteville

Hauteville est un label des éditions Bragelonne

Directeur : Antoine Béon
Directrice de la publication : Claire Renault Deslandes
Directrice éditoriale : Julia Leloup
Directeur artistique : Fabrice Borio

ISBN : 978-2-38122-765-8

Bragelonne – Hauteville
58, rue Jean Bleuzen – 92170 Vanves

E-mail : info@editions-hauteville.fr
Site Internet : www.editions-hauteville.fr

Ne reproche pas à l'hiver de s'attarder un peu,
Il peut servir d'écrin à deux enfants amoureux.

Prologue

Seule la danse chaotique du vent trouble le silence de la petite clairière, enclavée dans la forêt. La nature, engourdie par des mois d'hiver, peine à se réveiller et se cache, paresseuse, sous une épaisse couche de neige. Les animaux, tapis dans leurs tanières, vivent au ralenti pour ne pas épuiser prématurément leurs dernières provisions. Un rayon de soleil parvient à trouer les nuages et se fraie un chemin à travers le brouillard dense accroché à la terre, laissant entrevoir un étonnant cortège. À sa tête, un vieillard aussi sec qu'un pruneau qu'on aurait oublié au fond d'un tiroir. Calé dans un fauteuil roulant grinçant, qui n'amortit aucune aspérité et le chahute dangereusement, il a du mal à cacher son impatience et trépigne, le souffle court, un doigt tordu pointant la direction, comme si le simple fait de la montrer pouvait les faire arriver plus vite.

— Là. C'est là ! Tu reconnais ? lance-t-il d'une voix ridée.

— Oui, papa.

La femme cesse de pousser le fauteuil et pose sur lui un regard inquiet. C'est une folie de venir ici, dans son état, mais elle ne s'est pas senti le droit de contester sa décision. Et puis, elle n'est pas la principale concernée par ce pèlerinage. Avec eux, sa fille de neuf ans virevolte tel un papillon dopé à la caféine, jouant à laisser d'improbables traces dans la poudreuse et à lancer des boules de neige à des adversaires imaginaires. Ses cris de joie, ainsi que les grandes discussions dont elle conduit chaque ligne de dialogue, ont égayé leur parcours jusque-là, leur arrachant quelques éclats de rire.

Le vieillard prend une profonde inspiration et porte son regard au loin, par-delà la forêt, cherchant une silhouette, un souvenir, un fantôme peut-être. Mais il ne voit rien. Il resserre son écharpe autour de son cou frêle comme celui d'un oisillon à peine éclos, hume l'air et sourit. Il fait particulièrement frais pour un mois de mars, à croire que l'hiver non plus n'en a pas encore terminé avec ce coin de montagne. Serait-ce le signe qu'il espérait ?

Une petite main gantée de laine rose à paillettes tire sur sa manche et le ramène à la réalité.

— Papy ! s'impatiente la fillette. Tu m'as dit que tu me raconterais l'histoire de l'hiver éternel !

— Oui, c'est vrai, ma grande. Il est temps que je te la raconte, cette histoire.

— Il y a une princesse, dedans ?

— Oh oui, il y a une princesse, ma chérie. Et pas n'importe laquelle, tu verras…

— Et il y a un prince ?

— Un chevalier.

— Et comment il s'appelle, le chevalier ?

— Samba. Il s'appelle Samba.

Première partie

Oublier l'été

Chapitre premier

Jeudi 1er novembre 1990

De la Ville Lumière aux campagnes tout juste éclairées par une lune fatiguée, les paysages défilaient, flous, étirés, pressés de se dérober à la curiosité des passagers. Leurs couleurs affadies par le crépuscule se mêlaient les unes aux autres, dans un insaisissable brouillard effaçant les contours d'une réalité fuyante.

Front plaqué contre la vitre de l'autocar, indifférent aux vibrations de la paroi glacée, le garçon s'efforçait de fixer les images sur sa rétine, de s'en imprégner. Mais il avait beau se concentrer, tenter de se convaincre de la consistance des choses, il ne percevait que des scènes filantes, promises à l'oubli, à l'instar des rêves que les matins chassent de nos mémoires.

Sa vie d'avant lui paraissait, elle aussi, étrangère, irréelle. Il avait été arraché à sa terre, et ses repères réduits en lambeaux puis dispersés aux quatre vents comme on souffle sur une fleur de pissenlit. Ses souvenirs tourbillonnaient dans sa tête telles les petites aigrettes duveteuses, puis disparaissaient les uns après les autres.

— Je te vois !

Sur la fenêtre, le reflet de son père agitant la main vint se superposer aux parois rocheuses que le véhicule longeait depuis ce qui semblait une éternité. Jadis bien nourri, l'homme aux joues creuses et aux cernes sombres était désormais émacié, au point que resserrer sa ceinture n'était plus suffisant pour maintenir son pantalon sur ses hanches. Pourtant, il n'avait rien perdu de sa musculature, sèche et tonique, ni du sourire franc et communicatif qui lui mangeait la moitié du visage. Samba lui fit signe à son tour, sans détacher son regard de la montagne.

— Il y en a encore pour longtemps ? Je n'en peux plus de ces virages.

L'homme scruta le cadran numérique à l'avant du véhicule et frotta la tête de son fils.

— On arrive bientôt, mon grand.

— Bientôt comment ?

Pour toute réponse, Idriss le plaqua contre son torse. Samba fut tenté de lutter un peu, ne serait-ce que pour le principe, mais la chaleur du corps de son père avait toujours eu sur lui un effet apaisant. Il se blottit dans les bras accueillants et ferma les yeux.

Lorsqu'il rouvrit les paupières, les autres voyageurs avaient presque tous déserté l'autocar. Quelques retardataires traînaient encore dans l'allée et récupéraient leurs bagages, rangés au-dessus des sièges.

— J'ai dormi ? s'étonna l'enfant.

— Comme une souche. Tu as même ronflé si fort que certains passagers ont paniqué. Ils ont cru qu'un ours était monté à bord !

Idriss Kan donna un coup de coude complice à son fils, qui éclata de rire.

— T'es bête !

— Non, c'est toi la bête sauvage qui a terrorisé les gens ! Grrr ! Grrr !

L'homme agita ses bras en grognant pour l'amuser davantage. Retarder l'échéance, aussi. L'enfant surjoua un instant l'hilarité, puis se calma net et lui lança un regard grave. Son père posa une main sur son épaule et hocha la tête.

— Bon. Je crois qu'on ne peut plus reculer, hein, mon grand ?

Les derniers voyageurs venaient de quitter le véhicule, même le chauffeur était sorti pour prendre l'air. Il n'y avait plus qu'eux. Idriss Kan se mit en mouvement, suivi de son fils dont les pas lourds résonnaient dans l'allée. Samba s'immobilisa et s'agrippa aux sièges.

— Papa !

Les traits du garçon s'étaient crispés, ses yeux semblables à ceux d'un noyé espérant qu'on le sauve. L'homme, qui n'en menait pas large non plus, pouvait presque palper l'angoisse de son enfant et fournit un effort surhumain pour lui offrir un visage serein.

— Oui ?

— Tu crois que... qu'ils vont nous aimer ?

— Évidemment ! Tu as vu comme on est beaux ?

Dubitatif, Samba examina leurs tenues : jeans élimés, pulls épais dix fois trop amples et anoraks aux couleurs criardes, récupérés sur un marché avant leur départ. Les Français étant réputés pour accorder une grande importance au style, il doutait de faire l'unanimité avec cet accoutrement.

— Je ne parle pas de notre apparence, dit son père en remarquant son air dépité. Je parle de ça, poursuivit-il en lui tapotant le front puis la poitrine de l'index, de ce qui est à l'intérieur. Allez, viens !

L'enfant porta son regard au loin, à travers le large pare-brise qui commençait à s'embuer, et sentit son cœur se serrer. La terre semblait aussi sombre que la mort, le ciel était pareil à un vieillard aux cheveux gris déversant sa mélancolie en une pluie fine, qu'il imaginait piquante et glacée. Pris de panique, Samba secoua vivement la tête.

— Je veux rentrer à la maison !

— Ne dis pas n'importe quoi, c'est ici ta maison maintenant.

— Non, ce n'est pas vrai ! C'est trop moche.

— C'est différent de chez nous, c'est tout. Écoute, je ne veux pas d'un garçon capricieux : c'est une chance pour toi d'être là.

Il ne servait à rien de discuter. Samba saisit la main qu'Idriss lui tendait. Il lui sembla que les doigts de l'adulte tremblaient autant que les siens, mais il fit comme s'il n'avait rien remarqué et le suivit jusqu'à la sortie.

La lumière crue de ce matin d'automne contrastait avec la pénombre de l'autocar. Aveuglé, Samba rata la dernière marche et fut rattrapé de justesse par son père qui le déposa doucement sur le bitume. Une rafale chargée de cristaux de glace s'abattit sur son visage, telle une nuée de flèches minuscules et acérées. Dans un réflexe de protection, Samba se mit en apnée et plissa les yeux.

Un rire étrange, à mi-chemin entre les fausses notes d'une flûte et les grognements d'un cochon, l'obligea à les rouvrir. Il s'était échappé d'une grande femme à peine visible sous les couches de laine dans lesquelles elle s'était emmitouflée.

— Vous n'êtes pas gâtés pour votre arrivée, avec cette neige fondue ! Vous devez être monsieur Kan, poursuivit-elle en tendant la main à Idriss. Je me présente : Amélie Delorgue, mais tout le monde m'appelle Amy. Je suis chargée de l'accueil des nouveaux habitants. Bienvenue à Roche-bleue.

— Enchanté, Amy Delorgue. Nous sommes nombreux à grossir les rangs ? s'enquit Idriss.

— Vous êtes les premiers en quatre ans. En général, les gens préfèrent s'installer dans la station. Je peux vous demander ce qui a motivé votre choix ?

L'homme bomba le torse, ravi de pouvoir expliquer les raisons de leur venue.

— C'est un retour aux sources. Ma mère s'est installée ici avec moi, juste après ma naissance. De son propre aveu, elle y a passé les plus beaux jours de sa vie… Toute mon enfance, j'ai été bercé par ses anecdotes sur le village, la gentillesse de ses habitants…

Il fit une pause et embrassa du regard la rue principale de Roche-bleue. Bordée de maisons aux toits pointus, elle s'étirait sur moins de cinq cents mètres, semblant accrochée à la montagne dont les épicéas bleus avaient inspiré le nom du village. Idriss Kan glissa les mains dans les poches de son anorak et tira dessus nerveusement, puis plongea les yeux dans ceux de leur hôtesse, à la recherche d'une confirmation.

— Les montagnards peuvent être d'un abord un peu rugueux, dit-elle prudemment, mais ils savent ce qu'est l'entraide. Vous trouverez vite vos marques, j'en suis certaine.

Pourtant, rien dans le ton ou la voix chevrotante de la timide Amy Delorgue ne rassura Idriss. Afin de se donner une contenance, il ramena son fils contre lui, d'un geste protecteur.

— Merci beaucoup, Amy. Nous vous sommes très reconnaissants de nous accueillir dans ce petit coin de paradis. N'est-ce pas, mon grand ?

Incrédule, Samba écarquilla les yeux à la recherche de la beauté de cet endroit. Du haut de ses neuf ans, il lui trouvait plutôt des airs de purgatoire, mais peut-être regardait-il mal ? Il referma les paupières, les frotta dans l'espoir de recouvrer une vision correcte et les ouvrit sur ce même paysage plombé par le ciel d'un blanc sale. Son père était-il devenu fou ? Amy Delorgue s'approcha de lui et l'encouragea d'un sourire aux dents pointues, noircies par le tabac. Il poussa un petit cri d'animal effarouché et opéra un repli stratégique derrière Idriss.

— Je suis désolé, j'ignore ce qui lui prend.

— Ce n'est rien… Tu dois être bien dérouté par tous ces changements, je me trompe ? dit-elle au garçon.

Ne sachant que répondre, il se contenta de hausser les épaules en baissant la tête.

— Tu vas voir, tout le monde est très gentil ici, il n'y a pas de raison d'avoir peur. Comment tu t'appelles ?

Idriss se décala et le poussa doucement vers leur interlocutrice. Samba lança un regard nerveux à son père qui lui sourit en retour. Docile, il tendit sa petite main.

— Je m'appelle Samba.

— Samba, voilà un bien joli prénom ! s'exclama Amy en serrant la main tendue.

Mais c'en était trop. Électrisé par ce contact, le garçon fit un bond en arrière. Comprenant qu'ils ne tireraient rien de lui, les adultes placèrent les bagages dans la voiture d'Amy et le laissèrent tranquille pendant le reste du trajet.

Il leur avait fallu à peine cinq minutes pour gagner la maison, cinq interminables minutes durant lesquelles Samba découvrit une facette inédite de son père. L'homme s'était répandu en remerciements, affichant un sourire que l'enfant aurait volontiers qualifié d'obséquieux s'il avait eu connaissance de ce mot. Cela lui déplut considérablement. Mutique, il attendit qu'on vienne déverrouiller sa portière, puis franchit, en traînant des pieds, le petit portail vert s'ouvrant sur une maison aux volets écaillés. Amy lui jeta un regard compatissant.

— Il doit être épuisé, dit-elle en ôtant ses gants. Je vais faire vite.

Elle sortit prestement un trousseau de clés d'une de ses poches et s'affaira sur la porte d'entrée, une serrure après l'autre. Il y en avait trois, au total. Le garçon fut un instant fasciné par le ballet de ses doigts roses aussi agiles et noueux que des pattes d'araignée, puis il leva la tête pour inspecter la maison. Elle lui parut immense, avec ses deux étages et son toit si sombre qu'il semblait rivaliser avec les nuages pour masquer la lumière du soleil. Si l'ombre prenait naissance quelque part en ce monde, c'était forcément ici, à Roche-bleue. Peu rassuré, Samba fit un premier pas à l'intérieur et fut saisi par l'odeur, un mélange de tabac froid et d'humidité.

— Ça sent *bizarre*, grimaça-t-il.

— La maison n'a pas été occupée depuis des mois, expliqua la femme. Mais il suffit de bien aérer et cela disparaîtra. Venez, on va visiter !

Le père et le fils déposèrent leurs sacs dans l'entrée et se lancèrent à la découverte du meublé, loué à la mairie en deux appels téléphoniques. Le rez-de-chaussée était traversé d'un petit couloir menant à un escalier avec, de part et d'autre, une cuisine aménagée ainsi qu'un salon garni dans un style hétéroclite.

— Le papier peint date un peu et se décolle par endroits, s'excusa la femme. Nous n'avons pas eu le temps de le refaire avant votre arrivée, mais c'est à l'ordre du jour du prochain conseil municipal.

— C'est déjà parfait, merci.

Le père et le fils la suivirent à l'étage, où elle leur montra les deux chambres à coucher, décorées dans le même style vieillot que le reste de la maison. Elle entra dans l'une d'elles et tapota sur une pile de cartons posés sur le grand lit rustique.

— L'hiver est rude, ici. Mme la maire et moi avons pensé que vous manqueriez probablement de vêtements chauds, alors nous avons organisé une collecte. Samba aura l'embarras du choix pour s'habiller, mais je crains que ce ne soit plus compliqué pour vous, Idriss. Les hommes du village n'ont pas votre stature.

— C'est déjà très généreux aux habitants de Roche-bleue… je prendrai soin de les remercier.

Amy pinça ses lèvres minces de ses petites dents pointues et afficha un air contrit. Elle enroula une courte mèche de cheveux autour de son index et, telle une fillette prise la main dans le pot de confiture, avoua, cramoisie.

— En réalité… nous n'avons pas précisé que vous étiez les destinataires de ce don.

— Vous voulez dire qu'ils vont le découvrir en nous voyant porter leurs vêtements ?

— Nous avons pensé que ce serait une bonne idée, pour que personne ne se sente obligé de rien. Mais je conçois que cela puisse être un peu gênant…

— Un peu gênant ? s'écria Idriss. Vous trouvez ça *un peu* gênant ?

Pour la première fois depuis leur arrivée, Samba entendit la vraie voix de son père. Profonde, puissante, pleine de nuances… aux antipodes du ton sourd et monotone qu'il déployait à longueur de phrases creuses et de remerciements. Amy Delorgue se figea et lança un regard nerveux en direction de la porte.

— Je comprends votre colère, bafouilla-t-elle.

— Je ne suis pas en colère, Amy, se radoucit l'homme. Pardonnez mon emportement. Je suis venu ici pour offrir une meilleure vie à mon garçon et lui permettre de devenir un adulte libre et fier, de grandir dans un cadre sécurisant. Je crains que les gens s'imaginent que je ne pouvais pas lui payer des vêtements, ce qui est faux… et si en plus je ne peux pas les remercier, cela ne leur renverra pas une image très flatteuse. En tout cas, pas celle d'un homme libre et fier.

— Vous savez, risqua l'agente de mairie, la fierté cause plus de ravages que de bienfaits.

— La fierté, c'est tout ce que nous avons.

Idriss prit une grande inspiration et ouvrit la fenêtre en PVC dont la modernité contrastait avec la pièce. Samba se précipita vers l'embrasure et se hissa sur la pointe des pieds pour humer l'air frais, s'évader. Mais, peu importe où il portait son regard, il ne voyait qu'un oppressant mur de roche et ces maisons qui se ressemblaient toutes… Des images de son village s'invitèrent dans son esprit : une vaste place animée, des habitations bigarrées, l'horizon et ce grisant sentiment de liberté qu'on éprouve quand rien ne s'interpose entre vous et le ciel…

Un bruit assourdissant l'arracha à ses pensées. Les cloches de l'église retentirent, vigoureuses, tonitruantes. Elles sonnaient avec une telle force qu'il eut l'impression qu'elles cognaient à l'intérieur de son crâne. Il plaqua les mains sur ses oreilles et se recroquevilla sur le sol.

Idriss referma les battants d'un coup sec. Le silence revint comme par magie.

— On a posé du double vitrage, précisa Amy. Ça isole parfaitement du bruit, comme du froid.

— Merci, répondit Idriss, c'est très délicat de votre part. Merci aussi pour les habits, je vous suis infiniment reconnaissant de nous accueillir ainsi.

Soulagée que la tension se soit dissipée, Amy retroussa les lèvres au-dessus de sa rangée de « canines ». Samba soupira, déçu du retour de l'homme-serpillière qui commençait et terminait toutes ses phrases par les cinq lettres maudites.

Merci.

Merci de nous laisser passer la frontière. *Merci* d'accepter notre argent pour l'autocar. *Merci* de nous vendre un sandwich, *merci* de nous donner les clés de la maison qu'on loue, de nous permettre de vivre dans ce village paumé, *merci* de nous refiler des vêtements que plus personne ne veut… *Merci. Merci. Merci.*

— Voilà, il ne vous reste plus qu'à choisir vos chambres, poursuivit la femme. Le chauffe-eau est en marche, vous pourrez vous détendre dans un bon bain.

— Un bain ? s'exclama Samba.

— Au fond du couloir, répondit Amy, amusée par son enthousiasme.

Excité par la nouvelle, le garçon se rua dans la pièce entièrement recouverte de carreaux beige rosé. Contre le mur trônait une imposante baignoire qu'il mourait d'envie d'essayer.

— Merci, madame, lâcha-t-il malgré lui.

— Tu seras bien ici, tu verras. Allez, on redescend ? Encore un point ou deux, et je vous laisse tranquilles.

Amy Delorgue leur indiqua l'emplacement du disjoncteur ainsi que de l'arrivée d'eau, et comment ouvrir la porte d'entrée, parfois capricieuse. Puis elle dressa l'inventaire des placards et du réfrigérateur, plein de bonnes provisions.

— Une collecte, je suppose ? la taquina Idriss.

— Tout à fait ! sourit-elle.

— Je ne sais vraiment pas comment vous remercier, nous n'en espérions pas tant.

— On est contents d'avoir de nouveaux habitants. Et si vous avez besoin d'assistance pour les démarches administratives, n'hésitez pas. Vous allez pouvoir effectuer votre demande de RMI [1], ajouta-t-elle en lui donnant une quittance de loyer.

— Je compte bien trouver un travail avant ! Et puis, je ne suis pas venu sans ressources.

— Je vous conseille tout de même de déposer un dossier, au cas où… ces démarches prennent du temps, et le marché de l'emploi reste tendu.

1. Revenu minimum d'insertion, remplacé par le RSA en 2008.

—Je peux faire n'importe quoi, je suis bricoleur.

—Tu es professeur de français, papa ! s'indigna Samba.

Amy Delorgue se racla nerveusement la gorge. Avec son accent prononcé et sa peau sombre, l'homme aurait du mal à trouver un poste d'enseignant. Son malaise n'échappa pas à Idriss.

—Je t'ai déjà expliqué que je devrais faire une mise à niveau pour exercer ici. En attendant, je prendrai ce qui se présente, il n'y a pas de sot métier.

—En tout cas, assura la femme en se levant, si j'entends parler de quoi que ce soit, je vous ferai signe ! Ah, et je vous ai aussi préparé un plan du village, avec les points clés soulignés en rouge. Vous voyez, dit-elle en montrant les zones du doigt, ici la mairie, juste à côté : l'école, là le cabinet du docteur Conan…

L'homme acquiesça et la raccompagna jusqu'à la porte, non sans l'avoir remerciée encore une demi-douzaine de fois. Lorsqu'il revint dans le salon, son fils se tenait debout, le fixant d'un air angoissé auquel il répondit par un immense sourire. Il désigna du menton l'énorme banderole qui ornait la pièce. « Bienvenue chez vous ! » disait-elle en lettres peintes à la main.

—On va la virer, cette banderole. Tu sais pourquoi ?

—Non. Pourquoi ?

—Parce que si on est vraiment chez nous, personne d'autre n'est autorisé à nous souhaiter la bienvenue. Tu n'es pas d'accord ?

—Je crois bien que si ! confirma le garçon, ravi.

—Alors viens m'aider.

Le père et le fils arrachèrent plus qu'ils ne décrochèrent le morceau de papier. Idriss le scruta en souriant, comme pour le graver dans sa mémoire, puis, sous le regard médusé de Samba, le pressa entre ses doigts de géant, encore et encore, jusqu'à le transformer en une boule compacte. Il la jeta dans les airs et la projeta, d'un coup de tête, à l'autre bout de la pièce.

— Idriss Kan mène le jeu ! s'écria l'homme, à la manière d'un commentateur sportif, en la récupérant du pied. C'est un sans-faute, il remonte le terrain, fait une passe à son fils…

Vif comme l'éclair, Samba saisit la balle et traversa le couloir en courant, slaloma entre les chaises de la cuisine. Son père empoigna la poubelle.

— Mais oui ! On dirait que le jeune Samba Kan s'apprête à marquer un but. Le gardien Idriss Kan saura-t-il parer son attaque ?

L'enfant prit son élan et lança son pied dans la boule de papier. Le ballon de fortune décolla, Idriss l'attrapa au vol avec la cage improvisée.

— BUT ! BUUUUUUT ! La France, championne du monde grâce à Samba Kan ! Hourra !

Il l'attrapa par la taille et le fit tournoyer autour de lui, puis traversa la maison en courant et se jeta avec lui dans le canapé moelleux. Le garçon roula dans les coussins et se blottit dans les bras de son père. Le silence se fit, à peine troublé par le bruit de leurs respirations.

— Ça va aller, mon grand. Ça va aller…

La voix d'Idriss mourut dans un soupir que Samba n'entendit pas.

Tous deux venaient de sombrer dans le sommeil, bercés par les battements du cœur de l'autre.

Chapitre 2

Paupières crispées, couette remontée sous le menton, Samba se concentra sur sa respiration, s'efforçant de la rendre la plus régulière possible. Son père, qui avait frappé trois fois à sa porte, venait de s'asseoir sur le rebord de son lit, fermement décidé à l'en sortir. Mais le garçon avait pour projet de faire la grasse matinée, voire de disparaître pour toujours dans son cocon moelleux.

— Lève-toi, mon grand.

La douceur de sa voix laissa penser à Samba qu'il pouvait négocier encore un peu. Il ferma les yeux plus fort et poussa un ronflement qu'il jugea fort convaincant.

— Les gens qui dorment ne font pas d'effort pour garder les paupières closes. Et ils n'arborent pas cette bille de clown.

Cueilli malgré lui par la dernière remarque de son père, le garçon étira les lèvres. Le sourire naissant n'échappa pas à Idriss qui adopta une autre tactique.

— C'est fort dommage que tu refuses de te lever, surtout un jour comme celui-ci !

Pourtant, c'était précisément un jour comme aujourd'hui que Samba se devait de faire de la résistance ! Au terme d'une fin de semaine en demi-teinte, entre la joie de visiter le village où avait vécu sa grand-mère, et la peur que lui inspiraient les rues désertiques en ce week-end de la Toussaint, il redoutait plus que tout de découvrir sa nouvelle école. Pour toute réponse, il émit un grognement de fauve outragé.

— Moi qui pensais que tu serais tout excité de voir de la vraie neige..., insista Idriss, ouvrant la fenêtre en grand.

Samba aurait voulu protester, pester contre le froid qui s'engouffrait déjà dans la chambre, mais sa curiosité était irrémédiablement piquée. *De la vraie neige?* Oubliant toute velléité de grasse matinée, il jaillit hors du lit et rejoignit son père.

— Regarde, c'est tout blanc dehors!

D'épais flocons virevoltaient dans les airs, légers comme de la cendre, aussi immaculés que les cimes des montagnes. Ils demeuraient un instant en suspension puis, délicats papillons de glace, se posaient sur la terre blanchie, les arbres, les toits des maisons. Il y avait quelque chose de féerique dans ce spectacle, de presque irréel.

— Ouah! C'est trop beau! s'extasia le garçon.

Samba devait s'assurer qu'il ne rêvait pas. Il passa la tête à travers le cadre de la fenêtre, bouche grande ouverte, langue tirée, et attrapa un petit morceau de ciel. Le flocon fondit au contact de sa langue.

— Alors, c'est bon? s'enquit Idriss.

— Goûte et tu sauras, lui répondit-il, d'un air qu'il espérait mystérieux.

— Certes.

Idriss imita le garçon et tira la langue aussi loin qu'il le put. Ce ne fut pas un, mais cinq flocons qui s'y déposèrent. Surpris, l'homme fit une grimace et son fils éclata de rire. Les deux échangèrent un clin d'œil complice, se mettant au défi d'en avaler un maximum. Ils n'avaient sûrement pas l'air bien fins, tous deux penchés à la fenêtre, tête renversée, langue tirée, essayant de gober des flocons… mais au diable les apparences ! Tout à leur concours du plus gros mangeur de neige, ils s'amusaient comme des petits fous.

Samba fut le premier à remarquer la femme qui leur lançait un regard hostile depuis le trottoir d'en face. Il donna un coup de coude inquiet à son père.

— Papa, tu as vu la dame ?

Idriss cessa de faire le guignol et considéra la belle brune à l'air sévère qui les scrutait, depuis la rue.

— Elle se demande probablement qui nous sommes. Tout le monde n'est pas au courant de notre arrivée.

— Mais elle nous regarde méchamment !

— Tu peux discerner ça d'où tu es, toi ? Moi, je crois qu'elle hésite à nous saluer et qu'à force elle va geler sur place, la malheureuse. On va lui épargner cela.

Joignant le geste à la parole, l'homme leva la main et adressa son sourire le plus chaleureux à l'inconnue, incitant son fils à en faire autant. Mais la femme se contenta de hausser les épaules avant de reprendre sa route, en faisant de tout petits pas pour limiter le risque de glissade. Déçu, Idriss referma la fenêtre et expédia Samba dans la salle de bains.

Conscient d'avoir passé trop de temps sous la douche, l'enfant déboula dans l'escalier et en sauta les quatre dernières marches. Son père se précipita pour vérifier sa tenue.

— Tu as des traces de dentifrice au coin des lèvres, attends.

— Non, pap… !

Mais c'était déjà trop tard, l'homme avait humecté son pouce avec sa salive et lui frottait vigoureusement la joue. Le garçon réprima une grimace de dégoût. C'était aux bébés que l'on faisait cela. Quand comprendrait-il qu'il n'en était plus un ?

— Tiens, mange, lui dit-il en lui enfournant un biscuit dans la bouche, et enfile ta doudoune.

Idriss attrapa le vêtement et le positionna de sorte que l'enfant n'ait plus qu'à y glisser les bras, puis il remonta la fermeture Éclair jusqu'à son menton, vissa un gros bonnet de laine orange sur son crâne, le recouvrit d'une capuche et entoura son cou d'une épaisse écharpe moutarde. Samba tenta de repousser le bonnet sur ses cheveux et de desserrer le nœud qui l'étranglait.

— Ah oui, tes gants ! J'allais oublier...

Et en moins de temps qu'il en avait fallu pour le dire, le garçon se retrouva affublé de moufles imperméables.

— Mais, papa, c'est pour les petits, les moufles. Les autres vont se moquer de moi !

— Bah, justement, ne fais pas l'enfant. Allez, mets ton cartable sur les épaules, on décolle.

Samba avala sa dernière bouchée et s'exécuta en soufflant, fermement décidé à se délester de ces attributs sitôt passé le portail de l'école. Mais lorsque Idriss ouvrit la porte, un vent glacial s'engouffra dans la maison et lui fouetta le visage, l'obligeant à revoir sa position.

Les trottoirs trempés de neige molle formaient de dangereuses patinoires où il fallait s'aventurer prudemment pour ne pas se retrouver sur les fesses. Naguère vif comme l'éclair, Samba n'était désormais plus qu'un petit bonhomme rendu raide et maladroit par les nombreuses couches de vêtements dont son père l'avait accoutré. Bien que l'école se situe à moins de dix minutes de marche, le trajet lui parut interminable.

— Je ne t'accompagnerai pas tous les jours, tu sais. Quand j'aurai décroché un travail, tu devras te débrouiller seul, le prévint Idriss.

Le directeur de l'établissement les attendait devant la grille, mais ne bougea pas d'un pouce lorsqu'il les vit arriver. Samba, qui n'avait jamais rencontré d'homme plus grand que son père, fut impressionné. Il devait faire dans les deux mètres et ne ressemblait à personne qu'il ait déjà croisé dans le village, avec son teint mat, ses pommettes saillantes et son nez proéminent ! Il était coiffé d'un petit chapeau de laine noir assorti aux épaisses montures de ses lunettes carrées, vêtu d'un costume ajusté et d'un col roulé tout aussi sombres qui détonnaient avec sa parka bariolée et son écharpe rouge, lui conférant à la fois des airs de croque-mitaine et de clown.

— Monsieur Kan, je présume ? Je suis Isaac Karila, le directeur de cet établissement et l'instituteur de votre fils. Nous avons une classe unique que je divise en sous-groupes, selon le niveau des écoliers.

— Samba peut suivre les cours de CM2, précisa Idriss.

— J'en jugerai par moi-même.

— Je suis... j'étais professeur de français et j'ai veillé à ce qu'il ne prenne pas de retard. C'est un excellent élève.

— On verra ça.

Comprenant qu'il ne servait à rien d'insister, Idriss Kan se contenta de hocher la tête. Nul besoin de le braquer, le directeur constaterait de lui-même à quel point son fils était brillant.

— Samba, je te confie à M. Karila, écoute bien ce qu'il te dit, d'accord ?

Le garçon opina du chef et réprima une larme lorsque son père lui lâcha la main, mais déjà l'instituteur le poussait vers le préau.

— Allez, viens, on va sonner la cloche.

Tandis qu'ils traversaient la cour, tous les regards convergèrent vers lui, et Samba se souvint qu'il était dans un pays de Blancs. Lui-même n'avait jamais vu autant d'enfants à la peau claire. Leurs cheveux l'intriguaient particulièrement. Il y en avait des blonds, des roux, des châtains, d'autres aussi noirs que les siens... certains s'échappaient des bonnets en épis raides et rebelles, d'autres retombaient en cascades ondulées sur les nuques pâles. Le directeur marqua l'arrêt au niveau de la cloche et tira sur la corde. Le joyeux tintement résonna, le temps que les élèves se mettent en rang, deux par deux. Isaac Karila passa une main dans son dos et, ensemble, ils ouvrirent la marche. Ils traversèrent un long corridor au sol souple dont le caoutchouc marbré ponctuait chacun de leurs pas d'un couinement sinistre, et aux murs peints de couleurs vives sur lesquels étaient placardés des dessins approximatifs. Arrivé devant la salle de classe, le directeur lui montra les patères, placées à hauteur d'enfant.

— Ici, on se dévêt avant d'entrer, lui indiqua le maître.

Le garçon s'exécuta en lançant des regards nerveux à ses nouveaux camarades qui en firent de même.

— Si tu as besoin d'aller aux toilettes, c'est au fond du couloir, la porte jaune, d'accord ?

— Oui, monsieur.

— Très bien. Bon, il est temps de te présenter aux autres.

L'homme le guida jusqu'à la salle de classe. L'odeur de colle blanche et de craie, familière, le rassura un peu. Une vingtaine de pupitres en bois faisaient face au bureau de l'enseignant. Le garçon se plaqua contre le mur à côté du tableau noir, une boule au ventre. Les élèves s'installèrent en chuchotant et le fixèrent intensément. Pris de panique, il chercha la main de son instituteur. Lorsqu'il la frôla du bout des doigts, l'homme souffla d'un air agacé. Il frappa ses paumes l'une contre l'autre, et le silence se fit.

— Les enfants, nous en avons longuement parlé la semaine dernière... Voici Samba Kan, votre nouveau camarade de classe. Il a fait un grand voyage depuis le Burkina Faso pour nous rejoindre. Samba, tu veux te présenter ?

Décontenancé, le garçon ouvrit la bouche, mais aucun son n'en sortit immédiatement. Il fronça les sourcils, prit une profonde inspiration puis, fermement décidé à faire la meilleure impression possible, réussit à répondre, malgré sa gorge serrée.

— Je suis très honoré d'être ici et j'espère que nous serons bons camarades.

Les enfants le scrutèrent, incrédules, comme s'ils avaient du mal à comprendre le sens de sa phrase, comme s'il était un extraterrestre s'exprimant dans une langue inintelligible. Il avait pourtant parlé dans un français correct, alors pourquoi ce malaise ? Au silence gênant qui ponctua son discours s'ensuivit un fou rire général encore plus humiliant.

— Ha, ha ! Mais comment il cause, lui ! s'esclaffa un petit blond à l'air espiègle.

— « Bons camarades » ! railla son voisin en imitant l'accent de Samba.

— Mais laissez-le tranquille, s'insurgea une autre élève, vous voyez bien qu'il est noir, il fait ce qu'il peut !

Ce qu'il peut ? Mais qu'avait-il fait de travers ? Estomaqué par leurs réactions, Samba les observa avec curiosité. Jeans et bottes colorées, pulls débraillés et tee-shirts fantaisie, du gel dans les cheveux des garçons... il faisait tache avec son pantalon à pinces et sa chemise boutonnée jusqu'au cou. Même sa posture, rigide, dos bien droit et bras le long du corps, semblait *anachronique* face aux gamins se balançant sur leur chaise.

— Taisez-vous immédiatement ou je vous donne un devoir sur table ! tonna l'enseignant. Samba, tu t'assieds là, au premier rang.

L'enfant, au bord des larmes, s'installa à l'endroit indiqué et déballa sa trousse et son cahier, en veillant à être le plus silencieux possible pour ne pas se faire remarquer davantage.

Le début de la matinée passa si vite qu'il fut étonné quand sonna l'heure de la récréation. Les élèves bondirent hors de la salle en un temps record, mais Samba hésitait à se joindre à eux. Et s'ils se moquaient encore de lui ?

— Allez, file dehors, lui intima l'enseignant. Tu as besoin de prendre l'air.

Devinant qu'il n'obtiendrait aucun traitement de faveur, Samba s'exécuta sans hâte et gagna la cour. Les enfants s'étaient répartis en clans, les filles d'un côté, les grands d'un autre… Devait-il se mêler à un groupe de garçons ou bien attendre qu'on vienne lui parler ?

Une voix derrière lui le fit sursauter.

— Samba, ce n'est même pas un vrai prénom !

Le petit blond qui s'était moqué de lui, en cours, n'avait manifestement pas dit son dernier mot.

— Si ! Toi, tu t'appelles comment ?

— Kevin, c'est irlandais. Je suis au quatrième rang.

— Oui, je sais, je t'ai reconnu.

— Normal, nous on ne se ressemble pas tous ! Tu joues au foot ?

— Euh… oui, un peu. Mais on ne se ressemble pas…

— T'as pas intérêt à vouloir être le meilleur, coupa Kevin. Le meilleur, c'est moi, t'as compris ?

Bien que plus petit que Samba, il se dégageait du garçon une telle intensité qu'il lui fit peur. Il recula de quelques pas, balayant la cour du regard à la recherche d'un soutien.

— Tu cherches qui ? Ta mère ? rigola Kevin. T'es un bébé qui cherche sa maman ?

— Non, je ne suis pas un bébé. Laisse-moi tranquille, je ne t'ai rien fait.

Mais Kevin n'avait pas l'intention d'en rester là. Résolu à accomplir une démonstration de force, il se rapprocha de Samba jusqu'à coller son torse contre le sien, quitte à devoir se hisser sur la pointe des pieds. Comprenant qu'il ne servirait à rien de fuir ni de le raisonner, Samba décida de frapper un grand coup. Au sens figuré, bien sûr, car son père ne tolérerait pas qu'il se batte dès le premier jour d'école. Il rassembla donc tout son courage et, bien qu'il soit encore loin de l'âge où les garçons muent, il rugit de sa voix la plus grave.

— Dégage ou je te casse la gueule !

Soufflé par la puissance du cri autant que par la menace, Kevin perdit l'équilibre et les quelques centimètres qu'il était parvenu à gagner. Il se retrouva tétanisé, incapable de réagir malgré les dizaines de paires d'yeux braqués sur eux. Il essaya de crisper les poings, en vain. Son corps ne lui répondait plus. Pire, il tremblait de tout son être.

— Qu'est-ce qui se passe, ici ?

Isaac Karila, alerté par le hurlement de Samba, avait traversé la cour en quelques enjambées afin de séparer les deux garçons. Un rapide coup d'œil à la situation lui fit comprendre que Kevin avait probablement cherché des noises au nouvel élève. Mais ce fut à Samba qu'il s'adressa.

— Kan, tu te crois où ?

Honteux d'avoir cédé à la colère, l'enfant baissa la tête. Le directeur réitéra sa question, d'une voix plus sèche encore que le vent qui lui giflait les joues.

— Nu… nulle part, monsieur, bafouilla Samba.

— Nulle part ? Tu n'es pas nulle part, mon garçon. Tu es dans une école de la République française, et il y a des règles à respecter.

— Mais, monsieur, ce n'est pas moi qui…

— Je ne veux rien entendre. Ce que je vois, c'est un jeune étranger qui agresse un gosse du village. Alors je te conseille de faire profil bas, mon petit. Sinon, crois-moi, tu vas avoir des ennuis.

Chapitre 3

La semaine d'école s'était écoulée au ralenti. Samba s'était efforcé de rester concentré sur les leçons de son professeur et de participer autant que possible, ignorant le bruit de la pluie drue cognant contre les vitres de la salle de classe ou celui du tic-tac de l'horloge qui le narguait une seconde après l'autre. Quand enfin la cloche sonna, annonçant la fin de sa première semaine d'école, Samba sentit des larmes de soulagement affleurer ses paupières. Il ramassa ses affaires à la hâte et les fourra sans ménagement dans son cartable, puis bondit de sa chaise, se joignant au ballet des élèves impatients d'être en week-end. Il laissa passer la bande des garçons devant lui et s'inséra en queue de cortège, s'élançant dans la cour, sourire aux lèvres, pataugeant gaiement dans les flaques d'eau glacée que la neige avait formées en fondant.

Idriss avait promis qu'il viendrait le chercher, or Samba ne le vit pas. Déçu, il ralentit et scruta le groupe de parents d'élèves massés devant la grille, goûter à la main, pour accueillir leurs rejetons. Quand la belle voix grave d'Idriss s'éleva d'un platane imposant.

— Samba, tu rêves ?

L'enfant poussa un cri d'excitation en découvrant son père, adossé contre le tronc.

— Papa !

— Vous aviez l'air bien pressés de sortir, tes copains et toi, se réjouit Idriss. Vous formez une sacrée équipe, on dirait !

— Oui, c'est vrai, ils sont cool !

— Cool ? Eh bien, c'est cool qu'ils soient cool ! Je te l'avais dit ou pas, qu'ils t'adoreraient ?

— Oui, papa, concéda l'enfant en plaçant sa main dans la sienne, tu me l'avais dit.

— Tu vois… Je savais bien qu'il ne pourrait nous arriver que de bonnes choses ici ! Allez, zou, direction le cabinet du docteur ! dit-il en lui prenant la main.

En temps normal, Samba aurait tremblé de peur à l'idée d'aller chez le médecin, mais, pour l'instant, sa préoccupation principale était de mettre de la distance entre lui et l'école. Il se retourna et jeta un coup d'œil inquiet au directeur. Isaac Karila semblait trop occupé à discuter avec un couple de parents pour se soucier de lui. Soulagé, l'enfant sauta sur un muret en pierre qui longeait le trottoir. Idriss serra sa main et lui adressa un sourire complice, en guise de top départ. Ils s'élancèrent comme un seul homme, le père trottinant prudemment sur le sol glissant, prêt à rattraper son fils en cas de chute, Samba agitant les bras tel un funambule électrisé, afin de maintenir un équilibre relatif. Arrivé au bout de sa poutre de fortune, l'enfant piailla de joie quand Idriss le fit décoller. Fendant l'air frais et humide de novembre, les bras tendus devant lui, il eut la sensation de voler au-dessus de Roche-bleue.

— Piou, piou ! s'écria-t-il en imitant des tirs de laser. Je vais sauver le monde !

— Bien joué, Superman ! le félicita son père en le reposant. À présent, il est temps de s'assurer que notre grand héros n'est pas blessé.

Ils étaient parvenus à une maison sur laquelle était vissée une plaque professionnelle indiquant : *Docteur Conan, médecine générale*. Idriss Kan sonna trois fois à la porte avant qu'elle ne s'ouvre sur une jeune femme essoufflée, à la blouse débraillée et aux joues encore rosies par le froid.

— Bonjour, je vais devoir vous faire patienter quelques minutes. Le temps de préparer le cabinet et je suis à vous, annonça-t-elle, coulant vers eux un regard bienveillant.

— Merci, mademoiselle.

Elle tourna aussitôt les talons, relevant au passage ses cheveux blonds en un chignon approximatif. Idriss et Samba s'assirent sur les sièges en Skaï de la salle d'attente au charme désuet, le père feuilletant nerveusement un magazine à disposition, le fils balançant ses jambes dans le vide.

— Tiens-toi tranquille, que va dire le docteur s'il te voit remuer de la sorte ?

Le gamin s'immobilisa, mais au bout d'à peine quelques minutes il repartit de plus belle. Idriss renonça à lui faire la leçon. Lui aussi redoutait le médecin. Et s'il leur diagnostiquait une maladie grave ? Mortelle ? Non, c'était complètement irrationnel, il devait se ressaisir, ne serait-ce que pour montrer l'exemple à son fils. L'homme se redressa dans son siège et tenta de calmer les battements de son cœur.

Après quinze minutes d'attente, la porte s'ouvrit enfin. La jeune femme leur fit signe de la suivre dans le cabinet et prit place derrière le bureau. La pièce aux murs clairs était décorée de quelques tableaux représentant des falaises fouettées par une mer déchaînée.

— J'espère ne pas avoir été trop longue, dit-elle en ajustant ses petites lunettes rondes. Asseyez-vous, je vous en prie.

Ils s'installèrent docilement, répondant de bonne grâce à ses questions sur leur état de santé, leurs antécédents... Sa voix douce, extrêmement féminine, les mit très vite en confiance. Elle illustrait ses phrases à l'aide de gestes gracieux, prenait des notes sans se départir d'un sourire charmant qui venait creuser des fossettes sur ses joues. Idriss se trouva chanceux d'être accueilli par une si gentille infirmière.

— On commence par qui, vous ou Samba ? demanda-t-elle en fouillant dans un tiroir.

— On n'attend pas le médecin ? s'étonna Idriss.

Elle se leva, stéthoscope à la main, et le regarda d'un air amusé. Réalisant sa méprise, l'homme secoua la tête, horriblement gêné.

— C'est vous, le docteur !

— Docteur Gwendoline Conan, confirma-t-elle. Cela vous dérange que je sois une femme ?

— Non, pas du tout… c'est juste qu'avec un nom pareil… Conan, quoi ! Comme Conan le barbare… j'imaginais un gaillard et…

— Et au lieu de Schwarzenegger, vous voilà face à une petite Bretonne d'un mètre soixante. Mais je peux pousser des cris de bête si ça vous met en confiance !

Des cris de bête ! Dérouté par la repartie de la jeune femme, Idriss éclata de rire, répétant à plusieurs reprises les derniers mots du médecin. Samba, qui n'avait pas vu son père aussi joyeux depuis des mois, ne sut s'il devait se réjouir ou bien s'inquiéter. Qu'y avait-il de si drôle ?

Gwendoline Conan fit signe à l'enfant de s'installer le premier. Il se dévêtit et monta sur la table d'examen.

— Alors, Samba, comment te sens-tu en ce moment ?

— Bien, répondit-il, intimidé.

— Tu as mal quelque part ?

— Non.

— Bon, je vais écouter ton cœur…

Elle chauffa le stéthoscope dans la paume de sa main et le plaqua sur la poitrine du garçon, puis dans son dos, l'encourageant à respirer fort, tousser, rire. *Rire?* Jamais on ne lui avait demandé ça durant un examen de santé! L'idée lui parut si loufoque qu'il pouffa spontanément, du même rire nerveux que son père avant lui. La jeune femme fronça les sourcils, percevant les angoisses de l'enfant derrière sa joie un peu factice. Elle mesura sa tension et l'interrogea sur sa première semaine d'école.

—C'est très intéressant, notre professeur est très gentil... et je me suis fait plein de copains!

—Ah bon? Et comment s'appellent-ils?

Pris au dépourvu, Samba roula des yeux affolés en direction d'Idriss. Avec lui, il n'avait pas été nécessaire de pousser le mensonge aussi loin. Il s'était contenté de dire que tout était génial, et l'homme, concentré sur ses recherches d'emploi, n'avait pas creusé davantage. Mais s'il ne lui fournissait pas quelques prénoms rapidement, la doctoresse comprendrait la supercherie et la révélerait à son père, ce qui le rendrait très malheureux.

—Euh... Kevin, Loïc et Xavier, lâcha-t-il sans respirer.

Si elle nota des signes de panique chez le garçon, le docteur Conan n'en montra rien. Elle confirma qu'il était en parfaite santé et correctement vacciné.

—Tu peux te rhabiller, c'est au tour de ton papa de passer entre mes mains. Tu crois qu'il sera aussi courageux que toi?

—Mon père est l'homme le plus courageux du monde!

—Alors, dans ce cas..., sourit-elle. Tu vas l'attendre dans la salle d'à côté?

—Ça ne me dérange pas qu'il reste, intervint l'intéressé.

—Moi si, dit-elle en faisant sortir l'enfant.

Lorsqu'elle referma la porte, son air soucieux n'échappa pas à Idriss.

— Il y a un problème avec Samba, docteur ?

— Je l'ai trouvé un peu anxieux, ses yeux sont cernés... il dort bien ?

— Euh, oui, je crois... Pour sa nervosité, je plaide coupable. J'ai toujours redouté les médecins et j'ai dû lui transmettre ma peur. Quant à sa fatigue, c'est probablement le contrecoup du voyage.

— Qu'est-ce qui vous amène ici, au juste ? Le travail ?

— Non, répondit-il, gêné, je n'en ai pas encore. Et je me rends compte que sans véhicule pour aller aux entretiens, ce sera difficile...

— Vous les passez par téléphone ?

— Oui, confessa-t-il, mais avec mon accent, ce n'est pas évident. Mes interlocuteurs ne comprennent pas forcément tout ce que je dis et ne donnent pas suite.

— Vous parlez de façon très intelligible, ce n'est pas une question d'accent, déplora-t-elle. Mais pourquoi venir ici ? C'est un trou paumé, et le marché de l'emploi est plus favorable dans les grandes villes.

Ravi de pouvoir raconter l'histoire de sa mère revenue enchantée de Roche-bleue, Idriss lui expliqua combien cette montagne avait bercé son enfance, au gré des aventures qu'elle lui avait contées.

— J'imaginais la neige, le ski, la chaleur des foyers... tout ceci revêtait un caractère magique, pour moi ! Je m'étais promis d'y séjourner quand je serais adulte.

— Mais là on parle d'une installation, pas d'un simple séjour.

— C'est exact, concéda-t-il. Vous savez, la situation politique au Burkina est compliquée, il y a beaucoup de tensions, d'insécurité... je ne voulais pas élever Samba dans ce contexte. Sa mère est morte en couches et sa grand-mère nous a quittés l'année dernière, plus rien ne nous retenait.

Gwendoline Conan rougit légèrement, manifestement embarrassée, ce qui lui donna un air tout à fait charmant. Elle baissa les yeux. Idriss eut le loisir de détailler davantage les traits de son visage, fins et réguliers, le grain de sa peau, la pâleur de ses lèvres. Malgré lui, son regard dévia sur sa main gauche où il ne remarqua aucune alliance. Elle devait avoir une trentaine d'années, comme lui, et il était fort peu probable qu'une aussi jolie femme soit célibataire. Peut-être vivait-elle en union libre, comme il était parfois d'usage en France ?

— Vous n'avez pas de mari ?

Il se mordit les lèvres, regrettant immédiatement d'avoir posé la question.

— Non, je n'ai personne. Du coup, vous vous déshabillez ?

— P... pardon ? bafouilla-t-il, incertain d'avoir bien saisi. Me... me... me...

— Pour vous ausculter, j'ai besoin que vous ôtiez vos vêtements, dit-elle, amusée.

— Ah, mes vêtements ! Oui, bien sûr. Tout de suite. Merci, merci. Mais pas tous mes vêtements, hein ?

Gwendoline Conan éclata d'un rire si mélodieux qu'il crut fondre sur-le-champ.

— Non, monsieur Kan, juste le haut.

— Idriss, vous pouvez m'appeler Idriss..., dit-il, nerveux. C'est mon prénom... Idriss. « Monsieur Kan », c'est trop... enfin pas assez... Bref. Je... je crois que je vais me taire.

— Ça va bien se passer, vous verrez, dit-elle en esquissant un drôle de sourire.

Le médecin chauffa le stéthoscope dans sa main, comme elle l'avait fait pour Samba, et le plaqua sur son torse, l'air concentré. Son visage à quelques centimètres du sien, il pouvait sentir l'odeur de ses cheveux, son parfum aux notes de chèvrefeuille, son souffle régulier sur son épaule. Malgré les effluves enivrants, Idriss passa quelques secondes en apnée, dans une tentative misérable de ne rien laisser paraître de son trouble.

—Allons, il faut respirer !

Elle se plaça derrière lui et écouta ses poumons, lui demanda de tousser. Lui qui avait toujours eu peur des visites médicales, trouvait en cet instant une grâce, une paix qu'il n'avait pas éprouvées depuis bien longtemps. Il se surprit à espérer que ce moment ne cesse jamais... Quand un fracas indescriptible le sortit de sa bulle.

Il se retourna vivement et découvrit la jeune femme gisant sur le carrelage clair, le stéthoscope enroulé autour de son cou. Comment diable s'était-elle retrouvée dans cette position ? Il lui tendit la main et l'aida à se relever.

—Je me suis pris les pieds dans la table, expliqua-t-elle en ajustant ses lunettes. Je suis un brin maladroite.

—Vous vous êtes fait mal ? Vous voulez vous asseoir ?

—Non, sourit-elle, c'est gentil. Vous pouvez vous rhabiller.

L'air légèrement hagard, elle remit son instrument en place, se frotta nerveusement les mains sur sa blouse blanche, puis se dirigea vers son bureau et pianota sur son clavier pour se donner une contenance.

—Vous êtes en parfaite santé, mais vous avez besoin de vous remplumer. Vous mangiez à votre faim, au Burkina ?

—Disons qu'il a fallu économiser un peu pour nous payer le voyage, répondit-il pudiquement.

—Je vois... ça devrait donc rentrer dans l'ordre, à présent. Je vous prescris à tous deux une cure de vitamine D, poursuivit-elle en lui tendant une ordonnance. Le soleil se fait rare à cette période de l'année et on se retrouve vite carencé.

—Merci, docteur, c'est très gentil à vous.

—C'est mon métier.

— Mais c'est gentil quand même.

Il se releva un peu gauchement et sortit un billet de sa poche.

— C'est bien le tarif ?

— Le compte est bon ! confirma-t-elle. Bien… je vous souhaite une agréable journée, monsieur Kan.

— Idriss.

Ne sachant comment prendre congé – devait-il lui donner une poignée de main ou juste tourner les talons ? – il balança ses bras d'avant en arrière comme un gamin impressionné. Saisissant ses hésitations, elle lui tendit sa paume, qu'il secoua avec vigueur.

— Bon… je vais récupérer mon fils. Au revoir, docteur Canon.

— Euh… au revoir, Idriss, répondit-elle, cramoisie.

Docteur Canon. Ce n'est qu'à une dizaine de mètres du cabinet qu'Idriss réalisa son lapsus. Il se frappa le front et laissa échapper un juron consterné. Inquiet, Samba le tira par la manche, à la recherche d'une explication.

— Tu es malade, papa ?

— Mais non ! Pourquoi ?

— C'est que… tu es resté longtemps et…

— Je t'assure que je suis en pleine forme.

— Alors pourquoi elle m'a obligé à quitter la pièce ?

— Les enfants bien élevés ne disent pas « elle ». On nomme les gens quand on parle d'eux !

— Pourquoi le docteur Conan m'a demandé de partir ? corrigea Samba, en soufflant.

— Pour pouvoir échanger librement, entre grandes personnes.

Le garçon baissa la tête, frustré.

— Je ne suis plus un bébé.

— Non, mais tu n'es pas un adulte.

— Mais…

— Il n'y a pas de *mais*. Le simple fait que tu discutes montre à quel point tu es immature.

Vexé, l'enfant se mura dans le silence. Il aurait pu bouder encore de longues minutes s'ils n'avaient pas croisé Amy sur le chemin. L'employée de mairie, qui les avait déjà repérés, écrasa sa cigarette sur le trottoir et fonça droit sur eux.

— Quel dommage, vous venez de rater Mme la maire ! Il faut absolument que vous la rencontriez… Tu rentres de l'école, Samba ?

La femme se plia en deux pour se mettre à son niveau, et retroussa ses lèvres en un sourire que l'enfant jugea terrifiant. Il écarquilla les yeux et se réfugia derrière son père.

— On vient de passer une visite médicale, répondit Idriss. Et vous ? Qu'est-ce qui vous amène par ici ?

— J'ai terminé ma journée à la mairie et j'allais m'acheter des fleurs, là, juste derrière vous, dit-elle en désignant une vitrine joliment décorée. Vous avez déjà rencontré notre fleuriste, Lilas Moreau ?

— Je ne crois pas, non…

— Oh, mais nous devons remédier à cela ! Vous allez voir, dit-elle en les entraînant dans la boutique, c'est un amour de femme. Lilas, tu as de la visite !

Lorsque l'amour de femme en question vint les accueillir, Idriss reconnut immédiatement la silhouette pulpeuse et le regard brun de la passante qui avait refusé de les saluer, en début de semaine. Il s'avança vers elle en tendant la main.

— Enchanté de faire votre connaissance, Lilas. Je m'appelle Idriss et voici mon fils, Samba.

Mais elle ne saisit pas sa main ni ne lui rendit son sourire. La fleuriste fronça les sourcils et bafouilla une vague excuse à propos d'une livraison urgente, avant de leur fausser compagnie. Tous restèrent interdits.

— Je ne comprends pas, déplora l'employée de mairie, Lilas est certes un peu sauvage, mais…

— Ne vous inquiétez pas, dit Idriss, sombre. Moi, je comprends très bien.

Chapitre 4

Idriss Kan rêvait d'une douche bien chaude, de celles qui durent de longues minutes et font disparaître le reste du monde dans un brouillard parfumé. Après avoir déposé Samba à l'école pour sa deuxième semaine, il s'était rendu à la station en auto-stop, afin de postuler à un job de serveur. Il avait mis son plus beau costume, le seul à peu près à sa taille – et dont les motifs fantaisie lui laissaient penser qu'il avait appartenu à Isaac Karila –, s'était rasé de près et aspergé d'eau de Cologne, pour faire bonne impression.

L'entretien avait duré sept minutes. Sept minutes au cours desquelles il s'était senti jugé, méprisé, moqué. « Non, je crois que ça va pas le faire... » avait commenté le gérant du restaurant *Les Trois Fondues*, d'une voix pincée. Idriss avait bien tenté d'argumenter, d'expliquer qu'il était vif, travailleur, ponctuel, mais l'homme n'avait rien voulu entendre. *Ça va pas le faire.* Non, en effet, ça n'allait « pas le faire » avec un type s'exprimant aussi mal. Drapé dans sa fierté, Idriss avait repris le chemin de Rochebleue, pouce levé, mais les rares automobilistes qu'il avait croisés ne s'étaient pas arrêtés. Il lui avait fallu environ quatre heures pour venir à bout de la côte enneigée – il avait bien dû tomber une dizaine de centimètres en une nuit – et des rafales glacées qui le ralentissaient.

Ce fut à la fois gelé et en nage qu'il regagna la rue principale, ironiquement nommée « rue Basse ». Oui, cette douche, il la méritait et il comptait bien en profiter ! Après cela, il aurait encore le temps de se rendre à la mairie et de solliciter l'aide d'Amy Delorgue pour remplir sa demande de RMI. L'idée le désolait et il ne désespérait pas de pouvoir s'en passer, mais ses maigres économies ne lui permettraient pas de tenir plus de deux mois. Son estomac se tordit, charriant, avec la faim, les relents acides de la culpabilité. S'il ne parvenait pas à trouver du travail, qu'adviendrait-il de lui ? De son fils ? Devrait-il mettre de côté l'argent du vol retour, au cas où ? Envisager de déménager dans une ville plus grande, avec plus d'opportunités d'embauche ? La voix de sa cousine Angèle l'alertant sur les difficultés qu'il rencontrerait, en France, s'invita dans sa tête. *« Comment feras-tu sans emploi, loin des tiens, avec cet enfant que tu n'as jamais élevé seul ? »* S'il s'était alors braqué contre ses arguments, convaincu de pouvoir se débrouiller, Idriss commençait à douter du bien-fondé de sa démarche, pour lui comme pour son fils. Morose, il accéléra le pas, impatient d'ôter ses vêtements pleins de sueur. Mais le destin en décida autrement. À trois mètres à peine de sa demeure, il aperçut Gwendoline Conan occupée à rassembler le contenu de sa serviette, répandu sur le trottoir. Elle lui adressa un petit signe, accompagné d'un sourire piteux.

— Je vous avais dit que j'étais maladroite !

— En effet, répondit-il en se précipitant pour l'aider. Vous vouliez me voir ?

La jeune femme fourra les feuilles détrempées dans sa sacoche et se releva promptement, écarlate. Elle passa les doigts dans ses cheveux, oubliant au passage qu'elle portait un bonnet et le faisant tomber au sol. Idriss le rattrapa au vol et lui tendit, amusé.

— Je suis venue pour une patiente qui habite à côté, bafouilla le médecin. Et vous ?

— Moi ? Euh... Je réside ici.

— Ah... oui, c'est vrai, dit-elle en rougissant davantage.

Tout aussi gêné qu'elle, Idriss appuya sa main sur la façade de la maison, au-dessus de sa tête. Mais, se rendant compte qu'il devait sentir le fennec, il s'empressa de ramener le bras le long de son corps et fit un pas en arrière.

— Je reviens d'un entretien d'embauche, à la station.

— Vous y êtes allé à pied ?

— Oui, la côte est rude à remonter. Mais les paysages valent le détour ! J'ai croisé un cerf, un lièvre... J'ai aperçu un vieux couple qui se recueillait dans le cimetière en contrebas, admiré les chalets colorés semblables à de petits champignons qui auraient poussé dans la neige... Je ne regrette pas la balade, docteur.

— Gwendoline, corrigea-t-elle en souriant. J'aime bien ce regard que vous portez sur le monde, c'est rare, les adultes qui ont gardé leur capacité d'émerveillement intacte. Ne perdez pas cet œil, surtout !

— Je ne vois pas comment je pourrais, quand tout ce que je contemple est magnifique...

La jeune femme émit un rire nerveux et prit congé afin de poursuivre sa tournée. Idriss la regarda partir, d'un pas décidé, sa serviette calée contre la poitrine, glissant à de nombreuses reprises sur des plaques de verglas. Il consulta sa montre et constata, ravi, que si le soleil se couchait déjà il avait tout de même le temps de prendre cette douche dont il rêvait, avant que Samba ne rentre de l'école. Décidément, la journée se terminait mieux qu'elle n'avait commencé ! Il pivota sur lui-même, avec un grand sourire qui disparut dès qu'il aperçut l'homme se tenant devant sa porte.

Samba, de son côté, avait passé une autre de ces matinées horribles qui rythmaient désormais son quotidien. Un quotidien composé des moqueries de Kevin et de sa bande, ainsi que des brimades d'un professeur plus sévère avec lui qu'avec le plus dissipé des cancres. Ce n'était pas juste. Il était un gentil garçon, un élève appliqué, un fils obéissant. Pourquoi le sort s'acharnait-il sur lui ? Samba en avait gros sur le cœur, mais il était incapable d'en parler à son père. Pour ne pas le décevoir, il lui racontait des mensonges sur des amitiés qu'il n'avait en réalité pas nouées. Il serrait les dents, il riait quand on se moquait de son accent ou de ses tenues démodées, courbait la tête devant l'intransigeant enseignant. Mais à midi, tandis qu'il venait de terminer son casse-croûte seul, dans un coin de la cour, l'idée même de retourner en classe lui parut insupportable. Il jeta ses déchets dans la grande poubelle accolée au portail et, au lieu de revenir sur ses pas, il choisit une tout autre option.

L'orée de la forêt prenait naissance derrière l'église du village. Depuis leur arrivée, Samba n'avait pas vu grand monde s'y rendre, aussi savait-il qu'aucun adulte ne le surprendrait. C'était la seconde fois qu'il empruntait ce chemin, s'y étant déjà aventuré un soir, après l'école. Il avança d'un pas prudent en direction des arbres, puis bifurqua sur un sentier bordé de chênes et de résineux. La neige crissait sous ses pieds. Il aimait ce son qui lui donnait le sentiment de découvrir une contrée que personne n'avait jamais foulée, mais également celui des branches qui craquent ou encore des animaux qui font bruisser quelques buissons. Seul, dans ce coin de nature sauvage, il se sentait l'âme d'un aventurier, d'un Indiana Jones même ! Il marcha de longues minutes, fier d'avoir trouvé un refuge où se replier quand le monde lui paraîtrait trop cruel.

Soudain, il lui sembla apercevoir un mouvement, non loin d'un énorme rocher couvert de mousse. Il marqua un arrêt, plissa les paupières pour faire le focus, mais ne vit rien. Il reprit sa promenade, plus prudemment cette fois. Mais le cœur n'y était plus. La graine insidieuse du doute germait dans son esprit à vitesse grand V. Et s'il y avait des ours, par ici ? Des loups assoiffés de sang, comme dans les contes que lui racontait mamie Joséphine le soir, avant qu'il ne s'endorme ? Le garçon se figea sur place, plus tout à fait sûr de vouloir poursuivre sa balade. Des arbres gigantesques lui barraient la vue, paraissant désormais menaçants, et les flocons avaient recommencé à tomber, denses, épais. Comment avait-il pu songer se réfugier en ce lieu maudit, probablement hanté par de mauvais esprits ? Pris de panique, il mit un coup de pied rageur dans la neige, qui se vaporisa dans l'air. Une voix fluette s'éleva du gros rocher.

—Aïe ! Tu m'as fait mal.

Samba se frotta les yeux, se demandant s'il avait rêvé. Il scruta le roc, incrédule.

—Par ici ! fit la voix.

Sur ses gardes, Samba tourna la tête en direction du son et c'est alors qu'il vit… une fille ! D'une main, elle se frictionnait le front tandis que, de l'autre, elle ramassait le gland qu'il avait dû projeter avec la neige.

Le jeune garçon comprit tout de suite que cette fille n'était pas de ce monde, qu'elle appartenait à une dimension à laquelle les mortels n'ont habituellement pas accès. Elle était vêtue d'un collant bleu roi et d'une robe en laine rose du même pastel que sa longue chevelure, chaussée de bottes fuchsia assorties à sa doudoune. Au sommet de son crâne, un diadème brillait de mille feux. Samba resta interdit, ne sachant comment réagir face à cette apparition.

Ce fut elle qui rompit la glace et s'approcha à une allure qui lui parut anormale, jusqu'à ce qu'il comprenne qu'elle se déplaçait grâce à une trottinette équipée de pneus tout-terrain.

— T'es nouveau, ici ? demanda-t-elle en stoppant net devant lui. C'est quoi ton nom ?

— Samba, répliqua-t-il, intimidé.

— Tu as quel âge ?

— Neuf ans.

La réponse sembla la décevoir. Elle ouvrit un petit carnet doré qu'elle consulta d'un air triste, puis le referma d'un coup sec, avant de le ranger dans la poche de son manteau.

— Moi, j'ai presque douze ans, fanfaronna-t-elle en se recoiffant.

— Comment tu t'appelles ? articula-t-il.

— Je suis la Princesse des neiges. Mais pas une princesse du genre fragile, hein ! Le genre qui déchire.

— Je te crois pas ! T'es une vraie princesse ?

— Si je te le dis !

— Mais c'est quoi une princesse des neiges ? demanda-t-il, déconcerté.

— C'est une princesse magicienne, un peu comme les fées… on apparaît avec les premières neiges et on s'en va quand le printemps arrive. Mais tout le monde n'est pas autorisé à nous voir, il faut faire preuve d'une grande valeur, le flatta-t-elle.

Samba n'en croyait pas ses yeux. C'était la première fois qu'il rencontrait une vraie princesse. Il esquissa une révérence maladroite qui la fit beaucoup rire. Elle abaissa ses lunettes roses en forme de cœur, sur le bout de son nez, planta son regard indigo dans le sien, puis lui fit signe de se relever, comme on libère un sujet de ses obligations.

— Je dois t'appeler *Votre Altesse* ?

— Non, Princesse suffira, dit-elle, magnanime.

Impressionné par le caractère extraordinaire de cette rencontre, Samba haleta doucement pour provoquer l'apparition de vapeur devant lui, dans l'espoir de se donner une contenance, tandis que la fillette grattait un des nombreux autocollants décorant sa trottinette.

— Elle est chouette, lança Samba en montrant le petit véhicule.

— Ouais, je sais. C'est plus pratique pour me rendre dans mon palais.

— Ouah ! Tu as un palais ! Je peux le voir ?

— Peut-être un jour, si je t'en estime digne.

Emballé par l'idée de visiter un vrai palais, le garçon sauta de joie, avec une énergie telle que la Princesse n'eut d'autre choix que de se départir de ses grands airs pour lui sourire à son tour. Ses dents ressemblaient à des perles de nacre sagement rangées dans un écrin de velours rose. Samba n'avait jamais été intéressé par les filles jusque-là, les considérant au mieux comme des partenaires de jeu, au pire comme des empêcheuses de tourner en rond. C'était la première fois qu'il en trouvait une jolie. Non, pas jolie, belle. Sans qu'il parvienne à se l'expliquer, il avait envie de lui être agréable, de contempler tous les jours ce sourire capable de le réchauffer, au cœur de l'hiver. Il posa la main sur son cœur et jura d'un ton solennel.

— Je saurai m'en montrer digne, Princesse.

— Super ! Alors à bientôt ! lança-t-elle joyeusement, avant de disparaître aussi vite qu'elle était apparue.

En partant, elle avait emporté sa peur avec elle. Samba ne se sentait plus effrayé par les arbres ni par les bruits de la nature. Il quitta la forêt, incapable de dire s'il avait rêvé cette rencontre ni même combien de temps il avait passé là-bas. Tout ce qu'il savait, c'est qu'il venait enfin de trouver quelque chose qui lui donnait de l'espoir, qu'il pourrait chérir en pensée, le soir avant de s'endormir.

Il rentra chez lui le cœur léger, impatient de partager sa bonne humeur avec son père. Mais à peine avait-il claqué la porte d'entrée qu'il comprit que l'heure n'était pas à la joie. Quelque chose vibrait différemment dans l'air, affectant l'atmosphère tout entière. Il accrocha sa parka au portemanteau et ôta ses chaussures, avec une lenteur infinie. Des éclats de voix s'élevèrent du salon, lui confirmant ses craintes : M. Karila était là. Il allait passer un sale quart d'heure. La peur le saisit, son cœur s'accéléra et il ressentit une forte envie d'aller aux toilettes, comme chaque fois qu'il était effrayé. Il hésita à s'y rendre, Idriss l'en dissuada aussitôt.

— Samba, viens ici.

Tête baissée, épaules voûtées, le gamin obtempéra, prêt à encaisser les remontrances des adultes.

Chapitre 5

Le lendemain, Samba resta en retenue, après la classe. Il eut beau gigoter sur sa chaise et lancer des regards implorants à son professeur, ce dernier demeura de marbre. Ce n'est que lorsqu'il aperçut Idriss Kan, à travers la fenêtre de la salle, qu'il consentit à le libérer.

— Ton père est là, tu peux y aller.

L'enfant se leva en soufflant fort et fit claquer l'imposant livre intitulé *Cent ans de culture générale* sur son pupitre. Chaque soir, pendant deux semaines, il devrait étudier cet ennuyeux pavé et en résumer un chapitre. Et il n'était plus question qu'il effectue ses trajets seul : pas de flânerie, pas de jeu, pas de Princesse en dehors des week-ends. C'était sa punition pour avoir fait l'école buissonnière. Il avait eu beau plaider sa cause et contester la sévérité de la sentence, les adultes s'étaient avérés inflexibles. Son impitoyable instituteur en avait même rajouté une couche.

— Tu ferais mieux de changer d'attitude, Samba, et de te montrer reconnaissant. C'est une chance, pour toi, d'être ici.

— Reconnaissant de quoi ? avait-il explosé. Je n'ai pas demandé à venir là, moi. Tout le monde me déteste, et moi, je déteste ce pays de merde !

C'était la première fois qu'il tenait tête à un professeur, la première fois également qu'il prononçait le mot en « m » devant son père. Idriss avait blêmi, lui lançant un regard étrange, à mi-chemin entre la déception et la peur.

Ce soir-là, il n'était pas venu le border, le laissant seul avec sa honte.

Samba appréhendait leurs retrouvailles, craignant que son père ne lui batte toujours froid – le petit déjeuner et le trajet jusqu'à l'école ayant été aussi glaciaux que les températures matinales. Il sortit de l'établissement sans précipitation, comme pour prouver qu'il s'était raisonné, depuis la veille.

— Tu as été sage, aujourd'hui ?

— Oui, papa.

Satisfait, Idriss enveloppa sa main de ses doigts immenses. Le contact de sa paume chaude le réconforta, il la serra de toutes ses forces, espérant sceller leur réconciliation.

— On va à l'épicerie, expliqua Idriss. Les provisions diminuent et il nous faut des légumes frais.

L'enfant effectua un petit bond pour atterrir sur le muret qu'il aimait parcourir, mais il ne fit pas la course avec son père, pas plus que ce dernier ne le propulsa dans les airs. Samba sauta à terre, le cœur lourd. Lourd, parce qu'il l'avait déçu, et aussi parce qu'il ne reverrait pas la Princesse de sitôt. Allait-elle imaginer qu'il avait renoncé à mériter sa confiance ? Allait-il la décevoir également ? Si seulement elle pouvait l'apercevoir, ne serait-ce que quelques secondes ! Elle comprendrait qu'il était retenu contre sa volonté, devinerait qu'il pensait à elle, chaque minute depuis qu'il l'avait croisée… Samba ferma les paupières et, se laissant guider par son père, lança une prière à la forêt. *S'il te plaît, fais que la Princesse m'apparaisse, fais que la Princesse m'apparaisse…* Il rouvrit les yeux devant l'épicerie.

Au-dessus d'une devanture embuée d'où filtrait une lumière douce se déclinait une enseigne orange indiquant « ÉPICERIE LEROY ».

Samba contempla son reflet flou dans la vitrine. Son bonnet profondément enfoncé sur son crâne faisait ressortir ses joues rondes, et l'écharpe enroulée sous son menton avait escamoté son cou. S'il était plutôt fin pour un enfant de neuf ans, son petit gabarit – il désespérait d'atteindre un jour la taille de son père – s'accommodait mal de tant d'épaisseurs, et l'accumulation de ces affreuses couches de vêtements lui donnait des allures de culbuto. Il ne s'était jamais attardé sur son apparence jusque-là, mais, aujourd'hui, il réalisait combien l'écart entre la Princesse et lui était immense et s'en trouva terriblement attristé. Quand un courant d'air le frôla et mobilisa son attention. Une tornade rose, juchée sur une trottinette flanquée d'une dizaine d'autocollants, remontait la rue à vive allure. La Princesse ! Elle avait entendu ses prières !

— Tu l'as vue, papa ? s'exclama-t-il, surexcité.

— Vu qui, mon grand ?

— La Princesse, sur sa trottinette !

— Non, répondit Idriss en poussant la porte. Allez, viens.

La chaleur du magasin offrait un contraste saisissant avec le vent glacé qui soufflait dehors, mais ce ne fut pas ce qui frappa Samba en premier. L'enfant fut surtout percuté par la délicieuse odeur qui flottait dans l'air.

— Ça sent trop bon, ici ! lança-t-il.

— Bonjour, mon petit ! l'accueillit l'épicier, tandis que son épouse emballait les courses d'un client. C'est ma Diana qui a préparé une fournée de cookies. Tu aimes ça, les cookies ?

— Je n'en ai jamais goûté.

— Nous sommes arrivés en France il y a tout juste quelques jours, s'excusa Idriss.

— Ne vous inquiétez pas ! J'ai la chance d'avoir convolé avec une Américaine qui me régale de ses spécialités, mais les Français les découvrent à peine... Au fait, moi, c'est Charles, enchanté de vous connaître.

L'homme d'une soixantaine d'années planta son regard marine dans le sien et lui serra la main, puis il frotta la tête de Samba. Son visage sillonné de rides profondes s'alluma au contact du gamin, et ses yeux s'humectèrent, ce qui n'échappa pas à Idriss qui lui adressa un sourire intrigué. Il avait le sentiment d'avoir déjà rencontré cet homme aux traits singuliers, mais ne parvenait pas à se remémorer le contexte.

— Charles et Diana ? répéta-t-il afin d'être sûr d'avoir bien compris.

— Eux-mêmes, confirma l'épicier, habitué à susciter la curiosité.

— Ça alors ! s'exclama Samba. Vous êtes les parents de la Princesse ?

— Non, mon petit, on n'est les parents de personne... Je vous laisse faire un tour du magasin ? Si vous avez besoin de quoi que ce soit, n'hésitez pas.

Les murs peints en orange et les présentoirs d'un kaki terne trahissaient que le commerce avait été bâti dans les années soixante-dix. À l'entrée, juste à côté du comptoir, un étal réfrigéré grésillait. Il était garni de pâtés en croûte, de salades de carottes ou de céleri, de saucissons et de plats cuisinés par la propriétaire. Idriss ignora l'appel de ces délices et déambula dans l'échoppe, à la recherche des articles les moins chers. Accrochés au-dessus des étagères remplies de provisions, des haut-parleurs fatigués crachotaient *Le Paradis blanc*, un morceau de Michel Berger qui lui serra le ventre, comme à l'évocation d'un mauvais présage. Peut-être était-ce dû à la mélancolie des accords, ou à l'allusion à ses propres rêves d'enfant, peuplés de neige et de vent « si pur qu'on se baigne dedans » à l'instar de la chanson. Peut-être encore parce qu'en filigrane il était question du repos éternel. De la mort. Soudain, il se rappela où il avait aperçu Charles. Les Leroy étaient le vieux couple du cimetière dont il avait parlé au docteur *Canon*, ceux dont le visage lui avait paru si beau. Il se demanda qui Charles et Diana étaient allés pleurer.

— Papa, regarde : ils ont des céréales au chocolat ! dit l'enfant, le sortant de ses pensées.

Idriss jeta un coup d'œil réprobateur au prix indiqué sur l'étiquette orange et le reposa à sa place.

— Les tartines du matin font très bien l'affaire, et puis c'est bourré de cochonneries, ces trucs !

— Mais, à l'école, les autres en mangent tous !

— Tant mieux pour eux, pesta Idriss. Mais nous ne pouvons pas nous le permettre tant que je ne travaille pas.

— Et comment on va faire si tu ne trouves rien ? Est-ce qu'on va nous chasser ?

L'enfant leva vers son père un regard angoissé, le même que celui qu'il lui avait lancé dans l'autocar, le jour de leur arrivée. Idriss s'en voulut de faire subir ce stress à son garçon et se jura de redoubler d'efforts pour décrocher un contrat. Avec sa première paie, il lui offrirait autant de paquets de céréales qu'il le désirerait !

— Ce n'est pas à toi de t'inquiéter de ça, mon grand. Ça va s'arranger, je te le promets.

Samba hocha la tête d'un air résigné et suivit son père dans les rayons aux tentations inaccessibles.

Peut-être était-ce parce que leur garçon aurait eu approximativement le même âge qu'Idriss, et que Samba aurait pu être leur petit-fils, mais ce grand échalas tout maigre et ce gamin qu'ils devinaient plein de colère émurent les épiciers. Captant des bribes de leur conversation, Diana se précipita dans l'arrière-boutique, aussi vite que sa forte corpulence le lui permit, et reparut avec une boîte remplie de cookies, à peine sortis du four.

Quand leurs nouveaux clients se présentèrent en caisse, la marchande leur offrit un biscuit. Si Samba se régala, sa réaction ne fut rien à côté de celle d'Idriss.

— Oh, mon Dieu ! Mon Dieu ! C'est divin ! Oh ! Qu'est-ce que c'est bon !

Le couple resta un instant interdit. Certes, les pâtisseries de Diana étaient délicieuses, mais personne ne s'était jamais extasié à ce point en les dégustant. Tous deux échangèrent un regard entendu, devinant que l'homme, en plus d'être indéniablement gourmand, se privait probablement pour que le petit mange à sa faim.

— C'est comme ça que Diana m'a séduit, digressa Charles pour ne pas l'embarrasser. Dans ma jeunesse, j'ai passé une année aux États-Unis et, en bon Français, je critiquais tout ce que je goûtais… jusqu'à ce que je découvre les biscuits de cette charmante demoiselle. Ça a été une telle révélation que je suis revenu tous les jours dans son café !

— À la fin, il connaissait la carte mieux que personne ! minauda-t-elle en repoussant une mèche blonde de son front.

— C'était pour toi que je venais, tu le sais bien. J'aurais préféré me priver mille fois de toutes ces douceurs plutôt que de toi…

— Tu n'as pas eu à le faire, puisque je t'ai suivi jusqu'ici !

Elle lui saisit les mains, et tous deux se sourirent comme on s'embrasse, comme si le monde autour n'existait pas. Semblant soudain se rendre compte qu'ils n'étaient pas seuls, l'épicière se racla la gorge.

— Ça tombe bien que vous aimiez mes cookies, lança-t-elle à Idriss avec un léger accent, j'en ai encore fait des tonnes et cela me rendrait service si vous en emportiez quelques-uns.

— C'est gentil, mais…

— Il n'y a pas de *mais* ! Ce sera notre cadeau de bienvenue, décréta-t-elle.

Dans son regard, il n'y avait aucune condescendance, aucune pitié, mais une simple et sincère générosité qui le frappa droit au cœur.

— Dans ce cas, merci…, répondit l'homme en attrapant la boîte qu'elle lui tendait. Qu'est-ce qu'on dit, Samba ?

L'enfant, fort impressionné de se trouver face aux fameux *Charles et Diana*, bafouilla ses remerciements d'une voix de souris, effectuant une petite révérence pour la seconde fois en deux jours. L'épicière courba son corps voluptueux et lui rendit la politesse.

— Vous êtes tellement gentils ! lança Idriss. Ça fait du bien… merci.

— C'est normal, non ? s'étonna Charles. C'est déjà assez difficile de débarquer dans un endroit reculé, d'autant plus quand on est étranger. Alors, le moins que l'on puisse faire, c'est de bien vous accueillir.

— Si tout le monde pouvait penser comme vous !

— Ce n'est pas le cas ?

Idriss hésita à se livrer aux épiciers, mais quelque chose dans leur regard l'y encouragea, une forme de bienveillance. Et de la bienveillance, il en avait besoin pour avancer. Il leur relata donc la défiance de la fleuriste.

— Passe encore pour la première fois, elle n'avait peut-être pas compris qu'on lui faisait signe, chuchota-t-il sur le ton de la confidence. Mais la seconde, elle s'est littéralement enfuie en nous voyant. Vous me direz, quoi de plus naturel pour une fleuriste que de nous planter là !

— Au moins, vous ne perdez pas votre humour ! lança Charles, un sourire en coin.

— Vous ne devriez pas vous formaliser, dit Diana. Lilas est une chouette fille un peu sauvage, mais ce n'est pas dirigé contre vous...

— Ah oui, sauvage, on peut voir les choses sous cet angle, en effet. Elle mord, aussi ?

Percevant le mal-être d'Idriss et la tentation d'interpréter un comportement cavalier à l'aune de son statut d'immigré, Diana tint à dissiper le malentendu.

— Non, croyez-moi. Les gens ne sont pas racistes, par ici.

— Je l'espère... Pour nous, comme pour ma mère, soupira Idriss.

— Votre mère ?

— On a vécu à Roche-bleue pendant quelques mois. J'étais encore un bébé... Joséphine Kan, précisa-t-il. Vous l'avez peut-être connue ?

Il attrapa son portefeuille et en sortit une photo pour la montrer au couple. Charles fronça les sourcils et plissa les yeux jusqu'à les faire disparaître derrière les fentes de ses paupières, scrutant le cliché d'un air gêné.

— Désolé, je n'ai jamais croisé ta mère, mon garçon. Pourtant, je suis du pays...

— Comment as-tu pu l'oublier ? dit Idriss, passant à son tour au tutoiement. Les Noirs, ça ne court pas les rues, par ici !

— Justement, répondit l'épicier, mal à l'aise. À ma connaissance, Samba et toi êtes les premiers à vous installer au village...

Sur le chemin du retour, Idriss laissa divaguer ses pensées, à la recherche d'une explication logique qu'il ne tarda pas à trouver. De son propre aveu, Charles avait passé un an aux États-Unis. Sa mère y avait probablement résidé à cette période, et ils s'étaient manqués, voilà tout ! Rasséréné, il proposa à Samba une course jusqu'à la maison. L'enfant, heureux de voir les nuages entre eux se dissiper, ne se fit pas prier et bondit sur le muret en pierre.

Quand ils arrivèrent chez eux, la nuit était déjà tombée depuis longtemps. Idriss buta dans un objet volumineux, placé devant sa porte. Il laissa échapper un grognement, tout en cherchant l'interrupteur de l'éclairage extérieur. Il recula de quelques pas et découvrit… une mobylette, garée sur le paillasson !

— Qu'est-ce que ça veut dire ?

— Regarde, papa, il y a un mot !

Une petite enveloppe était accrochée au guidon par un joli ruban rouge. Intrigué, Idriss défit le nœud avec précaution, décacheta l'enveloppe et lut le message rédigé dans une écriture ronde et régulière.

Cher Idriss,

Un de mes patients, trop âgé pour grimper sur cette mobylette (avis du médecin), souhaitait la reléguer à la casse. Je lui ai proposé de la donner à quelqu'un qui en ferait bon usage… elle est désormais à vous ! Les papiers sont dans le porte-bagages, avec le casque. Soyez prudent !

Gwendoline

Chapitre 6

Le samedi suivant, Samba se rua dehors, sitôt la dernière bouchée du déjeuner avalée. Il avait l'autorisation de jouer à l'extérieur, à condition de ne pas trop s'éloigner, et était résolu à gagner la forêt pour retrouver la Princesse. Le petit garçon courut aussi vite que ses jambes le lui permirent, au mépris des plaques de verglas et du vent violent qui lui fouettait le visage. Il arriva au niveau du rocher, à bout de souffle, trempé de sueur sous son manteau. N'y tenant plus, il le jeta à même le sol, ainsi que son bonnet orange, son écharpe mal assortie et bientôt ses gants, sentant à peine la morsure du froid à travers son pull épais. Il scruta les alentours, puis plaça les mains autour de sa bouche pour en faire un porte-voix.

— Princesse ! Princesse !

Un corbeau lui répondit, probablement dérangé par ses cris. Il attendit la fin des croassements lugubres pour réitérer son appel, mais la Princesse ne parut pas. Que faire ? Patienter ici dans l'espoir qu'elle vienne à lui ? Non. Ce n'était pas digne d'un homme de valeur. Et, dans les contes qu'il aimait tant, les princesses accordaient beaucoup d'importance à ces choses-là. Il devrait se montrer brave, intrépide, entreprenant ! Il cala les affaires qu'il avait jetées sur la neige sous son bras, et inspira longuement afin de s'emplir d'un supplément de courage, puis se mit en marche.

Il emprunta le chemin qu'elle avait pris en partant, le jour de leur rencontre, tournant la tête de toutes parts, telle une girouette coincée dans une tornade. Mais les minutes passèrent, épuisant peu à peu l'espoir de la retrouver.

— Princesse, tu es là ?

Sa voix s'étrangla dans un sanglot. L'idée de la perdre avant même d'avoir eu la chance de la connaître le bouleversait. Peut-être parce qu'il avait déjà dû renoncer à beaucoup de choses pour venir en France. Renoncer à ses amis, renoncer aux jeux, aux éclats de rire, à la croyance un peu naïve que rien, dans sa vie, ne changerait jamais. L'excitation des premiers instants retombée, ses épaules s'affaissèrent et un frisson parcourut son dos. Il essuya son nez humide d'un revers de manche puis enfila en grimaçant son manteau détrempé, avant de pivoter sur lui-même.

— Bah, alors ? Tu abdiques déjà ? l'interpella la voix tant espérée.

Samba opéra un autre demi-tour et vit la Princesse, à quelques mètres de là. Cette fois encore, ce fut comme une apparition. Elle portait une salopette rouge en velours, un pull rose à sequins et des baskets sur lesquelles elle avait dessiné des arcs-en-ciel, le tout surmonté d'une cape blanche. Elle l'observait d'un air étrange, entre l'amusement et la peur. Non, cela ne pouvait pas être de la peur ! Car il en était convaincu : cette princesse ne craignait rien.

— J'ai cru que tu n'étais pas là.

— Bien sûr que si. La Princesse des neiges est partout. Dans la forêt, à Roche-bleue, dans tes rêves…

Elle avait parlé d'un ton solennel qui lui inspira beaucoup de respect. Samba s'inclina pour la saluer, ce à quoi elle répondit par la même révérence, tenant fermement le diadème fixé à sa chevelure.

— Tu es prêt à découvrir mon palais ?

— Oui, Princesse !

— Mets une main sur ton cœur et promets de ne jamais révéler son emplacement ni ce qu'il y a à l'intérieur. Sans quoi tu auras la langue tranchée.

Samba poussa un cri à l'annonce de la sanction. Cela nécessitait qu'il réfléchisse quelques secondes. La langue, ce n'était pas rien.

— Quoi ? Tu te dégonfles ? dit-elle d'une voix dure. Ça ne m'étonne pas… ici, personne n'est digne de confiance.

— Si, si ! Je promets de ne jamais dire où se trouve ton palais !

— Ni ce que tu découvriras à l'intérieur ?

— Ni ce qu'il y a dedans, juré ! confirma-t-il, la main sur le cœur.

Satisfaite, elle lui fit signe de la suivre. Au terme d'une balade d'environ vingt minutes au beau milieu des arbres, elle s'arrêta au pied d'un chêne immense. Samba, qui n'en avait jamais vu de tel, tenta de l'entourer de ses bras. Mais il eut beau s'étirer, il était loin du compte. Sous ses doigts tendus à l'extrême, il sentit une étrange aspérité. Intrigué, il contourna le tronc et remarqua une échelle en corde qui montait jusqu'à une cabane.

— Ouah ! C'est ton palais ?

— T'as tout compris, dit-elle fièrement. Tu viens ?

Elle posa un pied sur le premier échelon et, agile, grimpa sans difficulté jusqu'à l'entrée de son refuge. Impressionné par la hauteur, Samba lui emboîta prudemment le pas, tout en prenant garde de bien masquer son vertige. Il s'agissait de ne pas passer pour un trouillard !

Ce qu'il découvrit le récompensa au-delà de ses espérances. La porte de la cabane donnait sur un univers magique, entièrement éclairé de lampions de fête et de veilleuses. Il y en avait partout : sous le toit, autour de la lucarne, ou encore entre les bibelots hétéroclites placés sur de petites tables de fortune. Cela conférait à l'intérieur des airs de caverne d'Ali Baba. Un matelas posé à même le plancher recouvrait la moitié de la surface, il était chargé de plaids moelleux aux motifs ethniques, de coussins bariolés et de poupées savamment coiffées. Des tapis de tailles variées garnissaient le reste du sol, et les murs dégoulinaient de tableaux, de bijoux fantaisie suspendus à des clous, notamment un superbe pendentif dont il ne put s'empêcher de caresser la pierre verte, admiratif.

— C'est magnifique ! Je n'ai jamais vu un aussi beau collier !

— C'est une pierre de jade... mon bijou le plus rare.

— Je peux l'essayer ?

— Non, lui interdit-elle. Il est réservé aux créatures exceptionnelles et tu n'es qu'un simple humain.

Déçu, l'enfant lâcha le collier. Mais son attention fut bientôt captée par un autre objet, bien plus déconcertant. Une petite statuette brillante ressemblant à un gnome, d'environ cinquante centimètres.

— C'est quoi, ce truc ?

— Un nain de jardin. C'est censé faire joli... mais moi, je trouve ça plutôt moche, pouffa-t-elle.

— C'est pour ça que tu lui as mis un serre-tête avec des oreilles de Mickey ?

— Elles viennent de Disney World, en Floride, dit-elle, docte. Je ferai peut-être un saut là-bas, d'ailleurs, avant la fin de l'hiver.

— La chance ! Tu reviendras, après ?

— Non. Rappelle-toi, je suis la Princesse des neiges, je pars toujours avant le printemps.

— Mais alors tu seras là, l'hiver prochain ?

La fillette émit un rire feutré, l'air de trouver sa réplique un peu bête. Vexé, Samba croisa les bras sur sa poitrine.

— Tu te moques de moi, mais tu ne m'expliques rien. Je ne sais pas ce qu'est une princesse des neiges, moi… Dans mon pays, il n'y a pas d'hiver comme ici.

— Tu viens d'où ?

— Du Burkina Faso, ça veut dire « la patrie des hommes intègres », répondit-il en bombant le torse. Pour venir ici, mon père a dû se battre contre des soldats. Après, il a payé un passeur pour monter sur un radeau et on a passé plusieurs jours en mer, sans manger, et même qu'une nuit il y a eu une énorme tempête ! On a cru qu'on allait mourir…

— Je suis désolée, je ne savais pas…, s'excusa-t-elle, piteuse. Tu es très courageux.

Elle se tut et chercha la meilleure façon de lui expliquer sa condition de Princesse des neiges. Ses beaux yeux indigo perdus dans le vague, elle rabattit ses manches sur ses poignets, rajusta sa petite couronne et prit une grande inspiration.

— La Princesse des neiges, c'est une créature qui n'est pas tout à fait de ce monde. Elle descend sur Terre quand les dernières feuilles sont tombées des arbres et elle repart lorsque les bourgeons reparaissent.

— Mais elle va où, après ?

— Dans le royaume de l'hiver éternel, bien sûr ! C'est un monde merveilleux, où le ciel bleu se reflète dans une neige immaculée, comme si c'était la mer.

— Immaculée ? Ça veut dire quoi ?

— Ça veut dire qu'elle reste pure, il n'y a jamais rien qui vient la souiller.

— Mais tu feras quoi, là-bas ? On s'ennuie tellement en hiver !

— Pas du tout ! Je ferai de la luge avec les autres enfants, je mangerai autant de gaufres que je veux, je n'aurai plus peur de rien…

— Ici non plus, tu n'as peur de rien !

— Bien sûr que si ! dit-elle en se laissant tomber sur le matelas moelleux.

Elle rassembla quelques coussins contre son ventre et releva les genoux sous son menton. La guirlande lumineuse au-dessus de sa tête l'éclaira d'une lueur rose qui accrochait des reflets fuchsia à ses cheveux, lui donnant une apparence irréelle. Elle replaça le diadème qui s'était légèrement décalé sur son crâne et sourit d'un air las.

— J'ai peur qu'on m'oublie, quand je serai partie.

— Alors reste.

— Je t'ai dit que c'était pas possible !

— Moi, je ne t'oublierai pas, c'est sûr... je n'ai jamais connu quelqu'un comme toi. C'est comme si tu étais sortie de mes rêves.

— C'est peut-être le cas ? dit-elle en lui adressant un clin d'œil.

Samba ne sut comment interpréter cette dernière réplique. Il embrassa la pièce du regard, émerveillé de découvrir de nouveaux détails chaque fois qu'il clignait des yeux.

— Mais, quand tu partiras, tu laisseras tout ça derrière toi ?

Elle haussa les épaules, d'un air de dire que cela n'avait que peu de valeur en comparaison du pays de Mickey. Mais alors, à quoi bon accumuler ces objets ? Décidément, Samba avait du mal à la suivre.

— La seule chose à laquelle je tiens vraiment, dit-elle en se relevant, se trouve là-dedans.

La Princesse se dirigea vers une boîte à chaussures, rangée sous un tabouret. Elle la saisit et la tendit à Samba qui ne vit d'abord qu'un amas de gants et de bonnets de laine. Soudain, le tas s'anima pour laisser paraître une tête minuscule. Surpris, le garçon poussa un cri. La Princesse éclata de rire et plongea la main dans la boîte, à la recherche de la bête effrayante qu'elle souleva délicatement.

— C'est un bébé écureuil que j'ai trouvé par terre, fin octobre. Il est probablement orphelin, et, sans moi, il n'aurait pas survécu. Je m'en occupe jusqu'à ce qu'il soit adulte... Je l'ai appelé Noisette, parce qu'il adore en manger !

Elle le plaça contre sa poitrine et caressa son pelage en lui murmurant des mots rassurants, comme si elle était sa mère. Pour la deuxième fois depuis leur rencontre, Samba la trouva belle. Pas seulement à cause de son look original ou de ses yeux indigo, mais parce qu'il se dégageait d'elle une douceur indéfinissable, un mélange d'amour et de sagesse qui lui donnait envie de devenir meilleur, à son tour.

C'en était trop pour lui. Submergé par la honte, Samba éclata en sanglots.

— Mais qu'est-ce que tu as ? demanda-t-elle, inquiète. J'ai dit quelque chose de mal ?

— Non... c'est moi... j'ai menti, avoua-t-il en pleurant de plus belle. Je n'ai pas vécu toutes les aventures dont je t'ai parlé, je ne suis pas courageux. Je suis arrivé en avion avec mon père, et en plus... on avait payé les billets !

Si seulement ils avaient voyagé en soute ! Cela aurait pu sauver les apparences, donner un vernis de danger à son périple et le faire passer, malgré tout, pour un être extraordinaire. Mais il ne pouvait se targuer d'avoir bravé aucun interdit. Il n'était qu'un petit garçon banal, pitoyable, qui tentait de paraître plus intéressant qu'il ne l'était. Pour ce faire, il avait emprunté le récit d'autres hommes dont il avait entendu les histoires en se rendant au marché avec sa grand-mère. Eux n'avaient pas de passeport français comme son père ni d'économies pour voyager.

— Ne t'en fais pas, Samba. Je comprends pourquoi tu as menti.

— Vraiment ?

— *On aimerait tous être quelqu'un d'autre, à un moment donné.* Mais, tu sais, ce n'est pas rien de quitter son pays, sa famille ! Pour moi, tu es déjà un héros.

Le garçon resta bouche bée. Non seulement la Princesse ne lui en voulait pas, mais la ferveur avec laquelle elle lui avait parlé lui donna le sentiment d'être important, apprécié pour ce qu'il était. Une émotion nouvelle germa en lui, une sorte de joie intense qui se manifesterait comme un gros chagrin, lui serrant la gorge et faisant couler ses larmes. Incapable de décrypter ses sensations, il se précipita dans ses bras et l'étreignit de toutes ses forces. La Princesse rit nerveusement, surprise par sa spontanéité autant que par leur proximité. S'accrochant à son diadème d'une main, elle lui frotta le dos de l'autre un peu mécaniquement, avant de se laisser aller à son tour et de se presser timidement contre lui.

Chapitre 7

Lorsque le clocher de l'église sonna quatre coups, Samba quitta – à regret – la Princesse et son palais, car il avait promis de rentrer pour le goûter. Il sortit de la forêt au moment même où Idriss remontait la rue Basse, sur sa mobylette pétaradante. L'enfant sourit, trouvant que son père avait fière allure sur son nouveau bolide bleu pétrole, et espérait avoir la chance d'en tenir le guidon, un jour prochain. L'homme gara son véhicule et, ôtant son casque, l'interpella.

— C'est bien, mon grand. Tu es à l'heure. Tu t'es bien amusé avec ta copine ?

— Oui, papa ! dit-il en se précipitant dans ses bras. J'ai hâte d'être demain pour la revoir !

— Tu n'as pas d'abord hâte de déguster ton goûter ? J'ai acheté un pain au chocolat.

— Oh si ! Super ! Je meurs de faim !

— Comme le disait ta grand-mère, c'est une bonne maladie, sourit Idriss.

Le visage de Samba s'illumina à son tour. Quand Idriss souriait, c'était comme si le soleil entrait dans votre vie et vous réchauffait de l'intérieur. Il avait une prestance à laquelle personne ne pouvait résister bien longtemps.

— Bah, mon vieux, vous avez une de ces têtes ! Ça fait peur…

Reconnaissant la voix qui venait d'apostropher Idriss, Samba sursauta violemment, comme électrisé, et se raidit dans une posture qui n'avait pas grand-chose de naturel. Isaac Karila se tenait à moins d'un mètre d'eux.

— Personnellement, rétorqua Idriss, je me trouve très séduisant. Vous devriez changer de lunettes !

Samba écarquilla les yeux. Comment osait-il tenir tête au directeur ? Crispé, il tira sur sa veste, dans l'espoir de reprendre le chemin de la maison. Mais son père ne bougea pas d'un iota. Pire, il arborait un sourire narquois qui ne pouvait qu'agacer son interlocuteur. Muet, Isaac Karila le fixa intensément, ôta ses lunettes, souffla sur ses verres et les frotta avec l'étoffe zébrée de son pantalon large. Il les rechaussa, cligna des yeux, fit un pas en avant, deux en arrière.

— Séduisant, je vous le concède. Mais je vous trouve toujours une sale gueule, Kan.

— Dixit l'homme qui me brûle les rétines, chaque fois que je le croise…

À son tour, Idriss toisa le directeur, d'un air peu convaincu, puis accrocha son regard. Ils se fixèrent sans ciller, sans émettre le moindre son. Tendu à l'extrême, Samba tordait ses doigts, osant à peine respirer. Enfin, l'orage éclata. Mais pas comme il l'avait craint. C'est un immense fou rire qui saisit les deux adultes, dans un synchronisme aussi parfait qu'effrayant. Incapables de s'arrêter, ils se tapaient sur les cuisses, tentant d'articuler des paroles incompréhensibles avant de repartir de plus belle, les larmes aux yeux, en poussant des cris qui firent définitivement honte au petit garçon. Partagé entre l'envie de fuir et la curiosité que suscitait cette complicité subite, il peinait à déterminer si leur hilarité était bon signe ou non. Son père avait toujours eu l'amitié facile, invitant fréquemment chez eux des inconnus croisés dans la rue. Mais il n'aurait jamais imaginé que son professeur soit du même bois ni que les deux hommes sympathiseraient en un clin d'œil, à peine deux semaines après leur rencontre.

Isaac reprit ses esprits le premier et fit une proposition que Samba aurait voulu rejeter de toutes ses forces.

—Allez, viens, je te paie un verre, belle sale gueule !

—OK, mais je t'offre le prochain, bille de clown !

—Clown peut-être, mais clown classe, répliqua Isaac en soulevant son chapeau d'une pichenette. On fait une sacrée paire, non ?

—Je te l'accorde. En route, Samba. On va au café !

L'enfant suivit son père et son directeur, la mort dans l'âme, s'interrogeant en boucle sur ce qui était le pire : que les deux hommes s'adorent ou bien qu'ils se haïssent. Il finit par décider que cela n'avait pas d'importance : dans les deux cas, il était perdant.

—En revanche, je te préviens, dit Isaac en posant un bras sur les épaules de son nouvel ami, la patronne ne peut pas me sentir. Ça fait trois ans que j'habite ici et elle m'adresse à peine la parole.

—La malheureuse doit être coulrophobe.

—Quoi ? Elle a peur des gens cool ?

—Des clowns. La coulrophobie, c'est la phobie des clowns.

Cueilli, Isaac Karila décocha un coup de coude dans les côtes d'Idriss qui le lui rendit aussitôt. Les deux hommes partirent dans un nouveau fou rire et pénétrèrent dans le *Bar d'Alex*. La patronne, pétillante trentenaire choucroutée de blond, agita vaguement la tête pour les saluer, faisant danser deux immenses créoles rouges à ses oreilles. Isaac leva un sourcil et fixa Idriss avec insistance, pour le prendre à témoin de son attitude hostile.

—Je finis ce côté et j'arrive..., lâcha Alexandra Lepage, ciseaux à la main.

Tous trois prirent place autour d'une petite table en Formica un peu collante. Calé contre la banquette en Skaï, Samba scruta les affiches placardées sur les murs. Ici, des représentations du Tour de France, là des publicités pour de l'alcool et, au-dessus du comptoir, des photos de la patronne posant sur sa moto... Idriss, quant à lui, découvrait le lieu avec la bonhomie d'un touriste. Le *Bar d'Alex* était un troquet typiquement français, grouillant de monde – des vieux, pour la plupart – où flottait un parfum de frites et de pastis. Ce qui était inhabituel, en revanche, c'était l'activité secondaire de la jeune femme. En effet, Alexandra Lepage ne servait pas que des coupes, elle en effectuait aussi. Armée de ciseaux de coiffeur, elle taillait la barbe d'un homme, installée sur un tabouret à roulettes. La soixantaine, un visage oblong et couperosé, des cheveux filasse retombant en paquets gras sur son veston de velours élimé, il découvrit une rangée de dents du même jaune pisseux que ses mèches.

— Ah ! ce petit bout de langue que tu sors, quand tu es concentrée..., lança-t-il, lubrique.

— Garde la tienne dans ta poche, Johnny, ou je te la coupe aussi ! menaça-t-elle en approchant les lames de sa bouche.

L'homme marmonna et balaya la pièce du regard, à la recherche d'une autre cible, tandis que la jeune femme se levait pour prendre les commandes des nouveaux arrivants.

— Un thé, demanda Isaac en ôtant sa parka bariolée.

À son pantalon zébré s'ajoutaient une chemise hawaïenne mauve et fuchsia ainsi qu'un gilet moutarde qui, s'ils étaient d'un goût discutable, tombaient à la perfection, issus indéniablement de l'imagination d'un grand couturier. Il accrocha son manteau au perroquet se trouvant derrière lui et replia ses longues jambes sous la banquette, avec une grâce féline. La jeune femme nota la commande sans lui adresser un regard.

—Et pour toi, mon garçon ? demanda-t-elle à Samba.

—Un chocolat chaud, s'il vous plaît, madame.

—Qu'est-ce qu'il est bien élevé, celui-là ! s'enthousiasma-t-elle. Tu peux m'appeler Alex, par contre. Tu le veux à l'américaine, ton chocolat ?

L'enfant se tortilla sur sa chaise, timide. Les adultes aux cheveux et aux yeux clairs l'impressionnaient toujours un peu.

—Je ne sais pas ce que c'est, répondit-il d'une voix fluette.

—Tu me fais confiance ?

—Oui.

—Très bien. Et pour le papa, ce sera quoi ?

—Je ne résiste pas au chocolat, avoua l'homme, et je suis tout aussi curieux de découvrir la surprise du chef !

—Alors on dit deux chocolats à l'américaine, confirma-t-elle en arborant un large sourire.

La jeune femme tourna les talons sans un mot pour le directeur. Idriss la suivit du regard. Elle marqua un arrêt pour discuter avec Lilas Moreau, qui était accoudée au zinc et paraissait absorbée par la danse des bulles de sa bière. Elle lança un coup d'œil timide en direction de la salle, en poussant un soupir qui l'aurait probablement ému s'il ne la soupçonnait pas de le détester. Alexandra Lepage posa une main sur la sienne et la frotta doucement, lui chuchotant quelques mots qu'Idriss ne saisit pas. La femme sourit et porta le verre à ses lèvres.

—Quand t'auras fini de faire des mamours à l'autre grosse vache, tu viendras p't-être t'occuper de ma barbe ! s'impatienta Johnny.

La fleuriste suspendit son geste, incapable d'ignorer l'attaque. Ses épaules se voûtèrent. Sans voir son visage, Idriss devina qu'elle était au bord des larmes.

—Excuse-toi tout de suite ! lança Alex d'une voix pointue.

— M'excuser de quoi ? Tu ne vas quand même pas prétendre qu'elle n'est pas grosse, ta copine.

— Toi, t'es bien un gros con, pourtant on ne te le fait pas remarquer toutes les cinq minutes.

— Tu peux le faire, je m'en fous.

— Bah, moi, je ne m'en fous pas de ce que tu as dit, alors excuse-toi.

— C'est bon, lâcha Lilas d'une voix étouffée, laisse tomber. Je dois rentrer, de toute façon. J'ai perdu mon foulard en soie bleu, je ne sais pas où je l'ai mis… je m'étais promis de le chercher.

Joignant le geste à la parole, la quadragénaire se leva.

— Ce n'est pas à toi de partir, ma belle…, la retint son amie.

— Ma belle ! ricana le client aux cheveux sales.

— Toi, ta gueule ! s'emporta un homme en bondissant de sa chaise. Ou je t'éclate !

Blond, des yeux bleus profondément enfoncés sous des arcades proéminentes, il s'était exprimé avec un fort accent germanique. Son visage s'anima de tics intenses, sous l'effet de la colère. L'autre le toisa, indifférent à la menace.

— Qu'est-ce qu'il a, le Teuton ? Il croit me faire la morale ? C'est un comble, ça… Tu ne veux pas aussi prendre la défense des basanés, là-bas, tant qu'on y est ?

C'est à présent leur table qu'il pointait du doigt. Le sang d'Idriss ne fit qu'un tour, mais une main s'abattit sur son épaule, le forçant à rester assis.

— Il n'en vaut pas la peine, mon ami, dit Isaac.

— Allons, monsieur Mansard, intervint une femme à la voix chevrotante. Accueillir de nouveaux habitants est une chance pour notre commune.

— Ah ouais ? C'est une chance qu'ils tapent dans nos ressources ? Première nouvelle…, marmonna le client avant de se taire.

Qui était cette charmante grand-mère capable de clouer le bec de ce type ? Idriss interrogea Isaac du regard.

— C'est la maire de Roche-bleue, chuchota Isaac.

Étonné que ce petit bout de femme soit l'élue dont Amy Delorgue lui avait tant parlé, Idriss s'apprêtait à la saluer quand Alexandra Lepage leur apporta trois tasses fumantes, dont les deux chocolats avec supplément marshmallows. Elle sourit devant l'air médusé du père et du fils.

— C'est une recette de Diana… l'épicière.

— Ça me paraît délicieux, commenta Idriss en trempant ses lèvres dans la boisson brûlante. Je…

Il fut interrompu par le claquement de la porte du bar. Lilas venait de quitter les lieux.

— La pauvre, elle n'avait vraiment pas besoin de ça ! soupira Alex.

Elle s'éloigna du petit groupe, passant devant l'Allemand qu'elle félicita pour avoir pris la défense de son amie.

— Tu es témoin, elle ne m'a pas adressé la parole une seule fois ! se lamenta Isaac. Elle ne m'a même pas regardé.

— C'est juste. Tu sais pourquoi elle t'évite ?

— Aucune idée. Elle n'a pourtant pas la réputation d'être farouche avec les hommes, si tu vois ce que je veux dire.

— Non, je ne vois pas.

— Elle a conçu sa fille à Paris, quand elle y est montée pour devenir comédienne, mais de son propre aveu, elle n'a pas la moindre idée de qui est le père. Trop de possibilités…

— Ah oui, elle était comédienne ?

— Manifestement, ça n'a pas marché. C'est pour ça qu'elle est revenue et qu'elle a repris le bar de son père. Fallait bien nourrir la petite.

— T'en sais des choses, quand même, lâcha Idriss, ironique.

— Radio montagne… Bref, tout ça pour dire que, comme je suis moi-même du genre tombeur, on aurait pu s'entendre.

— Toi, un tombeur ? Avec ces vêtements ?

— C'est le charme, ça… tu ne peux pas comprendre !

— En effet, quand je te regarde, je ne comprends pas, le charria Idriss en retour. Ce que je ne comprends pas non plus, c'est comment j'ai pu vivre sans connaître cette merveille…

Il termina sa boisson en gémissant de plaisir. Samba, tout aussi séduit par l'association du chocolat et des marshmallows, en fit de même, se pourléchant les lèvres à chaque gorgée. Leur gourmandise arracha un sourire à Isaac qui dégustait son thé avec plus de mesure. Il posa un regard attendri sur eux, devinant que l'enfant ne voyait pas à quel point son père était mal en point. Idriss était un homme fier, mais ses traits tirés et ses gestes nerveux contredisaient sa posture droite ou ses paroles rassurantes.

— Samba, tu veux bien aller lancer le juke-box ? dit-il à son élève, lui tendant deux francs.

Samba hésita, surpris par cette inhabituelle gentillesse de sa part. Était-ce un piège ? Devinant ses craintes, le directeur lui plaça la pièce dans la main, d'autorité, et lui fit signe de filer.

— Tu as besoin d'aide ? interrogea-t-il, sitôt l'enfant parti.

— Quoi ? Non. Quelle question ! Pourquoi tu me demandes ça ?

— Tu as l'air épuisé, Idriss. Pas très en forme… c'était le sens de mes propos, tout à l'heure.

— Rassure-toi, le médecin m'a trouvé très bien ! se défendit-il, incapable de ne pas sourire à l'évocation du docteur Canon.

La petite flamme qui s'alluma dans son regard n'échappa pas à la sagacité du directeur qui sourit en retour.

— Inscris-toi sur la liste d'attente, mon vieux. Tous les célibataires de la vallée ont des vues sur l'inaccessible docteur Conan, et aucun n'est jamais parvenu à faire fondre la glace ! Mais j'insiste : je peux être là, si tu en as besoin.

Samba, voyant son père s'agiter sur la banquette, comprit qu'il était en difficulté. Il mit la pièce dans la machine et sélectionna au hasard un tube d'Elvis Presley, avant de rejoindre les adultes.

Son air inquiet n'échappa pas à Idriss qui le serra contre lui pour le rassurer.

— Tu te trompes, Isaac. Certes, mes débuts ont été un peu compliqués, mais tout ceci est officiellement derrière nous.

— Qu'est-ce qui a changé ? demanda le directeur, dubitatif.

— Ce qui a changé…, répéta-t-il en posant un regard protecteur sur son fils, c'est que j'ai trouvé du travail, aujourd'hui. C'est pour ça que j'ai l'air fatigué : j'ai tout donné pour convaincre le patron de me prendre à l'essai et j'ai réussi.

— C'est vrai, papa ? s'écria Samba.

— Oui, mon grand. Tu peux arrêter de t'inquiéter pour moi.

— Mazel tov ! s'exclama Karila, soulagé. Ça doit t'enlever une sacrée épine du pied ! Tu vas faire quoi ?

— Plongeur dans un petit restaurant, avec des horaires qui me permettront de m'occuper de Samba.

— C'est inespéré sur ce genre de poste ! Bon, ce n'est pas un job de prof…

— Mais, en attendant d'en trouver un, cela me convient parfaitement. Je suis vraiment content !

— Moi aussi, papa, je suis trop content !

— Il faut fêter ça dignement, déclara Isaac. Tu es d'accord avec moi, Samba ?

— Oui, m'sieur ! dit l'enfant, fou de joie.

Samba, à son grand étonnement, partageait l'enthousiasme de l'effrayant directeur. Isaac décréta que des bulles s'imposaient pour célébrer ce nouveau travail, il commanda deux coupes de champagne ainsi qu'un soda pour son élève. Grisés par la bonne nouvelle ainsi que par leur complicité naissante, les deux hommes laissèrent libre cours à leur liesse, rivalisant à nouveau de rires tonitruants. Mais, cette fois-ci, Samba n'en éprouva aucune honte.

Chapitre 8

Le lendemain, Samba s'élança hors de la maison, le cœur léger. Il était tellement pressé d'annoncer la bonne nouvelle à sa Princesse qu'il fonça tel un bolide, évitant de peu un Johnny Mansard toujours plus grincheux, bravant les trottoirs verglacés par le vent polaire et négociant ses glissades du mieux qu'il pouvait... jusqu'à ce qu'il percute Ludwig Lutz. L'Allemand sortait de la boutique de fleurs, un énorme bouquet dans les mains.

— Pardon, m'sieur ! s'écria l'enfant sans prendre le temps de s'arrêter.

Sa joie de vivre était communicative, aussi l'Allemand ne se formalisa-t-il pas, enviant la liberté de cet âge béni. Il regagna son hôtel – le seul de Roche-bleue – ravi à l'idée d'égayer sa chambre avec ses trois douzaines de roses.

Samba parvint à la cabane, à bout de souffle, et avala les derniers échelons menant à la porte en bois, avant de frapper avec le peu de retenue dont il était capable.

— Entrez, répondit la Princesse, solennelle.

Le garçon obtempéra et eut le sentiment de découvrir un nouveau palais. L'intérieur tout entier était baigné d'une apaisante lumière bleue, grâce à un petit foulard de soie posé sur la lampe de chevet. Des sons étranges s'élevaient d'un lecteur de cassettes décoré de coquillages. Ils étaient suraigus, à la fois fascinants et effrayants.

— C'est le chant des baleines, dit-elle en l'enveloppant d'un drap clair.

Elle lui fit signe de la rejoindre sur le matelas et lui tendit un vieux manche à balai auquel était noué un tee-shirt blanc.

— Accroche-toi bien au mat, petit frère !

— Quoi ? Mais je ne suis pas ton fr…

— Chut ! Les Requins pourraient nous entendre… Cela fait trois jours que nos méchants parents nous ont abandonnés en pleine mer, sans eau ni nourriture, et nous allons mourir de faim si personne ne nous vient en aide ! Oh… mon frère, j'ai si peur !

La Princesse se jeta à ses pieds et leva vers lui un regard implorant. Sa chevelure paraissait aussi bleue que l'océan. Convaincu par les talents d'actrice de son amie, Samba se lança à corps perdu dans cette histoire de requins.

— Tiens bon, ma sœur, chuchota-t-il à son tour. Nous ne sommes pas loin de la côte, j'aperçois des mouettes !

Mais la fillette bondit hors du bateau imaginaire et se mit à secouer le matelas de toutes ses forces.

— Oh non ! La houle se déchaîne sur notre frêle embarcation !

Elle se précipita vers Samba et le projeta violemment sur le sol.

— La tempête a cassé notre radeau ! Nous allons mourir ! Je me noie…, souffla-t-elle dans un sanglot, avant de s'effondrer.

— Moi aussi, je me noie ! hoqueta le garçon, dans une performance digne de l'Actors Studio.

Ils demeurèrent ainsi quelques minutes, Samba attendant docilement les nouvelles instructions de ce jeu étrange. La Princesse « reprit connaissance », se leva lentement et, les mains plaquées contre des grilles invisibles, se lamenta.

— Oh non ! Le roi des Requins nous a capturés !

— Qu'allons-nous devenir, ma sœur ? répondit-il, théâtral.

— Je crois que nous allons bientôt le savoir...

Elle partit à l'autre bout de la pièce, accrocha une cape de fortune autour de son cou et marcha dans sa direction d'un pas raide. Son visage, d'habitude doux et rieur, se fit froid, dur, glaçant. Samba se crispa malgré lui.

— Je suis le roi des Requins et vous êtes mes esclaves, articula-t-elle de sa voix la plus grave. Oubliez la surface de la Terre, votre monde se limite aux océans, à présent !

Il leur fallut tout l'après-midi pour anéantir le sanguinaire monarque, grâce à des stratagèmes dignes de généraux de guerre ainsi qu'à un courage jamais démenti. Ils relevèrent tous les défis, s'alliant avec de nouveaux amis, déjouant les plans machiavéliques de l'armée ennemie. Quand enfin le cruel souverain trépassa, la Princesse s'empara de sa couronne et s'autoproclama reine des océans, sous les acclamations du peuple aquatique et de l'écureuil Noisette, rendu hystérique par tout ce remue-ménage.

— La prochaine fois, le roi tombera amoureux de moi et me couvrira d'or et de perles ! décréta-t-elle.

— Et moi ? Je deviendrai quoi ?

— Tu resteras mon petit frère, on te trouvera une gentille Requine à qui te marier et on vivra heureux pour toujours.

— C'est nul, les trucs d'amoureux ! protesta-t-il d'une voix anormalement éraillée.

— Pas du tout. Tu es trop jeune pour le comprendre, c'est tout.

— Non, je ne suis pas trop jeune. Et puis tu n'as pas besoin que le roi tombe amoureux de toi ! Tu es déjà une princesse...

La fillette éclata de rire et attrapa le petit carnet qu'elle gardait constamment avec elle. Sur sa couverture constellée de paillettes dorées, une licorne aux couleurs de l'arc-en-ciel levait le pouce en faisant un clin d'œil. Une dizaine de pages défila sous ses doigts, toutes remplies au feutre turquoise, à la manière d'une liste interminable. Elle s'arrêta sur l'une d'entre elles et l'autorisa à la lire.

MONTER À CHEVAL ✓
MANGER À MCDONALD'S ✓
PARTIR À DISNEY WORLD EN FLORIDE
ALLER AU CONCERT DE ROCH VOISINE ✓
ME FAIRE PERCER LES OREILLES ✓
APPRENDRE TROIS ENCHAÎNEMENTS AU YO-YO ✓
RECONNAÎTRE LES CONSTELLATIONS ✓
JOUER DE LA GUITARE (HÉLÈNE, DE ROCH VOISINE) ✓
EMBRASSER UN GARÇON SUR LA BOUCHE
PRÉPARER DES CRÊPES SANS REGARDER LA RECETTE ✓
ALLER VOIR LA MER ✓
FUMER UNE CIGARETTE ✓ *BEURK !*

— Ouah ! s'exclama le garçon. Tu as déjà fait tout ça ?

La Princesse balaya sa chevelure d'un revers de main, puis haussa les épaules, prenant l'air détaché.

— Bien sûr. Je peux faire tout ce que je veux !

— Même aller à McDonald's ?

— Même que j'ai eu un cadeau, dans mon menu.

— T'as trop de la chance !

— Je sais, pérora-t-elle. Il ne me reste plus que deux souhaits à réaliser.

— Disney World ! s'écria Samba en pointant la ligne du doigt.

— Et embrasser un garçon… pour voir ce que ça fait. Moi, je ne trouve pas ça nul, les trucs d'amoureux.

— Mais c'est dégueu ! grimaça-t-il en portant la main à son cou. Je ne comprends pas ce qui te fait envie, là-dedans.

— Je ne sais pas… *C'est un feeling, un battement de cœur.*

Samba fronça les sourcils, convaincu que l'acte, réservé aux adultes, était tout aussi écœurant que boire l'eau des W.-C. Peut-être même pire. L'idée que des lèvres baveuses se posent sur celles de son amie l'irrita fortement.

— Tu n'as qu'à embrasser un crapaud ! C'est ce que font les princesses, non ?

— Pff ! T'es nul ! dit-elle en lui balançant un oreiller dans les côtes. C'est toi, le crapaud !

— Moi ? Un crapaud ? Tu vas voir, si je suis un crapaud…

Il saisit un traversin et, menaçant, s'élança vers elle. La fillette poussa un petit cri d'excitation et déguerpit à l'autre bout de la cabane, fit volte-face et redonna la chasse à son assaillant, un nouveau coussin solidement brandi au-dessus de sa tête.

Pour la première fois depuis son arrivée à Roche-bleue, Samba ne pensa ni à son pays ni à sa famille qu'il regrettait tant.

Pour la première fois, il riait de bon cœur, à en avoir mal au ventre.

Pour la première fois, il était à nouveau un enfant insouciant.

Au terme d'une bataille acharnée, les deux adversaires exténués se laissèrent tomber sur le lit à travers un nuage de plumes virevoltantes. Le sourire aux lèvres, ils se jurèrent de recommencer dès que possible. Hélas, la punition de Samba les empêcherait de se revoir avant le week-end suivant ! Fébrile, la Princesse le raccompagna à l'orée de la forêt et lui promit de l'attendre.

— Je me languis déjà de toi, mon chevalier !

— Moi aussi je me languis de toi, Princesse des neiges !

— Cette séparation est terrible, mais nos prochaines aventures n'en seront que plus intenses ! déclara-t-elle, la main sur le cœur.

Samba s'apprêtait à enchérir quand il aperçut son père, de l'autre côté de la rue. Il était en pleine conversation avec son professeur, ce qui eut pour effet de gommer instantanément son sourire. Il se retourna vers la Princesse, espérant obtenir le soutien dont il avait besoin, mais elle avait déjà disparu.

— Eh bien, ne reste pas planté là ! l'interpella Idriss. Viens.

Résigné, l'enfant obéit et rejoignit les deux hommes, manifestement devenus inséparables.

— Bonjour, monsieur Karila, articula-t-il d'une voix rauque.

— Bonjour, Samba. Alors, que faisais-tu dans la forêt ?

— Je jouais.

— Tu es très enroué...

Isaac se pencha vers lui, le fixa avec insistance et plaça une paume fraîche sur son front. Samba fut surpris de trouver le contact agréable.

— Tu es fiévreux, tu ne couverais pas un bon rhume, toi ?

Alerté par les paroles de son nouvel ami, Idriss posa à son tour la main sur le visage de l'enfant et fronça les sourcils.

— C'est vrai, ça. Tu te sens comment ?

— Ça va.

Samba avait décidé de faire l'impasse sur l'insupportable brûlure qui lui serrait la gorge depuis son réveil, de crainte d'être assigné à résidence, loin de sa Princesse.

— Tu portes bien ton manteau et tes gants, quand tu es dehors ?

L'enfant fit signe que « oui », se maudissant intérieurement d'avoir jeté ses vêtements dans la neige, la veille. S'il avait su, il les aurait gardés. Quoique... Il allait probablement devoir passer la semaine à la maison, obligé de boire des bouillons et du chocolat chaud, dans le cocon douillet de sa couette. Trouvant la perspective réjouissante, il ne put refréner un sourire satisfait.

— Dis, papa, demanda-t-il à brûle-pourpoint, tu l'as vue, cette fois ?

— Qui ça, fils ?

—Ma… la Princesse ?

—Non, mon grand, je n'ai vu personne. Elle était avec toi ?

—Elle a dû partir avant que tu regardes…, déplora-t-il.

—Sûrement, concéda Idriss. À moins que tu ne sois l'unique personne à la voir ?

Samba ne sut comment accueillir cette question. Il crut d'abord à une boutade, pourtant l'idée ne lui paraissait pas complètement absurde. La Princesse ne se manifestait que lorsqu'il était seul, et c'était la seconde fois qu'elle passait dans le champ de vision de son père sans qu'il la remarque. Après tout, n'avait-elle pas dit qu'elle était un peu magicienne ? Ébloui par cette nouvelle hypothèse, l'enfant se retrancha dans le souvenir de leurs derniers jeux, écoutant la conversation des adultes d'une oreille distraite.

—Moi aussi, j'avais un ami imaginaire, à son âge…, raconta Idriss.

Une rafale glacée s'engouffra dans la rue, dispersant la neige coincée sur les toits des maisons et faisant voler les détritus les plus légers hors des poubelles publiques. Isaac frissonna et remonta le col de son manteau en pestant contre la météo.

—Quel temps pourri ! Bon, mais en parlant de ton enfance… tu as retrouvé la trace de ta mère ?

—Toujours pas. J'ai demandé à la maire d'effectuer quelques recherches pour moi.

—Cela a dû ravir cette chère Josette ! Elle adore les mystères. Mais toi, tu n'as pas peur de ce que tu risques de découvrir ?

—Peur ? Pourquoi aurais-je peur du passé de ma mère ?

—Il est parfois préférable de laisser le passé où il est.

—J'ai déjà renoncé à beaucoup de choses, mon ami. Mais jamais je ne renoncerai à retracer son parcours. C'est grâce à elle que nous sommes ici, alors le moins que je puisse faire est d'honorer sa mémoire… en rafraîchissant celle des Rocazuriens.

— Fais tout de même attention à toi. Les souvenirs les plus doux sont souvent ceux qui font le plus mal.

Isaac Karila, d'ordinaire si solaire, se rembrunit brutalement. Était-ce à cause du vent soufflant toujours plus fort et les glaçant jusqu'aux os, ou bien y avait-il une autre raison ? Idriss se rendit compte qu'il ne savait pas grand-chose de lui. Qu'avait-il lui-même traversé pour le mettre en garde ainsi ? Il aurait aimé l'interroger, ou du moins l'inciter à en dire davantage, mais, avant qu'il ne puisse lui proposer de venir se réchauffer chez lui, le professeur avait déjà tourné les talons.

Chapitre 9

Diana Leroy pinça la Gitane maïs coincée entre les lèvres de son mari, et tira une longue bouffée avant de l'y replacer.

— C'est pour me réchauffer, rien de plus.

Charles lui adressa un sourire narquois, le genre qui dit qu'on ne la lui fait pas. La sexagénaire éclata de rire et digressa vers un sujet de conversation autrement plus croustillant.

— J'ai l'impression qu'elle se balade souvent par ici, la petite doctoresse, en ce moment…

Intrigué par les propos de sa femme, Charles l'interrogea de son regard marine, espérant qu'elle termine sa phrase. Mais elle était trop occupée à épier ce qui se passait dans la rue pour lui prêter attention. Gwendoline Conan se tenait face à la vitrine, soufflant sur ses doigts rougis par le froid, les yeux dans le vague.

— Je me demande bien ce qu'elle scrute comme ça, répondit l'épicier en relevant sa casquette d'une pichenette.

— À mon avis, rien du tout… on dirait plutôt qu'elle attend quelqu'un.

— Elle fait ses consultations sur le trottoir, maintenant ?

— Non, je crois qu'il s'agit d'autre chose, dit Diana d'un ton de manigance.

Comme pour confirmer ses soupçons, le regard de la jeune femme s'alluma. Elle se redressa légèrement, vérifia son reflet, ajusta sa coiffure et arbora un sourire si charmant que les deux marchands y répondirent malgré eux.

— Qu'est-ce qui la met de si bonne humeur ? s'interrogea l'épicier.

— Tu veux dire : *qui* la met de si bonne humeur ?

La silhouette élancée d'Idriss Kan venait d'apparaître, de l'autre côté de la rue. Il tenait son fils par la main et avala, en quelques enjambées, la distance qui les séparait. Curieux comme des pies, Charles et Diana restèrent silencieux, comptant sur la mauvaise insonorisation de la boutique pour intercepter leur conversation.

— Bonjour, Idriss. Bonjour, Samba. Décidément, nous ne cessons de nous croiser !

— En effet ! Bonjour, docteur Conan.

— Gwendoline.

— Gwendoline... Comment allez-vous ?

Il lui serra la main, de façon un peu gauche, hésitant sur la pression à exercer puis oubliant de la lâcher. La jeune femme émit un rire amusé, creusant d'adorables fossettes dans ses joues enfantines.

— Je vais bien, Idriss, merci. Et comment se porte notre petit convalescent ? demanda-t-elle en frottant la tête de Samba.

— Beaucoup mieux, dit l'homme. Je vous suis reconnaissant de l'avoir si bien soigné, cela m'aurait embêté qu'il ne puisse pas aller à l'école. Grâce à vous, il n'a pas manqué un seul jour de classe.

Sentant les regards des deux adultes braqués sur lui, l'enfant fit bonne figure, étirant ses lèvres en un rictus qu'il espérait convaincant. Pourtant, il avait vécu un enfer ces deux derniers jours, bien loin de ce qu'il avait escompté. En guise de chouchoutage à grand renfort de chocolats chauds, il avait dû avaler un sirop infect et se rendre à l'école, malgré son nez qui ne cessait de couler et la fièvre qui l'assommait. S'il avait su que c'était « ça », prendre froid, il n'aurait jamais posé ses vêtements dans la neige ! Une chose était certaine : on ne l'y reprendrait pas. Il renifla bruyamment dans l'espoir de susciter un peu de compassion de la part des adultes, mais déjà ils changeaient de conversation.

— J'ai appris que vous aviez trouvé du travail, dit la jeune doctoresse.

— Les nouvelles vont vite.

— C'est radio montagne, que voulez-vous ! Ici, tout le monde sait tout. Félicitations, en tout cas !

— C'est grâce à votre générosité. Sans cette mobylette, ça n'aurait pas été possible. Alors, merci, Gwendoline.

Gwendoline. Si cela n'avait tenu qu'à lui, Idriss aurait passé le reste de la journée à prononcer ces dix lettres… Il goûtait chaque syllabe, s'enivrait de leurs sonorités celtiques comme d'autant de petits soleils illuminant son ciel morose.

— C'était trois fois rien, vraiment, bafouilla-t-elle, troublée d'entendre son prénom. Je suis contente que cela vous ait aidé… vous êtes plongeur, c'est cela ?

— Mais vous savez absolument tout, c'est incroyable !

— Oh non, pas du tout ! Par exemple, j'ignore de quel restaurant il s'agit.

— C'est *L'Étoile des neiges*, tout au bout de la station. Peu de personnes connaissent…

Gêné, Idriss se gratta l'arrière de la nuque, cherchant un sujet plus intéressant, mais le docteur Canon semblait prendre sa nouvelle carrière très au sérieux et entendait bien obtenir plus de détails.

— Je le situe parfaitement, rétorqua-t-elle. Les Josserand font partie de ma patientèle. Vous remplacez Béatrice ?

— Je ne pourrais vous répondre, je n'ai pas posé la question.

— Ah bon ? Vous n'avez pas vu les deux patrons lors de votre entretien d'embauche ? Pourtant, Mme Josserand n'est pas du genre à déléguer ce genre de décision. Elle est malade ?

— Ah, ah ! Je n'en sais rien, ce n'est pas moi le médecin…, plaisanta-t-il. Et puis, j'évite de me montrer trop indiscret.

Prise en défaut, Gwendoline sentit le rouge lui monter aux joues, ce qui eut pour effet de renforcer son malaise… et de la faire rougir davantage. Aussi loin qu'elle se souvienne, elle avait toujours affiché ses émotions sur son visage. Cela lui avait valu le surnom de « Far(d) breton » pendant toute son enfance. Terriblement embarrassée, elle se mordit les lèvres et s'abîma dans la contemplation de ses chaussures, des bottes de neige d'un beige sale, à la recherche, également, d'un meilleur sujet de conversation.

— Samba…, lâchèrent-ils de concert.

Surpris par leur synchronisme, ils restèrent ébahis puis sourirent, ravis d'être sur la même longueur d'onde. Lui, lissant les plis imaginaires de sa parka. Elle, s'éventant nerveusement.

Charles et Diana n'avaient rien perdu de l'échange. L'épicière fit virevolter sa longue jupe bohème, en glissant sa silhouette imposante de l'autre côté de la caisse.

— Ce qu'ils ont l'air tarte ! se moqua-t-elle.

— Ce sont deux grands timides…

— Ouais, bah, ce n'est pas comme cela qu'ils vont concrétiser.

Diana se posta derrière un présentoir de magazines et interpella le couple qui arpentait le magasin, depuis une bonne vingtaine de minutes.

— Vous trouvez votre bonheur ?

L'homme glissa une tête coupable dans l'allée principale. Hoodie noir, jean sombre, air hagard, il bafouilla une excuse inaudible et disparut à nouveau derrière le rayon qui mobilisait toute leur attention. Décidée à leur venir en aide, Diana s'élança en direction des jeunes gens, mais fut coupée net par le grincement de la porte d'entrée.

— Idriss ! lança-t-elle. Je pensais que Gwendoline était avec toi ?

— Euh, bonjour… non… elle… elle…

— Elle est partie terminer ses visites avant que la nuit ne tombe complètement, dit Samba.

— Ah oui, je vois… Ça se passe bien, à l'école, bonhomme ? lui répondit l'épicière.

Le garçon baissa la tête et haussa les épaules, l'air de dire que ce n'était pas terrible. Émue par sa mine triste, Diana appela son mari.

— Chéri, tu veux bien faire goûter quelques gâteaux à Samba, dans l'arrière-boutique ?

— Je ne sais pas si je vais les sentir, se plaignit l'enfant, j'ai le nez bouché.

— Il n'y a qu'une façon de le découvrir, répondit Charles en se frottant les mains. Allez, viens avec moi, le grand malade !

— Il en a de la chance, mon fils…, ne put s'empêcher de commenter Idriss. C'est toi qui les as faits ?

Comprenant la demande à peine voilée de son interlocuteur, Diana éclata d'un rire de belette et dit à son mari de préparer un sachet qu'il pourrait rapporter chez lui.

— Je ne veux pas abuser non plus, s'excusa Idriss, conscient de son manque de subtilité.

— Ça me fait plaisir. Alors il paraît que tu as trouvé du travail ?

— Oui, admit-il, saisissant que la nouvelle avait déjà fait le tour du village. C'est un grand soulagement. Je vais pouvoir me consacrer davantage à mon fils, à présent.

— Tout va bien ? s'enquit-elle. Il a l'air un peu chagrin. En plus du rhume, bien sûr…

Idriss lança un regard inquiet en direction de l'arrière-boutique, afin de s'assurer que l'enfant ne l'entendait pas.

— Isaac dit qu'il passe les récrés tout seul, dans un coin de la cour... À la maison, il fait comme si tout allait bien, mais il s'est inventé une amie imaginaire, une espèce de princesse aux cheveux roses.

Troublée par les confidences d'Idriss, la femme jeta un coup d'œil en direction des clients. L'homme à la capuche et sa compagne avaient enfin arrêté leur choix et se dirigeaient vers la caisse. Ils avançaient, main dans la main, comme greffés l'un à l'autre. Lui, dans les un mètre quatre-vingts, les muscles saillants sous ses vêtements, la mâchoire carrée, les traits anguleux. Elle, une rousse à la peau pâle, aussi ronde qu'il était sec, vêtue d'une charmante robe en laine lui donnant l'air d'un elfe. Bien que trentenaires, à eux deux, ils ne paraissaient pas dépasser les quarante ans. La jeune femme lui tendit une VHS.

— Pardon d'avoir été un peu longs...

Gosh! what a creaky voice! se dit l'épicière. Elle n'avait jamais entendu ce genre de voix, à la fois grave et grinçante, en France. Seulement aux États-Unis, parmi des animateurs radio ou certaines femmes de pouvoir. Ce son paraissait encore plus étrange dans la bouche de cette belle rousse – dont l'allure de poupée en porcelaine laissait présager un timbre clair et haut perché – surprenant Diana chaque fois qu'elle l'écoutait.

— ...nous devions absolument trouver une cent vingt[1] pour enregistrer *Dirty Dancing*, ce soir. La petite est fan.

— Ah oui ? Ça parle de quoi ? demanda l'épicière.

— C'est une histoire d'amour entre une fille de bonne famille et un danseur.

1. Les VHS vierges étaient vendues en différents formats, selon la durée d'enregistrement souhaitée. Ici, une cent vingt (minutes) équivaut à deux heures d'enregistrement.

— Ça se passe dans les années soixante, ajouta son mari. C'est assez sensuel.

— Sensuel ? Vous êtes sûrs qu'elle a l'âge de regarder ça, votre pitchoune ?

— J'avoue que c'est aussi un peu pour moi…, confessa la jeune femme, en se mordant les lèvres.

— Je ne comprends pas ce qu'elle trouve à ce Patrick Swayze, dit son compagnon, l'air dépité.

Prenant la boutade au premier degré, Diana, qui avait horreur des scènes de ménage, plongea la main dans la minuscule panière en osier posée sur son comptoir, et en ressortit une sucette au caramel.

— Tenez, pour la petite, dit-elle en leur tendant la friandise. Les Pierrot Gourmand sont toujours ses préférées ?

Décidément, Diana connaissait les péchés mignons de chacun de ses clients ! Idriss laissa échapper un rire admiratif. Réalisant qu'elle n'avait pas fait les présentations, l'épicière y remédia immédiatement.

— Je manque à tous mes devoirs. Voici Idriss, nouveau Rocazurien. Idriss, je vous présente Claire et Benoît Loiseau…

— Ben, corrigea le jeune homme, futur ex-Rocazurien.

Charles sortit de l'arrière-boutique, un sachet kraft à la main, et intercepta la conversation en plein vol.

— Vous avez trouvé un acheteur pour la maison ? s'enquit-il.

— On l'espère, commenta Claire en croisant les doigts. Nous sommes pressés de partir.

— Vous n'êtes pas bien, ici ? demanda Idriss. Pour moi, c'est le paradis.

— Tant mieux pour vous, lâcha Ben, l'air las. Combien pour la cassette ?

— Vingt francs, répondit Diana.

Le couple fila sans plus de cérémonie, laissant Idriss perplexe. Avait-il commis un impair ?

— Vous n'avez rien dit de mal, dit l'épicière. Ils ont besoin d'argent, c'est pour ça qu'ils sont pressés de vendre.

Ses yeux se voilèrent légèrement, et il sembla à Idriss que de la buée se formait sur ses lunettes.

— Vous me rassurez, dit-il, gêné. Je vais vous prendre des poireaux et filer préparer une soupe à mon fils. Rien de tel pour terrasser les vilains virus !

— Bien sûr, répondit-elle.

Son regard se porta sur Samba qui déambulait entre les rayons. Le garçon disparut derrière l'un d'entre eux, mais reparut aussitôt dans le grand miroir convexe, placé au fond de la boutique. Elle l'y vit ouvrir un paquet de barres chocolatées qu'il sortit une à une, avec beaucoup de précautions, puis les cacher dans les poches de son pantalon avant de refermer son anorak et de reposer la boîte vide sur son étagère. Un sourire figé sur le visage pour ne pas alerter Idriss, Diana adressa un signe à peine perceptible à Charles qui lui répondit tout aussi discrètement. Tout malade qu'il était, le gamin avait encore suffisamment d'énergie pour leur voler de la nourriture.

L'homme tendit un sachet maculé de taches de beurre au jeune père.

— Pour le goûter du petit…

Chapitre 10

Samba avait dû patienter jusqu'au mercredi pour se reposer enfin… et constater qu'il était remis de son rhume. Le lendemain, c'est avec grand mal qu'il s'efforça de suivre la leçon de M. Karila. Il ne tenait pas en place, s'agitant sur sa chaise comme si elle lui brûlait les fesses. Dehors, le soleil dardait la cour d'école de rayons qui charriaient avec eux de minuscules poussières, donnant l'illusion qu'elles étaient autant de paillettes ou de la poudre d'étoiles. Cette lumière vive, presque irréelle ou magique, augurait le retour de la joie dans son quotidien terne.

La matinée s'était écoulée au ralenti, au son de la voix grave de son instituteur. Isaac Karila s'évertuait à égayer l'histoire des Gaulois, usant d'anecdotes et d'un jeu d'acteur si convaincant qu'il réussit à arracher quelques rires à ses élèves. Mais l'esprit de Samba divaguait, naviguant de la forêt où résidait sa Princesse… au terrain de foot où il pourrait bientôt s'ébattre, à l'instar d'Olive et Tom, ses héros de dessin animé préférés. Un sourire aux lèvres, il s'imaginait déjà le traversant avec le ballon, déjouant les tentatives de déstabilisation de ses adversaires, marquant un but sous les acclamations de ses équipiers…

« BAM » !

La main du directeur s'abattit sur son bureau.

— Samba !

Pris en flagrant délit de rêverie, l'enfant sursauta si violemment que la classe entière éclata de rire.

— Ça va ? Je ne te dérange pas ? gronda l'instituteur.

— Non, m'sieur… j'écoutais, je vous jure !

— Ah oui ? Alors que peux-tu me dire sur les Gaulois ?

Samba fouilla sa mémoire à la recherche des dernières paroles de son enseignant. Mais il avait beau se concentrer, tout ce qui remontait à la surface de son esprit était un gloubi-boulga de sons assourdis. Il fronça les sourcils et baissa la tête, prêt à admettre sa faute, quand quelque chose lui revint.

— Ils n'avaient peur de rien, sauf de la foudre ! lâcha-t-il, victorieux.

L'enseignant le fixa intensément, sans rien dire, pendant ce qui lui parut une éternité. Samba retint son souffle, prenant douloureusement conscience des cognements trop rapides de son cœur, persuadé que le géant qui le toisait allait ouvrir le ciel et invoquer lui-même la colère des dieux. Mais il ne parla pas. Intrigué, l'élève scruta le visage de son professeur. Était-ce un léger sourire au coin de ses lèvres ? À moins qu'il ne s'agisse d'un rictus cruel annonçant une nouvelle punition ? Dans le doute, il baissa davantage la tête pour faire amende honorable, et obscurcit frénétiquement un petit carreau de son cahier.

— Eh bien…, commenta l'homme, voilà une anecdote tout à fait correcte.

Soulagé, Samba s'autorisa à respirer. Il leva un visage fier vers son instituteur, s'attendant à recevoir des encouragements. Mais l'air sévère d'Isaac Karila le cloua sur place. Ses yeux noirs avaient pris un éclat dur, et les muscles de ses mâchoires tressautaient nerveusement, annonçant à coup sûr une nouvelle humiliation. Il ressemblait à un aigle prêt à fondre sur lui. Le garçon courba les épaules, résigné à encaisser les remontrances. Mais l'homme n'en fit rien. Il se contenta de tourner les talons et d'ignorer Samba jusqu'à la pause de midi.

Quand la cloche sonna, Samba s'engouffra dans le gymnase de l'école, habituellement réservé aux activités telles que la poutre ou les anneaux. Les élèves qui ne déjeunaient pas chez eux étaient autorisés à manger sur les tapis de sol – la chute récente des températures les privant désormais d'un repas en extérieur. Samba se réfugia dans un coin de la salle, ignorant les railleries d'un Kevin tout aussi excité que lui par l'événement du jour.

— Eh, Kan ! Prends des forces pour le match, hein ! Je vais te mettre une dérouillée, t'as pas idée !

Une fillette éclata d'un rire moqueur. Si les paroles de Kevin ne l'atteignaient guère, la réaction de Sophie Lepage, une des élèves les plus populaires de la classe, lui fit l'effet d'une claque. Samba refoula les larmes qui affleuraient ses paupières, de crainte de passer pour une mauviette. Il prit une grande inspiration, humant au passage des effluves de caoutchouc émanant du sol souple et des ballons de GRS, et déballa son sandwich avec application, faisant abstraction de la demi-douzaine de paires d'yeux braqués sur lui.

Quand la cloche sonna la fin de la pause, il fonça dans les vestiaires et enfila sa tenue de sport en un temps record, pressé de pouvoir faire ses preuves.

Isaac Karila, qui les attendait sur le terrain extérieur, siffla le rassemblement des troupes et, au terme de la séance d'échauffement réglementaire, annonça les règles à suivre.

— Bon, vous le savez, on a un nouveau parmi nous. Étant donné que je ne connais pas encore son niveau, je vous demande de former deux équipes, et de jouer comme vous le faites habituellement pour vous amuser. Personne n'a de rôle attitré pour l'instant, je veux voir comment vous fonctionnez ensemble. C'est compris ?

— Mais, m'sieur, protesta Kevin, tout le monde sait que moi je suis un attaquant !

— Eh bien, à toi de prendre le ballon et de le prouver. Allez ! Tous sur le terrain, maintenant.

Les élèves obtempérèrent dans un joyeux chaos auquel Samba participa de bon cœur. Martial, un petit roux à lunettes aussi musclé qu'une crevette, lui adressa un sourire sincère.

— Si tu veux, j'assure tes arrières !

Samba n'eut pas le temps de répondre. Déjà, le professeur donnait le coup d'envoi et tous se précipitèrent sur le ballon. Kevin sortit de la mêlée, balle au pied, courant droit vers le but opposé. Samba s'élança à sa suite. Kevin était certes moins grand que lui, mais il avait une explosivité nettement supérieure, ce qui le rendait difficile à rattraper. Pourtant, au terme d'efforts dont il s'ignorait capable, Samba lui reprit le ballon. Ivre de joie, il fila comme un dératé, slalomant entre des élèves déterminés à le bloquer et d'autres, moins sportifs, ne sachant quoi faire de leur propre corps. Derrière lui, il pouvait entendre le souffle rauque et les pas lourds de son adversaire, ainsi que les cris de Martial lui assurant qu'il ne lâchait pas. Kevin se rapprochait, n'était plus qu'à quelques centimètres de lui. Partagé entre l'excitation de marquer le but et la peur d'en être empêché, Samba accéléra encore puis, dans un jeu de jambes qui le surprit lui-même, il feinta son assaillant et, d'un coup de pied magistral, fit décoller le ballon et le propulsa droit dans la cage.

— Buuuut ! hurla-t-il, fou de joie.

Samba pivota sur lui-même, un immense sourire plaqué sur ses lèvres, prêt à recevoir l'ovation de ses camarades en liesse, à être arraché du sol et porté en héros sur le terrain de sa victoire. Mais en effectuant son demi-tour, c'est Kevin, lancé à vive allure et sans aucune intention de freiner, qu'il rencontra. Samba tenta d'esquiver la collision, en vain. Le choc fut violent. Front contre front. Au bruit sourd de l'impact succéda la chute des deux garçons, dans une symétrie presque chorégraphique. Ils s'écroulèrent, sonnés.

Kevin recouvra ses esprits le premier. Il roula sur lui-même et se jeta sur son rival, vociférant des insultes à l'égard de son père, sa mère, et toute sa « famille de dégénérés ». N'en supportant pas davantage, Samba l'empoigna par les cheveux et les tira de toutes ses forces. Kevin brailla de douleur et agrippa ses doigts pour l'obliger à lâcher prise, Samba en profita pour retourner la situation et avoir le dessus. Il maintint Kevin au sol et arma un poing tremblant qu'il projetait d'écraser sur son visage. Quand le son strident d'un sifflet retentit. Ramené à la réalité, Samba suspendit son geste.

— Kan, qu'est-ce que tu fais ? hurla le directeur.

L'homme plaça ses mains de géant sous ses aisselles et le tira loin de l'autre garçon, si fort qu'il eut le sentiment de voler. Il le reposa sans ménagement et le fixa d'un air que Samba ne parvint pas à déchiffrer, mais qui ne lui disait rien de bon. Le directeur jeta un coup d'œil dans la rue et héla Amy Delorgue qui passait par là.

— Amy, vous pourriez veiller sur ma classe, pendant une petite heure ?

Cueillie en plein retour de courses, la femme hésita. Elle n'était pas très douée avec les enfants, qui la chahutaient à la moindre occasion, mais, après tout, elle n'avait pas mieux à faire. La mairie ne l'employait qu'une quinzaine d'heures par semaine et, le reste du temps, elle traînait son ennui dans les rues de Roche-bleue, loin de ses rêves de jeunesse où elle s'imaginait devenir une grande artiste et une amante ardente.

— Bien sûr…, dit-elle en franchissant le portail, je serais ravie de vous aider, monsieur le directeur.

Il lui sembla que sa voix, déjà très aiguë, avait déraillé pour atteindre des notes à la limite du supportable. Elle se mordit les lèvres, maudissant son émotivité à fleur de peau. Mais Isaac Karila ne remarqua pas à quel point il la troublait, ou du moins le feignit-il.

— Passez d'abord par mon bureau et appelez le père de Samba. Son numéro est dans le registre bleu. Kan, tu viens avec moi, dit-il à l'enfant. Les autres, retournez en classe avec Mme Delorgue et faites les exercices de maths du chapitre qu'on a vu hier. Kevin, tu m'apporteras ton carnet de correspondance avant de partir, ce soir.

L'annonce de la fin du match sonna comme une punition difficile à encaisser pour le reste des élèves. Tous y allèrent de leur commentaire, soupir, ou cri de désespoir pour les plus théâtraux. Mais c'est à peine si Samba les entendit. Il tanguait, hagard, les battements de son cœur résonnant si fort dans sa poitrine qu'ils couvraient la clameur. Isaac lui saisit la main.

— Tu peux marcher ?

L'enfant fit signe que « oui », mais se laissa traîner jusqu'à l'infirmerie. C'était la première fois qu'il y mettait les pieds. Trop impressionné pour inspecter les lieux, il se contenta de humer les odeurs à la recherche d'un parfum familier, rassurant, mais n'en trouva aucun. Le directeur le souleva comme un vulgaire pantin et le déposa sur la table d'auscultation.

— Ça va, dit l'enfant.

Mais l'homme resta sourd à ses protestations. Il se lava les mains et ouvrit un tiroir où il attrapa du coton et de l'alcool.

— Je vais désinfecter rapidement avant de t'emmener chez le médecin pour les points de suture. Ça va un peu piquer, mon grand.

Il avait parlé d'une voix si douce que Samba, trop surpris pour prêter attention à ses mots, n'avait rien compris.

— Quoi ?

— Tu t'es fendu l'arcade sourcilière, tu ne sens pas le sang qui coule ?

Incrédule, Samba porta les doigts à son front et préleva un peu du liquide poisseux.

— C'est Kevin qui me l'a ouverte, pas moi...

Le directeur commença à tamponner la blessure avec le coton imbibé d'alcool.

— Aïeuh !

— Quand je vous ai séparés, c'est bien toi qui le menaçais, non ?

— Ben voyons..., souffla l'enfant.

Isaac Karila suspendit son geste et fronça les sourcils.

— Je te demande pardon ? Tu as quelque chose à me dire, Samba ?

Piteux, le garçon baissa la tête. Il savait qu'un professeur, ça se respectait. Qu'il n'était pas censé lui répondre ni contester ses décisions, mais il en avait trop gros sur le cœur pour ne pas saisir la perche. Alors il prit son courage à deux mains et répliqua d'une voix tremblante.

— Quoi que je fasse, vous me donnerez tort, de toute façon ! Et je sais très bien pourquoi.

— Ah oui ? Et pourquoi ?

— Parce que...

Samba hésita à prononcer les mots qui lui brûlaient les lèvres, car il avait conscience qu'il y aurait un *avant* et un *après*. Mais il était également convaincu que la situation n'était pas normale et que sa colère était juste. Il planta son regard dans les yeux sombres de son interlocuteur, prit une grande inspiration, et se lança.

— Parce que vous êtes un raciste.

L'homme émit un rire nerveux et se laissa tomber sur une chaise, avant de se frapper le front du plat de la main.

— Mais ça ne va pas, la tête ? Tu t'es cogné plus fort que je ne le pensais, ma parole !

— Si, ça va très bien, ma tête ! s'emporta l'enfant. Vous me détestez, je le sais ! Vous ne me mettez pas les notes que je mérite, vous prenez toujours parti pour Kevin alors que c'est lui qui m'attaque tout le temps. Vous faites l'hypocrite devant mon père, mais je vais lui dire que vous êtes un gros raciste et on va bien voir ce qu'il va vous faire.

— Tu racontes n'importe quoi, petit imbécile ! Isaac Karila, raciste, il n'y a rien qui te choque ?

Ne saisissant pas où le professeur voulait en venir, Samba se contenta de hausser les épaules avec toute la morgue dont il était capable. À présent qu'il avait crevé l'abcès, il n'avait plus envie de discuter.

— Je suis tunisien, mon grand. Juif tunisien. Tu sais ce que ça signifie ?

— Non, admit l'enfant en secouant la tête.

— Ça veut dire que je suis un immigré, comme toi. Que je l'ai subi, le vrai racisme, et, crois-moi, ça n'a rien à voir avec le fait d'avoir un enseignant exigeant. Sais-tu seulement pourquoi je suis aussi exigeant avec toi ?

Buté, Samba croisa les bras sur sa poitrine. Il était hors de question qu'il réponde à cette question. Il ne se laisserait pas embrouiller par ses belles paroles. Mais l'homme comptait bien aller au bout de son argumentation.

— Je suis exigeant parce que ce sera plus dur pour toi, tout comme ça l'a été pour moi. Pour réussir, il te faudra travailler deux fois plus que les autres, être irréprochable... Alors oui, tu es un bon élève, mais justement, tu peux faire mieux que citer Astérix parce que tu rêvasses en cours.

— Comment vous avez su ? renifla l'enfant.

— Tu n'es pas le seul à aimer les bandes dessinées ! Écoute, je sais que tout ça te paraît injuste, mais tu dois vraiment revoir ton attitude… Sinon, on te percevra comme un fauteur de troubles, un garçon qui ne sait pas se contrôler. Tu comprends ce que je dis ?

— Mais c'est Kevin qui a commencé ! Pourquoi c'est pas lui qu'on dispute ?

— Kevin aura aussi à répondre de ses actes, crois-moi. Mais, pour l'instant, c'est de toi qu'on parle.

— Bah moi, j'ai pas envie de parler avec vous, je vous déteste !

C'est alors qu'une voix retentit dans la pièce. Une voix tremblante de colère contenue.

— Samba, excuse-toi tout de suite auprès de ton professeur.

Samba sentit soudain son courage fondre comme neige au soleil. Sur le seuil de l'infirmerie se tenait son père.

Chapitre 11

La peur d'aggraver la colère de son père aurait dû suffire à dissuader Samba d'ouvrir la bouche. Pourtant, quand il le sermonna sur le chemin les menant au cabinet médical, le garçon ne put se résoudre au silence.

— Tu as de la chance d'avoir un instituteur aussi patient, gronda l'homme.

— Tu parles…

— Sérieusement ? Tu te permets encore un commentaire ?

Idriss stoppa net. Samba, qui avait dû trottiner pour suivre ses enjambées vigoureuses, faillit perdre l'équilibre. Fou de rage, il retira vivement sa main de celle de son père.

— Je suis pas comme toi, je suis pas une serpillière, moi !

— Une quoi ?

— Tu es toujours en train de t'écraser devant tout le monde, ici. T'as pas de fierté !

Samba rentra la tête dans les épaules et soutint son regard, prêt à encaisser la première gifle de sa vie. Un voile étrange traversa les iris noirs d'Idriss, puis la sentence s'abattit, sèche, douloureuse, vexante. Pire qu'une claque.

— Je suis déçu, Samba. Vraiment déçu.

Et l'enfant comprit d'où venait ce curieux reflet dans les yeux de son père. C'étaient des larmes. L'homme se pinça la base du nez pour les chasser avant qu'elles ne coulent, et fixa son fils comme s'il contemplait la progéniture d'un autre. Ce regard lui fut insupportable.

—Papa…

—Ici, je ne croise que des personnes généreuses, prêtes à nous accueillir à bras ouverts.

—Pas M. Karila!

—Il t'a déjà expliqué pourquoi il était exigeant avec toi, répondit Idriss en reprenant son chemin.

—Et les autres enfants qui se moquent de moi, tout le temps?

—Ils ont peur de ce qu'ils ne connaissent pas. Sois patient avec eux.

—Tu vois? Tu ne prends jamais ma défense! Tu n'en as rien à faire de ce que je ressens!

Idriss Kan mit fin à la discussion d'un profond soupir. Le cœur lourd, Samba baissa la tête et le suivit en silence. Comme pour faire écho à ses sentiments, le ciel gris de Roche-bleue se déchira soudain, déversant sur eux des larmes denses et glacées. Idriss remonta le col de son anorak et attacha la capuche de Samba, puis l'entraîna en courant jusqu'à la porte du cabinet médical. Le docteur Conan les accueillit avec ce sourire merveilleux qui semblait pouvoir tout guérir. Elle leur tendit des serviettes tièdes et passa une main dans son chignon décoiffé, avant de les conduire dans la salle de consultation.

—Isaac m'a prévenue de votre visite. Allez, fais-moi voir cette vilaine blessure, dit-elle à son jeune patient.

Elle aida Samba à s'asseoir sur la table et ôta son bandage détrempé par la pluie. Par acquit de conscience, elle désinfecta à nouveau la lésion.

—Ce n'est pas bien méchant, des strips suffiront.

—C'est quoi des strips?

— Ce sont des petits pansements très fins qui vont refermer ta plaie sans que je doive te recoudre, dit-elle, joignant le geste à la parole.

— Je n'aurai pas de cicatrice ? lâcha-t-il, un peu déçu.

— Tu garderas une marque quelques semaines, le rassura-t-elle en riant. Et ce sera très impressionnant !

Le garçon lui adressa un sourire piteux et lança un regard accablé en direction de son père qui jouait nerveusement avec le bouton-poussoir d'un stylo. La tension entre eux était palpable. Saisie d'une impulsion, la jeune Bretonne ôta sa blouse et l'accrocha au perroquet, enfila un charmant manteau de laine rouge qu'elle assortit d'un béret de la même couleur.

— Suivez-moi, on va chez Alex.

— Pourquoi ça ? s'étonna Idriss.

— Ordre du médecin ! On ne discute pas.

Comment lui refuser quoi que ce soit ? Idriss hocha la tête et lui emboîta le pas, la main de son fils calée d'autorité dans la sienne.

Devant le bar, une Harley-Davidson occupait tout le trottoir. Idriss émit un sifflement admiratif.

— À qui est ce petit bijou ? s'exclama-t-il.

— À la patronne. C'est une passionnée de motos, elle en a trois.

— Barmaid, coiffeuse, motarde… elle est décidément surprenante, cette Alex !

— Bon, on entre ? répondit la jeune femme, plus sèchement qu'elle ne l'aurait souhaité.

Idriss s'engouffra dans le café et fut saisi par la chaleur des lieux. Lui qui n'avait pas eu le temps de se couvrir les oreilles eut le sentiment qu'elles allaient prendre feu et tomber de sa tête. Il les roula précautionneusement entre ses doigts afin de s'assurer qu'elles étaient bien en place, ce qui fit beaucoup rire Gwendoline.

— J'imagine que c'est une sensation nouvelle ?

— C'est perturbant, confirma-t-il.

Ils s'installèrent sur une banquette, et la jeune femme commanda aussitôt trois chocolats chauds.

— À l'américaine, précisa-t-elle à la patronne.

— Comment avez-vous deviné ? s'étonna Idriss avant de s'interrompre. Radio montagne, c'est ça ?

— Exactement !

Ravie de son effet, Gwendoline souffla sur ses mains en couvant ses deux patients du regard. Elle accueillit l'arrivée d'Alex et des trois tasses avec un enthousiasme légèrement forcé.

— Merci, Alexandra. Je crois qu'on a besoin d'un peu de réconfort par ici…

— Bah oui, mon bichon, dit la taulière en scrutant Samba. Tu m'as l'air sacrément amoché, qui t'a fait ça ?

— Kevin Lacaille, m'dame.

— Appelle-moi Alex, je n'ai pas l'âge d'être une dame, minauda-t-elle un peu. Ma gamine va dans la même école que toi. Son nom, c'est Sophie. Tu la connais ?

Le garçon haussa les épaules et coula un regard triste vers Alex. Plus fine que son allure ou son phrasé ne le laissaient paraître, elle comprit que Sophie n'avait pas réservé le meilleur accueil à Samba, ce qui la fit culpabiliser. Lui donnait-elle suffisamment le bon exemple ? Ne devrait-elle pas se mettre en recherche d'un père pour sa fille ?

— Ne t'inquiète pas, dit-elle à l'enfant, ça finira par passer, tu verras.

Samba fit la moue, puis fixa intensément la patronne.

— Pourquoi tes boucles d'oreilles ne sont pas de la même couleur ?

— Bah, dis-moi, tu es observateur, toi ! J'ai perdu une créole bleue et une créole verte. Pouf ! Disparues ! C'était probablement en enlevant mon casque… mais je trouve ça plutôt marrant de porter des boucles dépareillées, pas toi ?

— Je ne sais pas. Ouais, c'est cool.

— Allez, je ne t'embête pas plus longtemps.

Elle repartit en direction du bar, semant derrière elle des effluves vanillés, et passa une main dans le dos de Ludwig Lutz, qui sursauta violemment. L'Allemand émit un rire forcé avant de se replonger dans la contemplation de la rue. Idriss se demanda ce qu'il pouvait bien guetter ainsi. La voix de Gwendoline le sortit de ses pensées.

— C'est une belle femme, vous ne trouvez pas ?

Surprise par sa propre audace, Gwendoline souffla sur son chocolat chaud, yeux baissés, espérant que ses joues ne trahissaient pas ses émotions. Idriss resta un instant interdit, flairant que c'était une question piège sans pour autant en saisir les contours. Par souci d'honnêteté, il scruta Alex. Avec sa petite jupe moulante, sa chemise à froufrous et ses breloques tintinnabulantes, elle dégageait ce je-ne-sais-quoi qui ne laissait pas les hommes indifférents. Elle riait à gorge déployée, ne se souciait guère des convenances, et son langage fleuri, que d'aucuns auraient qualifié de vulgaire, avait le charme de la spontanéité. Idriss se frotta l'arrière du crâne et, d'un doigt nerveux, tenta d'élargir le col roulé qui lui comprimait le cou.

— Effectivement, elle a tout ce qu'il faut là où il faut ! approuva-t-il, d'un ton qu'il espérait détaché.

— Papa ! s'exclama Samba. Ça se dit pas !

Prenant conscience de son indélicatesse, Idriss goba tous les marshmallows qui flottaient à la surface de sa boisson, pour se donner une contenance.

— Ah oui ? Vous trouvez ? répondit Gwendoline, d'une voix blanche.

Idriss secoua la tête et afficha une mine indécise. C'était le mieux qu'il pouvait faire pour l'instant, les guimauves qu'il avait enfournées l'empêchant d'articuler quoi que ce soit pour plaider sa cause.

Gwendoline regrettait d'avoir posé la question. Les clés de la féminité, celle qui affole les hommes, lui étaient toujours demeurées inaccessibles. Elle n'avait jamais su s'apprêter, préférant le confort d'un bon vieux jean et d'un tee-shirt aux tenues plus sophistiquées qui auraient mis ses formes en valeur. Quant au maquillage et autres artifices de séduction, c'était sainte Rita, la patronne des causes perdues, qu'il aurait fallu invoquer pour lui donner un semblant d'habileté. Son mascara finissait toujours par lui faire des cils en paquets… quand elle ne se retrouvait pas avec du rouge à lèvres sur les dents. Elle se sentait stupide, aussi stupide que son béret ridicule et ce manteau criard. Qu'avait-elle imaginé ? Qu'Idriss Kan nierait l'évidence ? Qu'il feindrait de n'avoir rien remarqué ? Qu'il jurerait ses grands dieux qu'Alex n'était pas son genre de femme ?

— Je n'y avais jamais fait attention, dit enfin son interlocuteur après avoir dégluti. Il faut dire que ce n'est pas vraiment mon genre de femme.

Gwendoline écarquilla les yeux. Avait-il lu dans ses pensées ?

— Ah non ? Et c'est quoi, votre genre de femme ?

L'homme se racla la gorge, gêné. Décidément, ce pull lui démangeait le cou de façon insupportable ! Il se tourna vers son fils et lui tendit une pièce de deux francs… une technique piquée à Isaac, pour rester entre adultes.

— Tiens, va écouter un peu de musique, puisque tu as terminé ton chocolat.

— Super ! s'écria l'enfant. Je peux mettre *Big Girls Don't Cry* ?

— Qu'est-ce que c'est ? s'étonna son père.

— Une chanson que la Princesse aime bien, même qu'on a déjà dansé dessus !

— Ah oui… la princesse. OK, vas-y… et montre-nous comment tu danses !

Samba s'éloigna. Sans le savoir, il avait fourni à Idriss un nouveau sujet de conversation, autrement moins embarrassant que ses arguments vaseux sur les atouts d'Alexandra Lepage.

— La princesse ? interrogea Gwendoline.

— La princesse des neiges, compléta-t-il. Samba s'est inventé une copine plus âgée que lui, qui vit dans la forêt, se déplace en trottinette et a de longs cheveux roses. Il passe beaucoup de temps avec cette amie imaginaire, ce qui m'inquiète un peu. J'ai peur que ce soit symptomatique de son mal-être.

— Idriss, dit-elle en posant la main sur la sienne, rassurez-vous : cette petite est bien réelle ! Je la vois souvent.

Les doigts d'Idriss tressautèrent au contact de sa paume. Depuis quand une femme ne l'avait-elle pas touché pour le réconforter, le réchauffer ? Incapable de s'en souvenir, il laissa un instant son esprit divaguer au gré de la musique qui s'échappait du juke-box. Un quartet américain chantait que les grandes filles ne pleurent pas, et il trouva cela regrettable. Si l'on pouvait montrer ses sentiments, sans crainte du jugement d'autrui, la vie serait probablement plus douce. Il soupira longuement, un vague sourire naissant sur les lèvres, et regarda son garçon s'agiter dans ce bar de montagne, sur un air qu'il venait de découvrir. Un paquet de secondes s'écoula avant qu'il n'exprime à nouveau ses doutes.

— Pourquoi cette petite fille ne va-t-elle pas à l'école, comme les autres enfants ?

— Ses parents lui font cours à la maison.

— Quelle drôle d'idée ! Des originaux, je présume…

— Ils tiennent à la garder avec eux, lâcha-t-elle d'une voix fatiguée.

Les traits de la doctoresse s'affaissèrent. Elle parut soudain incroyablement lasse, vulnérable, triste peut-être. Craignant de l'avoir ennuyée avec ses questions, Idriss engloutit les dernières gouttes de sa tasse en faisant claquer sa pomme d'Adam.

— Vous êtes satisfait de votre nouvel emploi ? digressa-t-elle.

— Oui, tout à fait ! Mes patrons sont très gentils.

— Et vous vous en sortez, financièrement ?

— J'aurai largement de quoi me retourner avec un SMIC complet, la rassura-t-il.

La jeune femme arqua les sourcils, surprise par la réponse de son interlocuteur. Elle jeta un coup d'œil à Samba qui continuait de remuer sur la musique rétro et joua machinalement avec une mèche de cheveux.

— Je suis passée devant le restaurant, hier, mais je n'ai pas vu votre mobylette.

Idriss recula dans la banquette. Le surveillait-elle ? Ses faits et gestes étaient-ils le principal sujet de conversation de la fameuse radio montagne ?

— Je ne travaille qu'à temps partiel, bafouilla-t-il, troublé.

— À temps partiel ? Je ne savais pas qu'on pouvait être plongeur à temps partiel ! s'excusa-t-elle.

— Cela me permet de rester disponible pour mon fils, le soir… Mais, pour revenir à « la princesse », je ne suis pas sûr que ce soit bon pour Samba de traîner constamment avec elle, dans la forêt.

— Moi, je crois que ça lui fait beaucoup de bien, au contraire…

Déchaîné, l'enfant se déhanchait comme s'il était né à l'époque des yéyés, sans se soucier du regard médusé de Johnny ou de Ludwig, ni des autres clients du café. Il évoluait dans sa bulle, connecté en pensée à son amie, un sourire extatique illuminant son visage.

— Je ne sais pas, il devrait se faire de nouveaux copains, des garçons.

— Il est amoureux, votre fils, Idriss ! l'interrompit-elle, exaspérée.

Idriss Kan se redressa comme si elle avait énoncé une aberration. Samba était bien trop jeune pour être animé de tels sentiments.

— Pas du tout, vous vous trompez. Il a beau être intelligent, il est encore très bébé sous plein d'aspects. Il se passionne pour les contes de fées et croit au Père Noël alors qu'il a neuf ans ! Moi, à son âge…

— À son âge, vous aviez toujours votre mère, compléta Gwendoline. Les contes, les légendes, ça doit le rassurer, lui faire l'effet d'un doudou. Mais ce n'est pas parce qu'il a un pied dans l'enfance qu'il ne grandit pas. Regardez-le. Bientôt, il ne croira plus à ces choses-là, et vous, vous regretterez cette période !

Idriss suivit le regard de Gwendoline et vit Samba sous un jour nouveau. Oui, c'était toujours un enfant, pourtant il émanait de lui une vibration nouvelle, un mélange de joie et de nervosité, mélange qui lui paraissait étrangement familier. Il se retourna vers la jeune Bretonne et fit un petit signe de capitulation.

— Vous avez peut-être raison. Après tout, comment ne pas tomber amoureux d'une belle fille aux cheveux clairs ?

Sa voix, plus grave qu'à l'accoutumée, s'éteignit dans un vibrato dénotant son émotion. C'est en voyant le visage cramoisi de Gwendoline qu'Idriss réalisa le double sens de ses propos. Paniqué, il bondit de sa chaise, raide et droit, comme téléguidé par une force supérieure. Après un instant de flottement pendant lequel il se trouva incapable de croiser son regard, il bafouilla quelques mots inaudibles puis alla récupérer son fils sur la piste de danse improvisée, et quitta précipitamment le bar.

Chapitre 12

Une semaine s'était écoulée depuis l'incident du match de foot. Le quotidien des Kan avait revêtu une tournure un peu étrange, presque irréelle. Chacun multipliait les petits arrangements avec une vérité impossible à avouer à l'autre. Samba avait acquis la certitude que son père, aveuglé par son désir d'être adopté par les Rocazuriens, s'était rangé de leur côté. Alors à quoi bon lui raconter sa douleur, sa solitude, son inconsolable mal du pays ? Idriss, quant à lui, refusait que son fils se complaise dans une posture de victime qui deviendrait le prétexte à tous ses échecs. Il prenait le contre-pied de la moindre de ses plaintes et forçait systématiquement la bonne humeur. Leurs échanges ressemblaient davantage aux dialogues hors-sol d'une sitcom bon marché qu'à de véritables discussions. Et ce samedi matin ne fit pas exception à la règle.

— Depuis que je me suis excusé auprès du maître, dit Samba, les choses se sont arrangées, mais les autres élèves…

— …finiront par t'intégrer, j'en suis certain.

— Ouais, Kevin m'a fait une passe, cette semaine.

— Tu vois ! Il ne faut jamais baisser les bras. En parlant de bonne nouvelle : ma patronne m'a promis une prime ! Et aussi… Lilas m'a adressé un signe de tête, hier soir.

— Super !

Les deux firent mine de s'en réjouir sans être tout à fait dupes.

Las de cette comédie, Samba trépignait d'impatience à l'idée de rejoindre sa Princesse, et Idriss rêvait de passer un peu de temps seul, dans la chaleur de sa maison. Pourtant, il redoutait le moment où les mots qui lui avaient échappé, face à Gwendoline, tourneraient en boucle dans son esprit et lui feraient honte. Mais au diable l'autoflagellation ! Il devait se ressaisir. Lorsque Samba irait jouer avec sa copine, il se plongerait dans un délicieux bain moussant et savourerait un bon livre. Ragaillardi par la perspective de s'adonner à sa passion pour la lecture, il pressa son fils de terminer son chocolat chaud. L'enfant s'élança vers la porte, impatient de retrouver son amie. Son père le rattrapa au vol.

— Pour commencer, tu te couvres correctement, dit-il en remontant la fermeture de sa parka et en ajustant son bonnet. Ensuite, tu devras être rentré à 16 heures, au plus tard. Enfin, tu viens d'abord saluer Charles et Diana. Ça fait une semaine qu'ils ne t'ont pas vu.

— Bah, fallait pas me donner une punition à faire à la maison en plus de celle de l'école !

Samba se mordit les lèvres. Ne venait-il pas de réduire ses chances de voir la Princesse à néant, avec cette saillie ridicule ?

— Pardon, papa. Je...

— C'est bon, le coupa Idriss d'un ton sec.

L'homme se fit violence pour ne pas s'emporter. Car cela l'obligerait à sévir, et à consigner l'enfant tout le week-end. Or, il avait vraiment besoin de temps pour lui, de l'excuse de ces deux jours de congé pour se recentrer. Il prit la main de son fils et le conduisit à l'épicerie.

Diana, voyant l'œil encore tuméfié de Samba, se précipita vers lui pour le consoler.

— Mon pauvre chéri ! Tu as mal ?

— Ça, il ne t'a pas loupé, le petit Lacaille, siffla Charles, la Gitane aux lèvres. Mais tu t'es bien fait respecter, à ce qu'on m'a dit !

Partagé entre la fierté de ne pas s'être laissé faire et son obligation de pénitence, Samba adressa un sourire fugace à l'épicier. L'homme lui fit un clin d'œil entendu.

— Qu'est-ce que je vous sers, aujourd'hui ? demanda-t-il à Idriss.

— J'aimerais lire un bon roman. Qu'avez-vous en rayon ?

— Essentiellement du polar. Pas mal d'Agatha Christie..., dit Charles en lui désignant un présentoir au fond de la boutique. Du Patricia Highsmith, les cinq tomes consacrés à Tom Ripley.

— Qui ça ?

— Ça commence avec *The Talented Mr. Ripley* qui a été adapté au cinéma avec Alain Delon, intervint Diana, en attrapant le premier ouvrage. C'est une série de romans à propos d'un homme qui s'invente une nouvelle vie... cela pourrait vous plaire.

Idriss saisit le livre qu'elle lui tendait et entreprit de lire la quatrième de couverture. Ce genre de littérature n'était pas ce qu'il appréciait habituellement, mais le choix était plutôt restreint, aussi décida-t-il de se rabattre sur Patricia Highsmith.

— « À Rome, fais comme les Romains », lâcha-t-il en fouillant dans son portefeuille.

— Papa, tu me prends des pétards, s'il te plaît ? dit Samba en tirant sur sa manche.

L'homme fit courir un doigt à l'intérieur de la petite bourse contenant des pièces de monnaie, comme s'il raclait un pot de confiture pour en récolter les dernières gouttes, et secoua la tête.

— On n'a pas d'argent pour cela.

Samba resta un instant silencieux, et Idriss pensa que l'incident était clos. Le joyeux tintement de la porte d'entrée retentit, s'ouvrant sur Gwendoline. Elle salua les épiciers et adressa un signe à Idriss, puis disparut précipitamment derrière les rayons, évitant de justesse une pile de conserves. Idriss ne put s'empêcher de sourire face à la maladresse jamais démentie de la jeune femme. Il fut ramené à la réalité par Samba, qui tira de plus belle sur sa manche.

—Mais, papa, tous les garçons ont des pétards, à l'école!

—Eh bien, tu n'auras qu'à jouer avec ceux qui en ont.

—Mais j'en veux, moi aussi! Tu dis qu'on n'a pas d'argent, alors que tu t'achètes un livre. Pourquoi tu ne m'achètes jamais rien, à moi? Les autres, ils...

—Je me fiche des autres, Samba. Il est hors de question que je te paie un gadget qui peut t'exploser dans les doigts. Un livre, ça se garde, ça se transmet, c'est un objet noble...

—Mais...

—La discussion est close.

L'enfant aurait aimé dire à son père à quel point il le trouvait nul et égoïste, combien il le détestait de le priver de tout, tout le temps... Une main crispée sur une barre de céréales qu'il avait chipée, Samba opina cependant du chef, d'un air résigné.

—Je préfère cela, dit Idriss. Tu peux aller jouer dehors, mais souviens-toi: tu rentres à 16 heures.

Le garçon ne se fit pas prier et déguerpit en direction de la forêt. Idriss tendit un billet à Charles, s'excusant de l'impolitesse de son fils.

—Je ne l'ai pourtant pas élevé comme ça!

—Ce n'est rien, dit l'homme en ajustant sa casquette. C'est un bon gamin. Il traverse une période compliquée, c'est tout.

—Bien sûr que c'est compliqué, j'en ai conscience, mais c'est pour son bien que nous sommes venus ici. Je ne le pensais pas si ingrat...

— Il n'a que neuf ans, commenta Diana d'une voix enrouée.

Idriss se mordit les lèvres pour ne pas répondre. Malgré le contexte politique, les choses étaient plus simples au Burkina où toutes les femmes de la famille contribuaient à l'éducation de Samba.

— Si ça peut te soulager, poursuivit l'épicière, nous pourrions le prendre un peu avec nous, après l'école.

Bien que cette solution soit tentante, Idriss ne put se résoudre à accepter et faire aveu d'impuissance. Il jeta un coup d'œil en direction du rayon où Gwendoline avait disparu, mais elle ne semblait pas vouloir reparaître. Comment lui en tenir rigueur ? Après tout, il lui avait faussé compagnie sans même une explication. Décidément, il ratait tout…

— Je me débrouille très bien tout seul, merci.

— Bien sûr, répondit Charles, l'air déçu.

— Mais si tu as besoin d'aide, nous aussi on a été parents, enchérit Diana. Le plus important, c'est de les écouter, de ne pas minimiser ce qu'ils ressentent. Ils comprennent plus de choses qu'on ne l'imagine…

Mais Idriss tournait déjà les talons, impatient de fuir les conseils de ce gentil couple un poil trop intrusif et de se plonger dans ce roman qui, l'espace d'un instant, du moins l'espérait-il, lui ferait oublier que Roche-bleue n'était pas la Terre promise que sa mère lui avait vendue.

Pourtant, alors qu'il commençait à pousser la porte pour sortir, une bouffée de colère le saisit. Il opéra un demi-tour et acheta une carte de téléphone internationale, résolu à appeler ses tantes pour leur parler de Joséphine et peut-être un peu de son fils…

Samba aussi était en proie à de vives émotions. À peine était-il arrivé à la cabane qu'il éclata en sanglots. Affolée par son œil au beurre noir autant que par son chagrin qui paraissait incommensurable, la fillette lui ouvrit les bras, prête à tout entendre, tout consoler, tout pardonner.

Tout, à l'exception des mots qu'il articula avec force.

— Je déteste cet endroit, je déteste les gens et je déteste l'hiver ! Il faut que tu m'aides à m'enfuir…

Deuxième partie

Attendre le printemps

Chapitre premier

Abasourdie par l'annonce de Samba, la fillette le repoussa violemment. La cabane autour d'elle se mit à tanguer, prise dans un tourbillon coloré composé de nains de jardin, de décorations de Noël, de colliers de perles et de peluches, sans rien à quoi se raccrocher. Ses oreilles bourdonnaient, couvrant le bruit du vent sifflant dans les branches de son arbre. Elle posa les mains sur le sommet de son crâne comme si elle craignait qu'il ne se détache de son cou, et se laissa choir sur le matelas parsemé de plaids.

— Comment tu peux me faire ça ?

Le sang semblait avoir déserté son corps tant elle lui parut pâle, au milieu des étoffes criardes. Pâle et minuscule, fragile même. Samba n'avait jamais remarqué à quel point la Princesse était frêle, probablement parce qu'il se dégageait d'elle une énergie telle qu'on ne voyait que cela, la plupart du temps, et aussi parce que ses tenues excentriques et ses manières détournaient l'attention. Et puis, il fallait bien avouer qu'elle avait un sacré caractère, le genre qui prend toute la place et qui fait paraître immense.

— Je veux rentrer chez moi, c'est tout, dit-il. Les gens sont méchants, ici. Regarde mon visage ! Tu as vu ce coquard ?

— Et alors ? Tout le monde a des bleus !

Elle souleva sa jupe en velours volantée, baissa ses collants de laine et lui montra ses mollets d'un air de défi. Samba n'avait jamais vu de jambes aussi blanches. Il aurait pu en dénombrer les veines !

— D'accord, tu as quelques bleus… Ce n'est pas la même chose. Toi, tu te cognes partout avec ta trottinette. Mais tu devrais te rhabiller, ça gèle ici !

La fillette remit ses collants en tremblant, puis elle se releva et passa un châle rose par-dessus son pull épais, avant de tenter une nouvelle approche.

— Tu n'as pas le droit de me faire ça… Tu as promis de m'être loyal.

— Mais moi je veux juste rentrer chez moi !

— C'est ridicule, ce que tu dis. C'est chez toi, ici ! s'insurgea-t-elle.

— Non, c'est au Burkina, avec ma famille, mes copains, mon soleil ! Je veux que tout soit comme avant, s'obstina le garçon.

— Mais *les choses changent* ! Sérieusement, tu te vois repartir là-bas tout seul ? Avec quel argent ? Quelles provisions ? Et tu imagines la peur de ton père ? Sans parler du danger…

Samba avait bien anticipé tout cela sur le chemin, mais il avait nourri l'espoir un peu naïf que la Princesse aurait une solution. Après tout, elle paraissait ne pas connaître les frontières et aller où bon lui semblait. À son tour, il se laissa tomber sur le matelas, découragé.

— Je pensais que toi, tu me comprendrais… que tu me sauverais.

— *La seule personne qui peut te sauver, c'est toi-même.* Je peux t'aider, mais pas comme tu me le demandes, ajouta-t-elle, malicieuse.

Intrigué, le garçon l'interrogea du regard. La Princesse avait retrouvé sa joie habituelle et déjà elle s'affairait, à la recherche de son carnet à paillettes. Elle attrapa son feutre turquoise, ouvrit le capuchon, huma quelques secondes la pointe parfumée à la myrtille, s'assit en tailleur en face de son ami et décréta qu'il suffisait de mettre au point un plan d'attaque.

— On va faire la liste de tous les méchants qui ne t'aiment pas et on va les faire changer d'avis. Ce sera comme une quête. Tu seras le chevalier, et moi je te dirai quoi faire.

— Ça ne marchera jamais…

— Bien sûr que si ! Rien ne me résiste bien longtemps, crois-moi ! Il est hors de question que mon seul ami soit malheureux ici.

Bien que flatté par ces paroles, Samba ne put cacher son incrédulité.

— Ton seul ami ? N'importe quoi.

— Si, je t'assure, dit-elle, grave.

— Mais ce n'est pas possible ! Tu es jolie, drôle, intelligente…, dit-il, rougissant.

— Oui, pérora-t-elle. Mais, comme je suis un peu spéciale, je fais peur aux autres enfants.

— Tu n'es pas une méchante sorcière, pourtant !

— Juste une Princesse magicienne… et je vais utiliser ma magie pour aider mon chevalier à trouver sa place, ici !

Et, dans un élan qu'aucun d'eux n'aurait pu prévoir, la fillette déposa un baiser sur la joue de Samba, les laissant tous deux sidérés.

Incapable de lâcher prise et de s'adonner aux petits plaisirs coupables qu'il avait planifiés, Idriss gagna la cabine téléphonique située devant l'épicerie. Le bain moussant attendrait ! Il allait appeler Angèle et lui poser les questions qui le tourmentaient depuis son arrivée. Il tira fort sur les poignées de la porte, plus lourde qu'elle ne paraissait, puis s'engouffra à l'intérieur, barrant le passage au vent sifflant qui le glaçait. Il opéra un quart de tour, mains le long du corps, avec le sentiment d'être coincé dans un réfrigérateur en verre, se contorsionna pour atteindre la poche où il avait rangé la carte d'appels internationaux et l'inséra dans la fente métallique. Il composa le numéro en sautillant d'un pied à l'autre, dans l'espoir de se réchauffer, le combiné plaqué contre son visage.

Quand sa cousine décrocha et qu'il perçut les voix familières et les éclats de rire derrière elle, ce fut tout le Burkina qui lui jaillit aux oreilles, accompagné d'une incontrôlable bouffée de nostalgie.

— Angèle ! s'enflamma-t-il. Je suis tellement content de t'entendre. Comment va tout le monde ?

La soixantenaire lui donna des nouvelles de chacun, racontant une anecdote par-ci, lui lançant quelques piques par-là. Mais même ses reproches sonnèrent comme une friandise dont il était privé depuis trop longtemps. Idriss l'aurait volontiers laissée lui énumérer ses défauts par le menu, mais le décompte vertigineux de la carte téléphonique lui rappela que son temps était limité.

— Je voudrais connaître les détails de la vie de ma mère, ici, dit-il du tac au tac.

— C'est à maman qu'il faut demander ça, pas à moi.

— Tu peux aller la chercher, s'il te plaît ?

Angèle posa le combiné et s'absenta pendant ce qui lui parut une éternité. Il prit sur lui pour ne pas hurler à sa cousine de se dépêcher, la sachant capable de lui raccrocher au nez s'il la contrariait. Il se contenta de s'agiter dans la cabine, pour apaiser son impatience autant que combattre le froid. Dehors, les rafales se faisaient de plus en plus fortes.

— Maman est à côté, dit-elle enfin, je te la passe.

L'homme perçut le changement de main de l'appareil, et c'est la voix chevrotante de sa chère tante Marcelle qui prit le relais.

— Bonjour, mon petit, comment allez-vous, ton garçon et toi ?

— Très bien, tata. Et toi, comment vont tes jambes ?

—Ça va, ça va... ce n'est pas important, moi je suis vieille, dit-elle nonchalamment. Mais toi ? Tu manges bien ? Tu es heureux là-bas ?

—Oui, tata, je suis très heureux, dit-il, peinant à contenir un sanglot.

S'il savait pourquoi il avait accompli ce voyage, les déracinant, lui et son fils, le coût de sa décision lui revint en plein visage, comme un élastique qu'on aurait trop tendu. Il s'efforça de prendre une voix enjouée.

—Mais c'est bizarre, personne ici ne se souvient de maman... c'est à croire que je me suis trompé de village ?

Le silence se fit à nouveau au bout du fil, interminable. Idriss jeta un coup d'œil angoissé au compte à rebours : il ne lui restait que cinq minutes. Il se fit violence pour ne pas bousculer la vieille dame et retint un cri de joie quand elle tchipa, annonçant pourtant une réponse désagréable.

—Je t'avais dit que c'était une folie, tu ne m'as pas écoutée. Pour un professeur de français, tu ne sais pas lire entre les lignes...

—Les lignes de quoi, tata ? Qu'est-ce qui s'est passé à Roche-bleue ? lança-t-il, angoissé.

La vieille dame tchipa à nouveau pour se donner une contenance, manifestement très gênée.

—Rien. Il n'a rien pu se passer là-bas...

—Comment ça, il n'a rien pu se passer ?

Marcelle soupira et observa une nouvelle pause, si longue qu'Idriss crut bien qu'elle aurait raison de son crédit téléphonique. Il frappa doucement son front du poing, pour s'exhorter à la patience.

—Joséphine a été très malheureuse, en France, reprit-elle. Elle vivait en banlieue parisienne où elle faisait des ménages...

—Je sais, s'impatienta Idriss. Et puis elle est tombée enceinte, mon père l'a quittée pour une autre femme, et elle est partie s'installer à Roche-bleue avec moi, récita-t-il.

— Ne m'interromps pas, mon petit, dit-elle en tchipant à nouveau. Joséphine est restée le temps de te mettre au monde, et vous êtes rentrés au pays.

— Et entre-temps ils ont vécu à Roche-bleue ! s'impatienta Angèle, à côté de sa mère. Tu perds la tête ou quoi, maman ?

— Avant de reprendre l'avion, s'obstina la vieille dame, elle a ramassé une carte postale par terre, dans l'aéroport. Elle l'a trouvée jolie. C'était Roche-bleue.

Un léger bip retentit dans l'écouteur. La main crispée sur le combiné en plastique, insensible désormais au froid piquant comme aux rafales qui secouaient la cabine de plus belle, Idriss tentait de comprendre ce que sa tante essayait de lui dire.

— Elle a rebroussé chemin à ce moment-là, pour vivre à la montagne ?

— Je n'ai pas dit ça.

— Tu ne veux quand même pas dire… qu'elle s'est inventé une vie là-bas ?

— Je n'ai pas dit ça non plus.

— Mais tu dis quoi, tata ? Je ne comprends rien. Sois claire, à la fin !

— J'ai promis à ta mère que je ne dirais rien à personne, jamais. Alors je ne dirai rien. Tu es suffisamment fin pour deviner par toi-même.

Cette fois-ci, ce fut Idriss qui marqua une pause. Le corps tendu, figé comme une statue de pierre, il fouilla frénétiquement dans ses souvenirs, à la recherche de tout ce qui pourrait contredire l'idée qui se frayait un chemin dans son esprit. Mais ne lui revinrent que les mises en garde de sa tante Marcelle à l'annonce de son départ. *« Il y a les histoires qu'on raconte, mon petit, et puis il y a la réalité. » « Tu as déjà vu autre chose de Roche-bleue qu'une vieille carte postale, Idriss ? »* L'évidence s'imposa à lui, implacable.

— Elle m'a menti…, articula-t-il, lugubre.

— Qui a envie de raconter à son fils l'histoire d'une petite femme de ménage incapable de s'adapter à son nouveau pays ? confirma-t-elle à demi-mot.

Un deuxième bip annonça la fin prochaine de l'appel. Idriss refusait cependant d'abréger cette conversation.

— Mais j'aurais pu comprendre ! Au lieu de ça, j'ai construit tous mes rêves sur une illusion, je suis venu ici avec mon fils, bon sang ! Tu te rends compte ?

— Je t'ai dit de ne pas y aller…

— Mais tu l'as laissé faire ! s'énerva Angèle. Tu l'as laissé emmener son fils là-bas, sans rien dire, maman ?

— Il l'a dit lui-même, le Burkina n'est pas l'endroit idéal pour élever un enfant, en ce moment. Et puis, une parole est une parole.

Un troisième et dernier bip annonça que le crédit téléphonique était épuisé. L'appel fut interrompu. Idriss demeura immobile dans ce qu'il associait désormais à un cercueil vitré, le lieu où toute une partie de son enfance et des rêves qui l'avaient forgé étaient morts. Incapable d'aligner ses pensées ou de canaliser ses émotions, il resta là, douché, en état de stupeur, fixant l'appareil sans le voir.

Trois coups frappés contre la paroi le sortirent de sa torpeur.

— Ça va, mon vieux ?

De l'autre côté de la cabine se tenaient les Leroy, bras dessus, bras dessous, l'air profondément inquiet. Idriss fit signe que « oui », espérant que cela suffirait à les éloigner.

— On dirait que tu as vu un fantôme, insista l'épicier en rallumant son mégot jaune.

— Viens avec nous, enchérit Diana. On te paie un chocolat chaud chez Alex…

Joignant le geste à la parole, l'Américaine et son époux ouvrirent la cabine et le saisirent par les bras, l'entraînant avec une infinie douceur, comme s'il leur était naturel de le consoler. Sonné, Idriss n'opposa qu'une faible résistance, la promesse du réconfort chocolaté ayant raison de ses maigres réticences. Quand ils entrèrent dans le bar, Diana l'installa d'autorité sur une banquette moelleuse à côté d'elle, tandis que Charles passa la commande.

— Alors, mon petit, qu'est-ce qui t'arrive ? demanda la femme.

Idriss aurait aimé garder pour lui la révélation qui le bouleversait, car la verbaliser la rendrait réelle, incontournable… et il préférait de loin l'illusion du mensonge à une vérité décevante. Pourtant, il raconta tout. Déversant sa colère, sa frustration, sa honte d'avoir entraîné son fils dans ce pèlerinage factice. Il parla de longues minutes sans que le couple n'intervienne ni ne songe à le juger, tous deux comprenant qu'il lui fallait se purger du trop-plein, crever l'abcès qui l'empêchait de respirer. Idriss avoua sa culpabilité, sa peur de ne pas pouvoir offrir à Samba la vie qu'il méritait, sa terreur à l'idée de devoir repartir dans ce pays adoré, mais instable…

— Toutes les familles ont leurs secrets, commenta Charles. Mais j'admets que celui-ci est difficile à encaisser…

— Mais ça t'a quand même donné l'impulsion pour quitter ton pays, nuança Diana. À toute chose malheur est bon, Idriss.

Ludwig Lutz, qui buvait une bière à deux tables d'eux, intercepta la conversation et s'emporta à son tour contre les siens.

— La France est un endroit magnifique, dit-il avec son fort accent germanique. Moi, je ne veux pas rentrer en Allemagne… Les femmes sont bien plus gentilles, ici, ajouta-t-il, le regard brillant.

Passablement éméché, il les rejoignit d'une démarche hésitante et leva son verre.

— Et ce bar est le meilleur du monde ! clama-t-il à Alex. Longue vie à la patronne !

— Oh, toi, tu n'as pas l'air dans ton assiette ! répliqua l'intéressée. Si tu as besoin d'un peu de réconfort, on pourrait se faire une petite bouffe chez moi, ce soir ? Ça te changerait les idées.

— *Ach* ! Toi, tu es vraiment une gentille femme. Oui, je veux bien dîner chez toi.

Ravie, Alexandra retourna à son travail, le cœur léger. Les deux épiciers échangèrent un regard mi-amusé, mi-consterné.

— Tu as conscience que tu viens d'accepter un rencart, Ludwig ? demanda Charles.

— *Ja*, je vais faire un bon repas français, je suis content.

— Non, corrigea Diana, c'est un rendez-vous… le genre que tu aimerais avoir avec Lilas, par exemple.

— *Was* ? *Nein* ! dit-il, dessoûlant aussitôt. Ce n'est pas possible…

Chapitre 2

Le lendemain, Idriss dit à Samba qu'ils devaient avoir une discussion. Il s'installa sur le canapé, à côté de son fils, et révéla le mensonge de mamie Joséphine.

— Mais, du coup... on n'avait pas de raison de venir en France. Ça ne sert à rien qu'on reste !

— Ça sert à t'offrir une belle vie, mon grand. Ce n'est pas rien. Et il est hors de question qu'on reparte au Burkina.

Samba soupira. Si découvrir la vérité n'avait pas suffi à lui faire renoncer à son projet, rien ne le ferait changer d'avis, ils étaient coincés ici pour longtemps. Son unique espoir résidait désormais dans le bon déroulement du plan de la Princesse. Il rêvait de la rejoindre et de passer son dimanche avec elle, pourtant il ne pouvait se résoudre à laisser son père seul.

Ils restèrent ensemble toute la matinée, parlant de tout, de rien, jouant au foot avec un ballon de fortune ainsi qu'ils l'avaient fait le jour de leur arrivée. Ils effectuèrent quelques emplettes chez Charles et Diana, se régalant des biscuits chauds de l'Américaine, se baladèrent dans les rues, contemplèrent la nature sous des angles inhabituels... Samba put même courir sur le muret et rit de bon cœur quand son père le fit décoller du sol. Cette matinée aurait pu être parfaite s'il n'avait pas ressenti dans ses tripes l'angoisse sourde d'Idriss. Une angoisse qui enflait davantage chaque jour depuis qu'ils avaient emménagé, en totale contradiction avec les bonnes nouvelles dont il l'inondait régulièrement.

C'est alors que commença à naître le doute chez l'enfant. Et si son père aussi mentait, comme mamie Joséphine avant lui ?

Samba retrouva son amie, plus tard, dans l'après-midi. Les températures ayant encore chuté, il avait pris soin de bien fermer sa parka et d'enfoncer profondément le bonnet orange sur son crâne, échaudé par le rhume qui l'avait rendu si malade. Une pluie fine et glacée s'insinua dans son cou, malgré l'écharpe qui le protégeait. L'enfant grimaça et rabattit sa capuche sur sa tête afin de se créer une bulle de chaleur dans le frimas hivernal. Il toqua à la porte du *palais*, curieux de découvrir les stratégies que la Princesse avait promis d'élaborer dans la nuit. Elle lui ouvrit, surexcitée, sautillant partout où ses pieds pouvaient se poser sans risquer de buter dans un bibelot. Elle tenait Noisette dans ses bras, l'écureuil paraissait parfaitement à l'aise, malgré les remous, et piaillait joyeusement. Elle le remit dans sa boîte et se tourna vers le garçon, balayant son visage de ses longs cheveux roses. Un parfum de fraise lui chatouilla les narines.

— Tes cheveux sentent drôlement bon !

— Oui, je sais, dit-elle en montant le son de son magnétophone.

Samba grimaça. Il ne se sentait pas d'humeur à écouter quoi que ce soit. Encore moins des chansons dont il ne comprenait pas les paroles.

— La musique, ce n'est pas obligé.

— *La musique est tout ce que j'ai !* s'enflamma-t-elle. *Elle ne m'a jamais laissé tomber.* Je croyais que tu aimais bien, toi aussi ?

Sans attendre sa réponse, elle saisit son carnet à paillettes et vérifia où ils s'étaient arrêtés, la veille. Elle fit courir son doigt le long de la page veloutée en murmurant des mots inaudibles, ce qui lui donnait un air savant qui impressionna Samba, puis planta ses yeux indigo dans les siens. La couleur unique de ses iris lui conférait une aura de mystère, un côté irréel qui la rendait encore plus intimidante.

— Si je résume, dit-elle, les dragons que tu dois affronter sont : « ce gros faux-cul de M. Karila ; Lilas, la fleuriste raciste ; Kevin, la tête de pine ; et Jojo le Crado ». C'est bien ça ?

— Tout à fait, pouffa le garçon. J'adore les surnoms que tu leur as trouvés !

— OK, les dragons, c'est bon. Le but de ta quête est de les retourner comme des crêpes pour qu'ils te laissent le temps de faire tes racines ici.

— Mes racines ?

— Oui. Mes parents disent souvent qu'il faut donner des racines et des ailes aux enfants… on va faire en sorte de t'en donner à toi aussi. Tu sais, les arbres de la forêt sont tous reliés par leurs racines, il n'y a pas de raison que ce ne soit pas pareil pour nous ! Tu vas te lier à tout le monde, et chaque habitant de Roche-bleue te verra enfin, tel que moi je te vois : courageux, avec un grand cœur. Ils vont t'adorer !

Yes I think I'm okay
I walked into the door again
If you ask that's what I'll say
And it's not your business anyway

Le magnétophone finissait de cracher les dernières notes de *Luka*, de Suzanne Vega, une chanson dont son amie semblait particulièrement apprécier les paroles, qu'elle connaissait par cœur. S'ensuivit une ballade de Roch Voisine, *La Berceuse du petit diable*, qui la mit en transe.

— J'adooore Roch ! s'écria-t-elle. Il est tellement chou !

— Bon, mais du coup on commence par quoi ? se renfrogna Samba.

— On commence par une phase d'observation, soupira la fillette, déçue qu'il ne partage pas son engouement. Allez, viens !

— Où ça ?

Mais la Princesse dévalait déjà l'échelle en corde, joyeuse à l'idée de se lancer dans une nouvelle aventure. Le dimanche était un jour idéal pour espionner les « dragons » de Samba, et elle tenait à rentabiliser le temps qu'il leur restait avant la tombée de la nuit. Elle chevaucha sa trottinette et, convaincue qu'il la suivrait sans discuter, l'attendit devant la porte d'Isaac Karila. L'homme occupait un chalet coquet, dont le vernis flambant neuf contrastait avec la plupart des habitations alentour. Samba arriva quelques minutes plus tard. Elle lui fit signe de venir se placer sous une de ses fenêtres. Ils se faufilèrent tels des ninjas le long de la façade en bois et se calèrent à l'arrière de la maison, loin des regards d'éventuels passants.

— Chut ! respire moins fort, il va t'entendre ! s'inquiéta Samba.

— Je ne respire pas fort !

— Si, on dirait un train à vapeur. Oh, l'autre ! Elle est essoufflée par la trottinette, se moqua-t-il.

— N'importe quoi !

Une étrange musique les interrompit. Ils se redressèrent avec une lenteur remarquable, ne laissant dépasser de l'encadrement que leurs deux paires d'yeux curieux. De l'autre côté des rideaux, le professeur, vêtu d'un pyjama de soie noire, faisait courir ses longs doigts sur le clavier d'un imposant piano. Les deux gamins tendirent l'oreille, cherchant à reconnaître la mélodie.

— C'est vraiment trop moche, rigola Samba. Il ne sait pas jouer, en vrai ?

— Si, répondit la fillette. Mes parents m'ont raconté qu'avant, c'était un grand pianiste. Ce qu'il fait s'appelle du jazz.

— C'est ça, le jazz ? C'est bizarre.

— Ouais. En tout cas, faut pas s'étonner qu'il ait fini dans ce trou paumé, sa musique est trop nulle !

— Même au piano, je suis sûr que ça ne lui plaît pas ! Viens, on s'en va avant de saigner des oreilles.

Il tira sur la manche de la fillette, déterminé à battre en retraite. Mais elle avait d'autres projets...

— Demande-lui de te donner des cours.

— Quoi ? Ça ne va pas, la tête ? C'est affreux ce qu'il joue ! Pourquoi je ferais ça ?

— Pour vous rapprocher et lui montrer que t'es un mec bien, pardi ! Discute pas. Et, une fois que ce sera fait, tu iras espionner Jojo le Crado.

— Alors, primo, je ne vais pas demander des cours de piano à M. Karila. Et secundo, pourquoi j'irais tout seul chez Jojo le Crado ?

La Princesse eut un rire espiègle et saisit une poignée de gravier dans la cour du directeur. Elle en soupesa le poids et monta sur sa trottinette.

— Alors, primo, faudra bien que tu justifies d'avoir failli casser les vitres de ton instituteur. Et deuxio, parce que moi je suis fatiguée.

Samba ne comprenait rien de ce que son amie racontait. Elle n'était pas fatiguée, mais une dégonflée. Et puis de quelles vitres parlait-elle ? Il obtint rapidement la réponse à sa question. La fillette balança son bras droit en arrière et, avant qu'il ne réalise ce qu'elle faisait, elle jeta une volée de gravier contre les carreaux du chalet.

— Pourquoi tu as fait ça ? s'écria-t-il. T'es folle ?

Mais déjà la Princesse filait telle une petite tornade rose, le laissant seul face à la fenêtre qui s'ouvrit sur le pianiste. Il fronça les sourcils en voyant l'enfant.

— Samba ? C'est une vendetta ?

— Une quoi ?

— Tu cherches à te venger ? gronda-t-il.

— Non, m'sieur…

— Alors je peux savoir pourquoi tu jettes des cailloux sur mes vitres ?

— C'est…

L'homme leva un sourcil, attendant patiemment l'excuse que Samba ne manquerait pas de lui servir, tapotant l'encadrement comme s'il frappait encore les touches de son instrument.

— C'est à cause de votre musique, dit l'enfant, honteux.

— Ah bon ? Tu la détestes tant que ça ? s'amusa l'enseignant.

— Oui… enfin non, je veux dire non ! J'aime beaucoup, même !

Samba avait manifestement choisi de repousser les frontières du mensonge, quitte à prétendre goûter une musique accessible à un groupe restreint d'amateurs… soit. Isaac décida de jouer le jeu.

— Et qu'est-ce que tu aimes tant dans cette musique, mon garçon ?

— Je ne sais pas, c'est joli…

— Joli ?

— Oui, joli. Ce n'est pas très courant, on n'entend pas ça à la radio.

— C'est certain. Et donc tu me jettes des cailloux pour me dire que tu apprécies ma musique ?

L'homme se mordit l'intérieur des joues pour ne pas éclater de rire. Il voulait voir jusqu'où s'enferrerait ce petit chenapan. L'enfant marmonna une phrase incompréhensible, qu'il lui fit répéter d'un haussement de sourcils.

— J'aimerais que vous m'appreniez à jouer du piano, articula-t-il plus clairement.

— J'ai bien entendu ?

Samba opina du chef, stupéfait d'avoir osé lui demander des cours. Si la Princesse avait pu le voir, elle aurait été fière de lui. Ragaillardi par sa propre audace, le garçon se redressa et bomba le torse. Médusé, l'instituteur décida de le prendre au mot.

— Eh bien, soit. Rendez-vous samedi prochain. Je verrai si je peux faire quelque chose de toi ! Maintenant, file, ton père doit t'attendre.

Samba n'en revenait pas. Le plan marchait ! Même si la perspective de se retrouver en tête à tête avec son enseignant ne l'enchantait guère, il se sentit grisé. Il se dirigea d'un pas déterminé vers l'antre de son deuxième dragon et procéda de la même façon qu'avec la Princesse, se faufilant sous les fenêtres du chalet décrépi de Johnny Mansard. Il se hissa sur la pointe des pieds pour en inspecter l'intérieur et aperçut des dizaines de toiles posées à même le sol. Il y en avait de toutes les tailles, certaines étaient vierges, d'autres inachevées ou encore remplies de paysages et de visages souriants.

— Qu'est-ce que tu fabriques ici, toi ? Tu viens me voler, c'est ça ?

Samba se figea sur place et se retourna avec une infinie lenteur. Derrière lui, Jojo le Crado brandissait une canne à l'embout métallique dont les reflets semblaient lui promettre une correction mémorable. Incapable de faire preuve du même courage qu'avec son instituteur, Samba tenta de déguerpir, mais le peintre l'attrapa par son vêtement.

— Espèce de vaurien ! vitupéra l'homme aux cheveux jaunes. Tu vas avoir ce que tu mérites.

Il brandissait sa canne au-dessus de sa tête, s'apprêtant à rosser le gamin, quand Claire et Benoît Loiseau vinrent à sa rescousse.

— Qu'est-ce qui se passe ici ? demanda le jeune homme d'un ton sec.

— Ce sale petit voleur voulait me chiper mes tableaux, voilà ce qu'il se passe ! aboya le peintre. Déjà que j'ai du mal à les vendre... Alors si cet immigré me les prend...

— C'est un enfant, corrigea Claire. Pas un immigré.

— Oh, ça va, on ne va pas jouer sur les mots !

— Non, mais on peut jouer avec les poings, menaça Benoît Loiseau.

— Ben ! Ça suffit, dit sa femme.

Il dévisagea son interlocuteur avec tout le mépris dont il était capable, puis effectua un pas en arrière, poings toujours crispés.

— File, lança-t-il à l'enfant.

Samba ne se le fit pas répéter deux fois. Il s'enfuit et courut aussi vite qu'il le put, ne s'arrêtant qu'une fois arrivé devant chez lui. Pourtant, il ne franchit pas le seuil. À la place, il se dit qu'il pourrait espionner un peu son père, comme il l'avait fait avec les autres adultes. Cela lui permettrait de découvrir s'il lui mentait également. Samba se faufila sous la fenêtre du salon d'où il aperçut Idriss, en grande conversation téléphonique. L'homme faisait les cent pas et affichait un air préoccupé. L'enfant tendit l'oreille pour capter des bribes de la discussion.

— Oui... merci, docteur... pardon, Gwendoline. Si vous entendez parler de n'importe quoi, même quelques heures... oui, j'ai déjà du travail, mais je peux cumuler... oui... c'est pour gâter Samba, voilà tout... Je ne sais pas moi, pourquoi pas Disney World ? Il m'en parle tout le temps.

Chapitre 3

La voix du journaliste égrenait les nouvelles dans la petite radio. « … des rôdeurs ont été aperçus en station, cette semaine. Soyez prudents. Sans transition, c'était le rêve de Jules César ou encore de Napoléon, aujourd'hui, samedi 1er décembre 1990 est une date historique : celle de la jonction de la France et de l'Angleterre qui n'est désormais plus une île… »

Isaac Karila éteignit son poste et saisit l'anorak de Samba pour l'accrocher à un imposant perroquet en bois massif.

— Tu es ponctuel, c'est bien.

L'homme, vêtu de manière inhabituellement sobre en ce samedi matin – un simple jean noir assorti d'un tee-shirt de la même couleur, à l'encolure en V –, s'approcha de lui avec un regard indéchiffrable. Samba ne parvenait jamais à lire son professeur et ignorait constamment s'il était de bonne humeur ou terriblement fâché contre lui. Isaac Karila dissipa ses doutes avec un sourire si chaleureux que le garçon ne put s'empêcher de le lui rendre. Le directeur faisait souvent cet effet-là aux gens – son père disait de lui qu'il avait beaucoup de charme – mais, à sa connaissance, les enfants y demeuraient le plus souvent insensibles. Cela signifiait-il qu'il devenait une grande personne ? L'idée plut à Samba qui se redressa, fier.

— Tu veux un thé russe ?

— Euh… oui, m'sieur.

— À moins que tu ne préfères une boisson de ton âge, dit l'adulte en lui adressant un autre de ses sourires magiques.

— Non, non. Le thé, c'est mieux, mentit l'enfant.

— Monsieur est un connaisseur ! s'inclina le professeur en remplissant sa théière d'eau.

En dehors de l'enceinte de l'école, l'enseignant semblait différent, plus « cool ». Il déambulait dans son chalet, pieds nus, avec une grâce nonchalante, presque hypnotique. Fredonnant un air inaccessible au commun des mortels. Il lui parlait comme à un égal, à un *pote*, ce qui lui paraissait terriblement *anachronique*. Samba avait récemment appris ce mot-là et le casait dans le maximum de phrases ou de pensées afin de se l'approprier complètement, bien qu'il ne soit pas tout à fait sûr de l'employer chaque fois à bon escient.

— Je vais essayer de débusquer mes cuillères à thé. Elles sont très pratiques, tu verras, il suffit de placer quelques feuilles à l'intérieur et de les agiter dans l'eau… Malheureusement, je n'ai aucune idée de l'endroit où elles se trouvent. À croire qu'elles se sont volatilisées ! déplora-t-il.

— Vous pensez que c'est un coup des rôdeurs ?

— Quels rôdeurs ?

— Ceux de la radio…, souffla l'enfant, d'une voix angoissée.

— Je suspecte plutôt un coup de mon esprit distrait ! Tu sais, les journalistes aiment bien en rajouter un peu…

— Oui, mais quand même. Vous croyez qu'ils peuvent venir chez nous, quand on dort ?

— Je crois qu'ils n'oseraient jamais s'introduire chez un costaud comme ton papa. Tu ne crains rien, je t'assure. Allez, assieds-toi dans le sofa, je reviens.

Tout, dans cet intérieur imprégné du parfum poivré de son élégant professeur respirait la sophistication et le luxe. À commencer par ce *sofa* qui, selon ses déductions, devait désigner un canapé, en plus classe. Mais il y avait aussi tout le reste, la noblesse des matières telles que le bois, le marbre ou le velours, l'harmonie des couleurs conférant à l'endroit un aspect à la fois intime et masculin, ce je-ne-sais-quoi qui incitait aux conversations feutrées, à la dégustation de mets rares… Malgré son jeune âge, Samba devina que le directeur ne vivait pas comme les autres villageois, qu'il n'était pas tout à fait du même monde. Sur les quelques photos accrochées à l'entrée du chalet, il apparaissait, parfois jouant du piano, parfois à la sortie de clubs, entouré de musiciens, toujours avec un immense sourire et un cigare calé entre les lèvres.

— Vous avez déjà signé des autographes, m'sieur ?

— Ça m'est arrivé, répondit l'homme en posant les deux tasses fumantes sans leurs cuillères magiques, sur une petite table thaïlandaise. Pourquoi cette question ?

— Mais vous étiez dans le *show-biz* ?

— Le show-biz ? pouffa l'homme.

— Je ne sais pas ce que j'ai dit de si drôle, se renfrogna l'enfant.

— Rien, mon grand, rien… oui, on peut dire cela, en effet.

— Mais pourquoi vous avez arrêté ?

Le géant se figea. Samba crut voir passer un voile de tristesse sur son visage et se sentit très mal, sans parvenir à s'expliquer pourquoi. Le musicien fixa un instant ses mains, sembla hésiter, et lui répondit avec un sourire las.

— Un soir, à la sortie d'un concert, j'ai fait une mauvaise rencontre. Un groupe de racailles qui n'aimaient pas les gens comme moi.

— Les gens comme vous ?

— Comme je te l'ai dit, un jour, le racisme, je connais… Ils m'ont cassé les doigts, pour « me donner une leçon ». J'ai été opéré, mais je n'ai jamais retrouvé ma dextérité.

L'homme lui montra ses cicatrices, et Samba comprit que « cassé » n'était pas assez fort pour ce qu'on lui avait fait. Il fut si affligé pour le musicien que des larmes lui montèrent aux yeux.

— Ne t'en fais pas, mon grand. Tu sais, cela m'a servi d'électrochoc. Je ne m'épanouissais pas vraiment dans cette vie-là, je la trouvais vide de sens...

— Vide de sens ? Comment ça ?

— Je ne me sentais pas utile, je n'aimais pas mon quotidien.

— Vous le préférez maintenant ?

— Tout à fait ! Bon, ça manque un peu de filles, mais oui, je préfère ! On s'y met ? dit-il en lui pinçant affectueusement la joue.

L'homme avala quelques gorgées de thé et s'assit sur un tabouret, face au piano, puis commença à laisser courir ses doigts sur les touches en attendant que l'enfant le rejoigne.

— Je connais ça ! s'exclama Samba. C'est *Ah ! vous dirai-je maman* !

— Bravo ! D'ici quelques semaines, tu pourras le jouer sans partition.

Mais ce temps-là n'était pas encore venu. La leçon parut interminable à Samba, tellement loin de ce qu'il avait imaginé qu'il fut tenté de tout arrêter. « Les doigts arrondis ! Visualise une pomme, sous tes mains ! Non, utilise tous tes doigts ! *Do, ré, mi, fa, sol, la, si, do* ! Chante les notes ! *Do, si, la, sol, fa, mi, ré, do* ! Encore ! Donne-moi un *fa*. Plus fort, le *fa !* Appuie *!* Je n'entends rien. Le même avec la gauche, maintenant. C'est mieux... »

Quand l'heure fut écoulée, le garçon émit un profond soupir qui en dit long sur la pénibilité de la leçon. Son professeur se tourna vers lui et l'interrogea, sur le ton de la confidence.

— Et si tu me disais la vraie raison de ta présence ici ?

Samba resta muet, ne sachant quoi répondre. Isaac lui décocha un petit coup d'épaule, comme le ferait un ami.

— C'est pour épater une fille ?

— Euh… non… vous pensez que ça épate les filles, le piano ?

— Pourquoi je m'y suis mis, à ton avis ? sourit le professeur. Bien sûr que ça marche, elles tomberont toutes dans tes bras avec ça, crois-moi. J'en connais un rayon sur la séduction…

— Moi, je m'en fiche, de plaire aux filles.

— Vraiment ? Tu n'aimerais même pas impressionner la petite avec qui tu traînais sous mes fenêtres, dimanche dernier ?

Samba poussa un cri de surprise. Lui aussi pouvait voir la Princesse ! Il n'aurait su dire si la nouvelle le rassurait ou le décevait, mais la question de son professeur n'était pas tombée dans l'oreille d'un sourd. Il se tortilla sur son siège et finit par admettre qu'il aimerait bien savoir comment on impressionne une fille.

— Mais c'est juste pour ma culture générale !

— Tu veux dire que tu n'as rien trouvé sur le sujet quand tu potassais *Cent ans de culture générale* ? ironisa l'adulte.

Vexé qu'il lui rappelle sa punition, Samba croisa les bras sur sa poitrine, l'air boudeur.

— Ça va, laissez tomber.

— Faut que tu travailles ta susceptibilité, toi… Ça finira par te jouer des tours, sinon. Bon, les filles, c'est comme les garçons, mais en mieux. Et notre rôle à nous, c'est de les traiter en conséquence.

— Je ne comprends rien à ce que vous racontez, dit Samba, buté.

— Ça veut dire que tu dois les considérer comme des égales, mais aussi leur dire que tu vois et apprécies leurs qualités.

— Mais comment ?

— Tu dois beaucoup parler avec elles, les écouter, les faire rire, les protéger, les laisser libres de mener la vie qu'elles désirent…

En réalité, il n'y a pas de recette, seulement du bon sens et du respect, répondit-il en frottant la tête du gamin.

Tout ceci parut bien trop compliqué à Samba qui se promit de ne jamais s'intéresser aux filles. Il serra la main que l'homme lui tendait, réalisant combien son amie avait vu juste. Le professeur lui semblait moins effrayant, presque attachant. Et s'il était capable d'amadouer un tel dragon, il pourrait en faire autant avec les autres, c'était certain.

Sur le chemin du retour, il aperçut Kevin, à une dizaine de mètres, en grande conversation avec son père. C'était la première fois qu'il croisait M. Lacaille, un homme de taille moyenne, à l'air sévère et au costume strict. À en juger par sa posture, il était en train de passer un savon à son fils, ce qui réjouit Samba. Déjà, il pouvait percevoir quelques bribes de son sermon…

— Correct, ce n'est pas suffisant. Tu dois travailler plus !

— Mais, papa ! Je te jure que je fais de mon mieux.

— Ton mieux ? Mais moi je veux que tu te donnes à mille pour cent, tu m'entends ? Le monde du travail attendra de toi que tu sois le meilleur, pas que tu te bagarres à la récré.

— Mais je suis le meilleur au foot ! protesta l'enfant.

— Le foot ! ricana l'homme. Nous voilà donc sauvés !

— Mais…

— Il n'y a pas de *mais*, Kevin. Je ne passerai pas les rênes de l'entreprise à un bon à rien, c'est compris ?

— Oui, papa…

— Rappelle-moi nos valeurs, maintenant.

Kevin baissa la tête, trop honteux pour risquer de croiser le regard de Samba, désormais à sa hauteur, et énuméra les mots que son père attendait.

— « Travailler, fédérer, gagner ».

Satisfait, l'homme tapota la joue de son fils en guise de félicitations. Samba les dépassa, se promettant de tout raconter à la Princesse.

Quand il arriva chez lui, une odeur de tabac froid et de violette le cueillit avant même qu'il n'ait déposé son manteau dans l'entrée. Il comprit aussitôt que la terrifiante Amy Delorgue était là. Samba fut tenté d'opérer un demi-tour, voire un repli stratégique dans sa chambre, mais son père l'avait entendu ouvrir la porte. Le pas lourd, il se rendit dans la cuisine.

La femme aux multiples canines se réjouissait qu'il prenne des leçons de piano.

— M. Karila est vraiment formidable ! Moi aussi, je lui demanderais bien des cours de chant. Je sais que j'ai du potentiel, mais je n'ose pas.

— Vous devriez, il ne va pas vous manger !

— Hélas !

Surprise de sa propre audace, elle retroussa ses lèvres en un sourire effrayant. Fasciné par le spectacle de cette mâchoire démoniaque, Samba se figea, incapable de détacher son regard de leur invitée. C'est Idriss qui rompit le charme, ou plutôt le mauvais sort.

— Alors, mon grand… Il paraît que tu as essayé de voler les œuvres de M. Mansard ?

Chapitre 4

Samba eut un sommeil agité, peuplé de notes étranges et de cambrioleurs dérobant des toiles inachevées, parasité par une sensation de geler qu'il ne parvint à combattre. Chaque nuit, le froid hivernal s'insinuait dans sa chambre tel un implacable bourreau d'enfants. Il se glissait sous sa couette et pinçait ses orteils, piquait le bout de son nez, de ses oreilles... mordait tout ce qui dépassait. Samba s'était endormi tard, à l'heure où la lune n'illumine plus le village, où les chouettes ont terminé de chasser, où même les cloches de l'église paraissent trop fatiguées pour tinter.

Quand son père pénétra dans sa chambre, tirant les rideaux sans ménagement, il ne broncha pas. Idriss s'assit sur son lit et contempla, attendri, l'enfant abandonné dans une posture improbable de pantin dégingandé.

— Mon grand petit bonhomme, dit-il en lui caressant la joue. Il est l'heure.

— Encore quelques minutes, papa ! répondit le garçon, d'une voix ensommeillée. Il fait trop froid.

Il se recroquevilla sous la couette, affichant une moue boudeuse, celle à laquelle son père résistait rarement. Idriss sourit. Son grand petit bonhomme était encore un peu son bébé.

— Comme tu veux, mais dans cinq minutes, moi je file chez Alex, le boulanger de la station a déjà dû la livrer…

— Tu crois qu'il y aura des croissants ? demanda Samba, ouvrant un œil.

— Je sais qu'il y en aura !

Le garçon esquissa un sourire et se dressa dans son lit. La promesse de déguster les viennoiseries dorées, probablement encore chaudes, avait eu raison de sa flemme.

— Tu es bien le fils de ton père ! Un vrai bec sucré…, dit l'homme en consultant sa montre. Dans cinq minutes, donc… Top départ !

Samba ne se le fit pas dire deux fois. Il fit voler sa couette dans les airs et se projeta sur le sol à la recherche de ses vêtements de la veille, se délesta de son pyjama en un rien de temps, le remplaçant par son pantalon en velours bleu marine et un tee-shirt à manches longues. Il sautilla sur un pied, puis sur l'autre, le temps d'enfiler des chaussettes en laine, puis se rua dans la salle de bains où il réussit l'exploit de se brosser les dents en passant un pull par-dessus le reste. Il cracha le dentifrice sans prendre la peine de se rincer la bouche, puis dévala l'escalier, sautant les quatre dernières marches pour aller plus vite. Quand Idriss le rejoignit, son anorak était déjà boutonné et son bonnet couvrait ses deux oreilles, ne manquaient plus que les chaussures et les gants. L'enfant s'acquitta de ces ultimes tâches en quarante secondes, ramenant son score total à quatre minutes quinze, ce qui lui valut les applaudissements admiratifs de son père.

C'est un Samba aussi joyeux qu'affamé qui pénétra dans le café avec Idriss. Au fond de la salle, Charles et Diana leur firent signe.

— Salut, Idriss. Tu as réussi à réveiller le grand voleur d'œuvres d'art ? plaisanta l'homme, en frottant ses mains sur sa chemise en flanelle.

Johnny Mansard avait raconté ses déboires à tout le village, d'Amy Delorgue aux Leroy qui paraissaient s'en amuser beaucoup. Penaud, l'enfant baissa la tête. Il aurait voulu disparaître dans un trou de souris… mais la promesse du succulent petit déjeuner l'en dissuada.

— Je vois que vous ne nous avez pas attendus pour commencer, dit Idriss en observant le vêtement de Charles, constellé de miettes.

— Ça non ! s'exclama Diana en tapotant son ventre rebondi. Ce n'est pas le genre de la maison de se laisser mourir de faim.

— Mais il ne va plus y en avoir ! déplora l'enfant, au bord des larmes.

Une main attrapa son épaule, tandis qu'une voix haut perchée lui chuchota à l'oreille qu'il y avait de la marge. Alexandra Lepage posa une panière remplie de viennoiseries sur la table. Le garçon sentit son estomac se tordre. Les gargouillis, fort peu discrets, firent éclater de rire le couple d'épiciers.

— Allez, assieds-toi avec nous, gamin ! On va vous remplumer, ton père et toi !

Idriss commanda leur habituel chocolat chaud, mais Alex ne lui répondit pas. Son regard balayait la rue, à travers la vitrine. Sur le trottoir, Lilas Moreau hâta le pas, ignorant ostensiblement le commerce de son amie.

— Bah ça, c'est trop fort ! maugréa la patronne.

Elle se précipita à l'extérieur, sans prendre la peine de se couvrir pour affronter les températures hivernales, et interpella Lilas. La fleuriste tenta d'abord de l'esquiver, puis elle lui lança quelques mots, la mine dure, les mains crispées.

— Qu'est-ce qui leur arrive ? interrogea Idriss. Elles paraissent sacrément fâchées…

— Alex a dîné avec Ludwig, samedi dernier, expliqua Diana d'un air entendu. Or, Lilas a un *crush* pour lui.

— Un quoi ? questionna Samba.

— Elle a le béguin pour l'Allemand, traduisit Charles. Mais on ne devrait pas colporter les ragots.

— Si elle a le béguin pour lui et lui pour elle, reprit Idriss, pourquoi ne sont-ils pas ensemble ?

— Parfois, deux personnes sont très attirées l'une par l'autre sans qu'aucune ne parvienne à franchir le pas. Mais tu peux comprendre cela, toi, non ?

L'épicière plongea son regard brun dans le sien. Elle semblait vouloir lui faire passer un message, le sonder. Mais Idriss ne saisit pas ses sous-entendus, ou du moins s'en convainquit-il... Il jugea plus prudent de s'en tenir à la conversation initiale.

— Mais, du coup, Ludwig sort avec Alex, maintenant ?

— Non, ce n'est pas le genre de notre ami acousticien..., lui répondit Charles. Je crois que la belle Alex s'est pris un râteau.

— Un râteau ? Pour quoi faire ? demanda Samba qui ne comprenait rien à la discussion.

— Alors pourquoi Lilas est-elle en colère ? s'étonna Idriss.

— Parce qu'elle ne sait pas qu'Alex a pris un râteau, dit l'épicier, comme s'il énonçait une évidence. Déjà qu'elle n'est pas bien dans sa peau...

— À ce niveau-là, c'est une phobie sociale, si tu veux mon avis ! enchérit son épouse. Et avec les hommes, c'est encore pire...

— Cela explique beaucoup de choses, dit Idriss, comprenant davantage son attitude fuyante.

— C'est parce qu'elle est mal dans sa peau qu'elle fait tout le temps la tête ? demanda Samba, déduisant approximativement la même chose.

Mais les adultes continuèrent de l'ignorer, jugeant sans doute qu'il était trop jeune pour participer à la discussion. Vexé, il attrapa un pain au chocolat dans lequel il mordit à pleines dents et sentit sa frustration disparaître instantanément. Il engloutit la viennoiserie en cinq bouchées, puis porta son dévolu sur un pain aux raisins délicieusement crémeux. Alex revint à l'intérieur, se dirigeant d'un pas sec vers son percolateur. Mais, quand elle leur servit leur chocolat chaud, son visage défait trahissait sa détresse.

—Ça va, ma belle ? s'enquit l'épicière.

—Ouais, merci, Diana. Je suis juste la reine des connes, c'est tout…

La discussion prenant un tour plus grave, Samba obtint la permission d'aller jouer dans la forêt. Il franchit la porte du café à la vitesse de l'éclair, évitant de justesse Isaac Karila.

—Bonjour, gente dame ! lança-t-il à l'intention de la patronne.

—Oh vous, ça va, hein ! Ce n'est pas le moment.

Mouché, l'homme rajusta son chapeau et battit en retraite au fond de la salle, déplorant l'accueil qui lui avait été réservé.

—Quand je vous dis qu'elle me déteste !

—Mais non, le rassura Diana, ce n'est pas toi, le problème.

—Enfin, pas aujourd'hui ! ajouta Charles, taquin.

Quand Samba retrouva son amie, c'est à peine s'il sut par où commencer. Il avait tellement de choses à lui raconter ! Il choisit de relater la dispute de Kevin et son père.

—Tu aurais dû le voir se faire passer un savon, c'était si drôle ! s'esclaffa-t-il.

La Princesse le dévisagea comme si elle le regardait pour la première fois, l'air extrêmement déçu.

—Tu es cruel…

—Et alors ? Lui aussi, il est méchant avec moi !

—C'est facile de se moquer d'une personne qui va mal, c'est ce que tous les autres font… Si tu veux qu'il te traite bien, tu dois bien le traiter.

— Je veux juste qu'il s'écrase ! s'emporta le garçon.

— Je vois. *L'homme est un loup pour l'homme*, déplora-t-elle. Mais toi…

— Quoi, moi ?

— Un vrai chevalier fait preuve de mansuétude, pas de cruauté. C'est une question de noblesse d'âme.

Déstabilisé par les reproches de la Princesse, Samba chercha à se donner une contenance autant qu'à changer de sujet. Il se dirigea vers la boîte de Noisette et caressa l'animal, s'émerveillant de sa croissance et de sa vivacité, avant d'évoquer son autre découverte, bien plus intéressante que les problèmes familiaux de Lacaille.

— En tout cas, je sais pourquoi la fleuriste est comme ça…, lâcha-t-il d'un air mystérieux.

Intriguée, la fillette s'installa en tailleur, un coussin plaqué contre son ventre, prête à accueillir les révélations du garçon. Lilas avait toujours été très bienveillante à son égard, lui offrant une fleur chaque fois qu'elle passait devant sa vitrine, mais Samba lui rapportait un comportement tellement hostile qu'elle avait fini par croire qu'elle était raciste. Cette idée la révoltait au point qu'elle évitait désormais soigneusement sa boutique, une façon à elle de contrebalancer l'injustice.

— Vas-y, je suis tout ouïe !

Satisfait de son effet, Samba se lança dans le récit épique de la romance impossible entre Ludwig et Lilas. Il raconta tout par le menu : les sentiments partagés en secret, le malentendu avec Alex, la brouille entre les deux amies… La fillette sentit palpiter son cœur de midinette. Elle décréta, solennelle, que l'amour devait triompher. Roche-bleue avait besoin d'une belle histoire !

— Je ne trouverai aucun répit tant que je n'aurai pas rapproché ces deux amoureux, jura-t-elle, la main sur la poitrine. À compter d'aujourd'hui, nous serons leur Cupidon. Tu sais qui est Cupidon ?

— Oui, ça va, je ne suis pas débile… Mais il y a un problème, objecta le garçon. Un obstacle terrible qui menace leur amour ! dit-il, théâtral.

— Quoi ? Quoi ? Quoi ?

— Quand j'ai quitté le café, murmura-t-il d'un ton grave, j'ai suivi Lilas jusqu'à sa boutique. La porte n'était pas bien fermée. Et là…

— Et là ? reprit la fillette, pendue à ses lèvres.

— Là, j'ai vu un truc bizarre.

— Tu as vu quoi ? demanda-t-elle en retenant son souffle.

Samba se cala au fond du lit de fortune, plaqua son dos contre la paroi de la cabane et fit mine de réfléchir à la meilleure façon de lui annoncer les choses. Il se frotta le menton, comme le font les hommes qui ont de la barbe pour se donner l'air important, et se rendit compte que ce geste devait paraître *anachronique*. Il étira ses lèvres en un sourire de satisfaction, content de maîtriser si bien ce nouveau mot, quand son amie le tira de ses digressions intérieures.

— Tu as vu quoi ?

— Je ne sais pas trop. Elle était devant une glace et… elle criait de drôles de choses à son reflet.

— Comment ça ?

— « Grosse vache ! Moche ! Nulle ! » Elle a dit qu'elle se faisait honte, qu'elle était pathétique de craquer sur un homme plus jeune. Il est plus jeune qu'elle, Ludwig ? Il est tout ridé, pourtant ! Bref, après, elle s'est mise à pleurer et je suis parti. Tu y comprends quelque chose, toi ?

La Princesse attrapa l'écureuil, se glissa à côté de Samba, puis posa sa tête sur son épaule. Il se figea aussitôt. Il pouvait sentir son parfum à la fraise et son souffle dans son cou, deviner les battements de son cœur… Il osait à peine respirer, de peur qu'elle ne s'envole, tel un moineau farouche. Alors il devint la branche solide et discrète de son oiseau menu, attendant patiemment qu'elle rompe le silence.

— Oui, je comprends, dit-elle. Et j'espère que tu n'as pas peur du noir !

Chapitre 5

Le soir même, Samba attendit que le clocher sonne douze coups pour rejeter sa couette, et répéta en boucle sa phrase conjuratoire.

— *Un chevalier ne craint pas les ténèbres. Un chevalier ne craint pas les ténèbres. Un chevalier ne craint pas les ténèbres.*

Il glissa hors du lit et enfila ses vêtements par-dessus son pyjama…

— *Un chevalier ne craint pas les ténèbres. Un chevalier ne craint pas les ténèbres.*

Il poussa la porte de sa chambre et avança sur la pointe des pieds, marquant un arrêt devant celle d'Idriss…

— *Un chevalier ne craint pas les ténèbres.*

Il retint sa respiration, guettant le moindre bruit qui le contraindrait à rejoindre son matelas douillet. Mais son père n'émit aucun son suspect. Samba descendit prudemment l'escalier, une main crispée sur la rampe, les orteils tâtant le vide avant de se poser sur les marches. Il arriva devant la porte d'entrée qu'il déverrouilla, une serrure après l'autre, et se trouva enfin dehors.

— T'en as mis du temps ! J'ai cru que tu t'étais dégonflé, dit la Princesse.

— Pas si fort ! Tu vas réveiller tout le monde. Et puis on ne devait pas se retrouver devant la boutique ?

— Ça caille trop, j'avais besoin de bouger. Bon, tu viens ?

— Attends ! Mes chaussures…, dit-il en se contorsionnant.

Tandis qu'il enfilait ses bottes, il leva les yeux au ciel et resta bouche bée. De part et d'autre des quelques nuages bleutés accrochés à la lune, la voûte céleste se déployait en une multitude d'étoiles plus brillantes que des milliers de diamants. Il se sentit si minuscule face à l'immensité et la splendeur du firmament qu'il en eut le vertige et faillit perdre l'équilibre.

— Dépêche-toi ! s'impatienta son amie. On n'a pas toute la nuit…

Samba le savait parfaitement. Si Idriss se réveillait à cause d'une fringale nocturne, comme c'était parfois le cas, il viendrait jeter un coup d'œil dans sa chambre et découvrirait qu'il avait fait le mur.

— T'inquiète, je ne tiens pas à ce que mon père me punisse jusqu'à la fin de mes jours.

— Tu as bien placé ton traversin sous la couette ?

— Oui, oui…

— Bon, alors ça va aller.

Les deux enfants se mirent en marche, surexcités à l'idée d'exécuter le plan qu'ils avaient passé l'après-midi à élaborer. Ils avaient déployé des trésors d'imagination et de créativité en un temps record. La Princesse était convaincue que, sans leur intervention, Ludwig finirait par repartir en Allemagne et que Lilas, désespérée, se donnerait la mort, comme dans les films.

Conscients de l'importance de leur mission, ils déposèrent religieusement une première enveloppe dans la boîte à lettres de la fleuriste, puis une seconde sous les essuie-glaces de Ludwig. Dans le silence de la nuit, le village semblait leur appartenir. Tout le monde dormait sauf eux, les justes, les puissants, les Cupidon de Roche-bleue ! Ils se laissèrent envahir par un enivrant sentiment de liberté et se mirent à courir dans la rue principale, sans autre raison que s'emplir de l'instant.

— Viens, on dessine des trucs sur les pare-brise ! dit la Princesse.

Joignant le geste à la parole, elle traça un visage souriant de son index tendu et incita Samba à en faire autant.

— J'ai une meilleure idée ! On va écrire « prout » partout !

— Mais oui !

Bientôt, ce fut une tempête de « prout » qui s'abattit sur les voitures de Roche-bleue. Ils rirent comme des petits fous en imaginant la tête des villageois, le lendemain. La nuit leur appartenait, ils se sentaient intouchables... Alors ils rirent encore et encore, à en pleurer, à avoir mal au ventre.

Enfin calmés, ils décidèrent de poursuivre la tâche qu'ils s'étaient engagés à accomplir, laissant un mot, un objet, dans la fontaine de la mairie, dans le confessionnal de l'église... La moindre action, chaque nouvelle audace sonnait comme une grande victoire qu'ils fêtaient en se congratulant, se prenant pour les maîtres du monde.

— Il ne nous en reste plus que quatre ! annonça la fillette.

— Ceux de la forêt ? Tu es sûre qu'on ne peut pas les déposer quand il fera jour ?

— Certaine. Pourquoi ? Tu as peur ?

— Un peu... Pas toi ?

— Moi, je n'ai peur de rien, c'est toi qui l'as dit. Allez, viens, je la connais comme ma poche, cette forêt.

Samba déglutit péniblement. Les contes qu'il aimait tant n'évoquaient-ils pas tous les dangers de la nuit ? Les risques que les gamins courent inutilement en s'éloignant de leurs parents ? Et s'ils croisaient un loup, ou bien une sorcière ? Ou pire encore...

— L'ogre ! Et si l'ogre était là ?

— N'importe quoi !

—Mais non, il y en a un à Roche-bleue ! la prévint-il. Même que j'ai rencontré son amie et qu'elle a des dents pointues pour manger les enfants !

—Mais d'où tu sors une histoire aussi bête ?

La fillette braqua sa lampe torche sur les yeux de Samba. Ébloui, il tenta de masquer la source lumineuse de ses bras.

—Ce n'est pas une histoire, je te le jure ! Je connais l'amie de l'ogre. C'est elle qui nous a accueillis à notre arrivée. Elle est horrible et elle pousse des cris de cochon quand elle rigole. Elle dit qu'elle travaille à la mairie, mais parfois elle aide M. Karila à surveiller les enfants... je suis sûr que c'est pour repérer les plus dodus !

D'abord stupéfiée par l'histoire abracadabrante qu'il venait de lui servir, la Princesse partit soudain dans un grand éclat de rire.

—Tu parles d'Amy Delorgue ?

—Amie de l'ogre, oui !

—Mais, mon pauvre vieux, tu déraillles complètement ! C'est DE-LOR-GUE, son nom, dit-elle en insistant sur la dernière syllabe, pas « de l'ogre ». Ce que tu peux être bébé, parfois !

Balayant les angoisses de Samba, la fillette s'enfonça dans le bois, pressée de rejoindre la clairière des amoureux, un lieu où les couples timides se retrouvaient en secret. Elle avait décrété que ce serait l'endroit idéal pour le bouquet final de leur intervention. Samba, éminemment vexé d'avoir été traité de bébé, mit un point d'honneur à prouver sa bravoure et dépassa la Princesse afin de la précéder sur les derniers mètres.

—Attends-moi ! cria la Princesse, loin derrière lui.

—T'as peur ? Fais pas ton bébé, toi non plus.

—Non, je n'arrive pas à te suivre, tu vas trop vite !

Samba se retourna, prêt à dégainer une réplique bien sentie, mais elle n'était pas là. Il plissa les yeux, cherchant la frêle silhouette au milieu des arbres.

— Tu es où ?

Pour toute réponse, il n'obtint que le cri d'une chouette. Inquiet, il revint sur ses pas.

— Si c'est une blague, c'est pas drôle…

Mais il ne la voyait pas plus qu'il ne l'entendait. Et si elle avait été enlevée par… ? Non ! Les ogres n'existaient pas. Le garçon s'immobilisa, cherchant à capter le moindre soupir, le plus petit craquement de brindille qui pourrait le mettre sur la voie.

— Princesse ?

— Bouh ! s'écria-t-elle en lui sautant sur le dos. Je t'ai bien eu, espèce de pétochard ! Essaie de m'attraper, maintenant !

Elle dévala la pente qui menait à la clairière, Samba sur les talons, prêt à en découdre. Elle arriva la première et se laissa tomber dans la neige moelleuse. Le garçon, qui n'avait pas dit son dernier mot, se jeta sur elle et, raclant la poudreuse de ses moufles, l'éclaboussa en guise de représailles. Loin de se défendre, la Princesse riait, riait… Épuisée, elle finit par déclarer forfait, d'une voix si essoufflée qu'il dut se concentrer pour la comprendre. Une fois calmés, les deux acolytes déposèrent un ultime paquet dans un arbre creux et rentrèrent au village, trempés mais heureux.

— Eh, t'as vu ? Qu'est-ce que c'est ? chuchota-t-elle.

Elle pointait du doigt une masse imposante s'agitant au-dessus des poubelles d'Isaac Karila.

— On dirait… un ours !

Les deux enfants s'attrapèrent par les mains, les bras, et cherchèrent un abri de fortune. Samba sentit son cœur cogner si fort qu'il crut qu'il allait exploser. Il aurait voulu courir le plus vite possible et partir se réfugier sous sa couette, mais M. Karila lui avait expliqué que les garçons doivent protéger les filles… et cela devait être encore plus vrai s'agissant d'un chevalier. Il s'obligea à respirer calmement, profondément décidé à combattre le fauve.

Mais à peine eut-il posé un pied devant lui que la silhouette se déplia sous ses yeux, familière et effrayante à la fois. La Princesse le regarda d'un air étonné, et tous deux prononcèrent le nom de l'animal en même temps.

—Jojo le Crado !

Il leur fallut encore quelques minutes pour comprendre que l'homme pillait les poubelles du professeur. Ils en eurent le cœur net quand celui-ci en sortit ce qui ressemblait à un morceau de pain qu'il engloutit dans la foulée. Hilare, Samba donna un coup de coude à son amie. Mais la Princesse posa un doigt sur sa bouche pour l'empêcher d'en dire davantage.

—Il est pauvre ! réalisa-t-elle, le souffle court. Il n'a pas de quoi manger... c'est pour ça qu'il est méchant.

—Ah bon ?

—Oui, c'est comme dans tes contes ! Il suffit de faire en sorte qu'il ne soit plus pauvre pour qu'il change !

Samba n'en était pas aussi sûr, mais, après tout, c'était elle la magicienne, elle devait en connaître un rayon sur les transformations des méchants. Ils attendirent que Johnny rentre chez lui, cachés derrière le mur de l'église. La Princesse respirait vite, Samba essaya de se caler sur son rythme, pour s'occuper, mais cela lui fut pénible, alors il arrêta rapidement. Quand Jojo le Crado eut disparu, Samba annonça qu'il devait y aller également.

—J'ai école demain, je dois dormir.

—Moi aussi, approuva son amie, je suis fatiguée.

—J'espère bien que tu es fatiguée ! gronda une voix grave.

Samba sursauta violemment. Face à eux se tenait un homme aux yeux noirs si cernés qu'il pouvait distinguer les grands cercles bruns dans la nuit. Sa mâchoire claire tressautait, trahissant une colère intense.

— Papa…, se défendit la Princesse, on… ne faisait rien… de mal… je te jure !

— Rien de mal ? Ta mère et moi, on était fous d'inquiétude.

— Fallait pas, objecta-t-elle, penaude.

— Fallait pas ? Fallait pas ? Mais tu entends un peu ce que tu dis ?

L'homme secoua la fillette, mains crispées sur ses épaules. Elle n'opposa aucune résistance, sa tête ballottant d'avant en arrière telle une poupée de chiffon. Soudain, elle fondit en larmes.

— Pardon, papa, je suis désolée ! Samba et moi, on n'a pas pensé à mal…

Le père de la Princesse se tourna vers le garçon, comme s'il se souvenait tout juste de sa présence.

— Je vois. Dis tout de suite au revoir à ton ami, tu m'expliqueras en chemin ce que vous fichiez dehors, au beau milieu de la nuit.

— Bonne nuit, Samba, dit la fillette en se massant les épaules.

Le garçon aurait aimé voler à son secours, la serrer dans ses bras pour apaiser son angoisse, prendre toute la faute sur lui afin que l'homme cesse de la gronder. Mais il lui faisait bien trop peur pour tenter quoi que ce soit.

— Bonne nuit, Princesse.

— Toi aussi, tu ferais mieux de retourner chez toi, répliqua le père, d'une voix dure. Tu habites où ?

Samba montra sa maison d'un doigt tremblant, craignant qu'il ne réveille Idriss pour lui raconter son escapade nocturne. Fort heureusement, il n'en fit rien.

— File ! Je veux te voir passer la porte de cette maison avant de partir.

L'homme souleva la Princesse du sol et la plaqua contre son torse. La fillette s'abandonna dans ses bras tandis que Samba rentrait chez lui.

Chapitre 6

La semaine qui suivit son escapade nocturne parut aussi contrastée à Samba que ces montagnes russes dont la Princesse lui avait maintes fois vanté les mérites. En rentrant chez lui, il avait éprouvé une multitude de sentiments *anachroniques*. Il avait oscillé entre l'excitation d'avoir bravé un interdit et la crainte qu'Idriss ne découvre sa fugue, de la fierté coupable d'entendre les Rocazuriens s'offusquer des bouquets de « prout » sur leurs pare-brise à l'angoisse de ne plus jamais revoir son amie. Samba n'avait jamais envisagé que la Princesse puisse avoir des parents, l'imaginant aussi libre qu'un flocon de neige. Un paquet de questions s'étaient bousculées dans sa tête. L'homme qui les avait réprimandés était-il le Roi des glaces ? Avait-il le pouvoir de le transformer en statue gelée, d'un simple regard ? Quel sort avait-il réservé à sa fille, pour la punir d'avoir fait le mur ? Il avait eu beau se raisonner, se rappelant les moqueries de la Princesse quand il avait évoqué l'ogre, il s'était dit que si les princesses des neiges existaient, alors les rois des glaces aussi… pressentant qu'il y avait une incohérence dans sa réflexion, sans parvenir à la débusquer. Afin d'y voir plus clair, il avait décidé de consigner les bonnes et les mauvaises choses de sa vie dans un carnet qu'il avait chipé chez les Leroy, non sans une pointe de culpabilité.

Dans la première colonne, il avait noté la joie intense ressentie lors de son aventure nocturne et le sentiment de toute-puissance qui en avait découlé ; la gentillesse si réconfortante de Charles et Diana ; leurs délicieux cookies ; le travail d'Idriss qui lui donnait tant de satisfaction ; et, enfin, l'espoir d'aller à Disney World. Dans la seconde, il y avait le mensonge de mamie Joséphine qui les avait poussés à emménager ici ; la sévérité de M. Karila, malgré leur complicité en dehors de l'école ; sa culpabilité de voler les épiciers ; et, bien sûr, la brutalité de Kevin Lacaille qui avait redoublé de méchanceté depuis que son père l'avait disputé, dans la rue.

Comme chaque jour depuis qu'ils avaient posé les jalons de leur jeu de piste « spécial Cupidon », Samba partit en direction de la clairière, dans l'espoir d'y croiser la Princesse, ainsi que les deux amoureux. En passant devant l'épicerie de Charles et Diana, il aperçut Gwendoline et lui adressa un signe de la main.

La jeune femme lui rendit, à travers la vitrine, et signa son ordonnance.

— Vous savez, Charles, les médicaments ne peuvent pas faire tout le boulot. Pour baisser votre taux de cholestérol, il faut adopter une meilleure hygiène de vie.

— Je sais, dit-il, en rallumant sa Gitane éteinte. Mais comment résister aux bonnes choses ?

Provocateur, il lui tendit un cookie encore tiède. La doctoresse lui lança un regard réprobateur, mais céda vite à la tentation. Elle saisit un biscuit, se maudissant de sa faiblesse qui discréditait littéralement tout ce qu'elle venait de lui dire. À croire qu'il y avait de la drogue, dedans.

— Un, de temps en temps, ce n'est pas grave, plaida-t-elle en croquant dans la pâtisserie. Mais vous ne devez pas tous les manger en une journée. Pensez à vos artères !

— Il faut bien mourir de quelque chose, dit-il, philosophe.

— Le problème, ce n'est pas de mourir d'une attaque ou d'un AVC, soupira-t-elle. C'est plutôt d'y survivre…

— Mais j'aurai vécu pleinement avant cela, dit-il, buté. Et puis, Diana et moi ne tenons pas à durer plus que nécessaire, nous n'avons plus personne et…

— Et les Kan ? le coupa la doctoresse. On dirait que vous les aimez bien, non ?

— Vous aussi, rétorqua Diana dans son dos.

L'épicière, qui faisait du réassort au fond du magasin, abandonna sa tâche pour venir cuisiner la jeune femme. Gwendoline avait atterri à Roche-bleue par hasard, comme la plupart des « pièces rapportées » de ce minuscule village. Fraîchement diplômée, elle avait accepté un remplacement du médecin historique, mais ce dernier était décédé d'une crise cardiaque pendant ses vacances. Cela aurait dû être une mission de trois semaines, mais cela faisait maintenant quatre ans. Les côtes bretonnes lui manquaient terriblement, et elle rêvait de rentrer au pays, mais elle ne partirait pas tant qu'elle n'aurait pas trouvé son successeur. Alors elle prenait son mal en patience, se raccrochant à la gentillesse de certains villageois, à l'instar de ce beau couple si fusionnel… bien qu'un peu tête de mule. Mais comment les blâmer de brûler la chandelle par les deux bouts quand on connaissait leur histoire ?

— Je soulignais simplement qu'ils pourraient être votre fils et votre petit-fils, dit-elle en rougissant. Ne me dites pas que vous ne vous y êtes pas attachés… et que ce n'est pas réciproque.

Les épiciers échangèrent un regard embarrassé. Tous deux avaient des tonnes d'amour à donner, et ces deux-là le méritaient bien. Mais envisager de former à nouveau une famille, fût-elle d'adoption, n'était pas une décision anodine. Cela impliquait de s'engager émotionnellement, de s'ouvrir, de courir le risque de souffrir.

— Ils nous apprécient bien, oui, répondit Charles, mais de là à nous voir autrement que comme les gentils commerçants du coin…

— Ils ont déjà une famille, au Burkina, ajouta Diana.

— Et alors ? Une famille, ça s'agrandit.

— Et vous, vous la fondez quand, la vôtre ?

Piquée, la jeune doctoresse sentit ses joues s'empourprer.

— Euh… vous savez, ce n'est pas une obligation, hein… Les femmes n'ont pas besoin de souscrire à ce genre de cliché pour s'accomplir.

— Oui, mon chou, répliqua l'épicière, vous avez bien raison, les femmes font ce dont elles ont envie. Mais vous, ne me dites pas que vous ne rêvez pas de ça, en plus du reste. *I wouldn't buy it.*

Gwendoline bafouilla une vague réponse qu'elle-même eut du mal à croire. Si elle comprenait parfaitement où Diana voulait en venir, elle ne souhaitait pas la suivre sur ce terrain. Mais elle avait trop d'affection pour cette femme, solaire et touchante, pour oser lui tenir tête. Elle rougit de plus belle.

— C'est vrai, ça, insista la commerçante. Vous êtes plutôt du genre fonceuse, d'habitude ?

— Oui, mais…

— Et vous mentiriez si vous prétendiez qu'Idriss vous laisse de marbre, hein ?

— C'est un homme charmant, bien sûr, mais…

— Et vous aussi, vous lui plaisez, non ?

— Peut-être, mais…

— Mais, mais, mais… quoi ? s'impatienta l'épicière.

— Il n'est pas prêt ! répondit-elle avec force.

Le souvenir de la fuite d'Idriss était encore douloureux. Ce jour-là, la jeune femme avait à peine eu le temps de saisir qu'elle ne le laissait pas indifférent, qu'il avait déjà déguerpi comme si la banquette lui avait brûlé les fesses.

— Bien sûr que si, assura l'épicier. Mais il ne fera jamais le premier pas.

— Il y a une alchimie entre vous, cela saute aux yeux, confirma Diana en lui tendant un autre biscuit. Prenez les choses en main, vous le méritez.

Gwendoline engloutit le cookie. Était-ce le shoot de sucre ? La dopamine ? Ce regain de motivation que les Leroy s'évertuaient à lui insuffler ? Quoi qu'il en soit, et à sa grande surprise, elle répondit par l'affirmative.

— Vous savez quoi ? dit-elle, la bouche pleine. Je crois que vous avez raison. Je ne suis peut-être pas une séductrice, mais je peux me comporter en adulte. Après tout, je risque quoi en tentant ma chance ? Rien.

— Rien.

— Rien.

— Alors d'accord, la prochaine fois que je le croiserai, je l'inviterai à prendre un verre. Peut-être même à dîner chez moi !

— Bien dit ! approuva l'épicière.

— Y a plus qu'à ! confirma son mari en tournant la tête vers la porte d'entrée.

Le tintement familier annonça un nouveau client. À la mine réjouie des deux sexagénaires, Gwendoline comprit instantanément de qui il s'agissait et se ratatina.

— Bonjour, Charles. Bonjour, Diana… Gwendoline.

— Bonjour, Idriss, l'accueillirent les commerçants, lançant des regards entendus à la jeune femme.

Mais c'était comme si son sang avait soudain déserté son corps pour se concentrer dans son visage, charriant avec lui trop d'oxygène pour son pauvre cerveau bombardé d'informations contradictoires. Sur le papier, elle était plus que partante pour faire le premier pas, mais en réalité elle s'en sentit incapable. Aussi, tout comme il l'avait fait avant elle, la jeune femme prit un dernier cookie, sa serviette informe et, au grand dam de Charles et Diana, ses jambes à son cou.

Elle salua rapidement Lilas Moreau, postée sur le trottoir, et s'engouffra dans son cabinet.

C'est à peine si la fleuriste la remarqua, trop absorbée par la contemplation de l'enveloppe qu'elle tenait dans ses mains. À l'intérieur, ce message qu'elle connaissait par cœur :

Si tu ne veux pas pleuré comme elle, trouve l'autre enveloppe

Elle avait pensé à un canular et avait choisi d'ignorer ce courrier, découvert lundi dernier dans sa boîte à lettres, mais la tentation était forte, aussi forte que son envie de fermer boutique aujourd'hui. Depuis qu'elle avait appris que Ludwig avait dîné chez Alex, Lilas était dévastée. Non qu'elle en veuille à son amie… Après tout, Alex n'avait jamais eu froid aux yeux et, jolie comme elle était, elle avait bien raison d'en profiter. Et puis, elle n'avait que faire de cet homme de dix ans son cadet ! Une femme plus âgée que son mec, c'était ridicule ! Enfin, ce n'était pas comme si Ludwig avait montré le moindre signe d'intérêt à son égard, pas même cette fois où il avait vanté sa silhouette – mais elle s'était imaginé qu'il se moquait d'elle – ni encore quand il venait dépenser son salaire en bouquets de roses bien trop volumineux pour sa chambre d'hôtel. Alors pourquoi diable se mettait-elle dans cet état ?

Il fallait qu'elle se change les idées et, finalement, ce mot mystérieux lui offrirait peut-être une distraction bienvenue. L'énigme, aussi enfantine que l'écriture sur le papier, la conduisit naturellement à la fontaine de Roche-bleue, surnommée *La Pleureuse* par les habitants. Elle repéra une nouvelle enveloppe, coincée entre deux pierres et l'ouvrit, amusée.

Ton union serat bénite si tu suis les cloches

Son mystérieux maître du jeu l'invitait à se rendre dans l'église…

Lilas pénétra dans l'édifice, opéra une génuflexion, puis se dirigea vers le bénitier où un petit Cupidon en plastique avait été déposé. Intriguée, elle saisit l'objet, l'inspecta sous tous ses angles et découvrit un signe gravé dans son dos, reproduisant celui qui indiquait l'orée de la forêt.

Elle se rendit jusqu'à la pancarte affichant le symbole. Un morceau de tulle rose était noué autour du poteau. À son extrémité, quelqu'un avait accroché une page d'écolier. Malheureusement, la pluie avait effacé une grande partie du message, ne laissant paraître qu'une poignée de lettres délavées.

mour   roit

Médusée, la fleuriste tenta de décrypter la phrase mystérieuse, déduisant le mot « amour », ce qui était cohérent avec le petit Cupidon de l'église, et le mot « droit ». Elle hésita. Devait-elle traverser la forêt ? Et dans quel but ? Elle repensa au *Silence des agneaux* de Thomas Harris, un roman qu'elle avait lu quelques années plus tôt, et frissonna. Et si c'était l'œuvre d'un détraqué cherchant à la dépecer ? Lilas calcula les probabilités qu'un tueur en série se cache à Roche-bleue et se rendit à l'évidence : elles étaient nulles. Elle s'engagea dans le bois et trouva de nouveaux morceaux de tulle lui confirmant qu'elle avait emprunté le bon chemin.

Quand elle arriva dans la clairière des amoureux, elle fut d'abord émerveillée par la prairie scintillant sous la glace et le soleil de décembre, ainsi que par la beauté des arbres qui lui servaient d'écrin. Elle tourna sur elle-même, enchantée que le jeu de piste la conduise jusqu'ici, savourant la caresse des rayons sur son visage, humant les parfums délicats de la nature. Mais cela ne lui disait pas où se trouvait le trésor caché ! Elle scruta les environs en quête d'un indice, soulevant des pierres, portant ses yeux au loin dans l'espoir d'y découvrir la nouvelle étape. Elle eut beau chercher, elle ne vit rien.

La blague l'amusait de moins en moins, et le froid commençait à se faire cruellement ressentir... Elle embrassa une dernière fois la clairière du regard, prête à repartir. Il lui sembla alors apercevoir un autre morceau de tulle gisant devant un arbre creux. Elle ramassa l'étoffe et passa un bras à l'intérieur du tronc, tâtonna quelque temps et trouva deux nouveaux objets.

Un petit miroir sur lequel un message était écrit, au feutre indélébile :

L'acoustissien dit que Lilas est la plus belle des fleur, mais elle ne le croie pas. Peut-être qu'elle devrai mieux se regarder ?

Et un paquet cadeau, porteur d'une ultime instruction :

À n'ouvrir que si vous êtes la tous les deux

Intriguée, la fleuriste tira sur le bolduc du paquet.

— Ce n'est pas très correct de l'ouvrir toute seule. Moi, je vous ai attendue.

Samba, posté derrière un buisson, laissa échapper un cri de joie. Ludwig et Lilas étaient enfin réunis ! Il regrettait que la Princesse ne soit pas là, et se jura de mémoriser la scène, afin de lui raconter plus tard.

— C'est vous qui avez organisé ce petit parcours ? demanda l'Allemand.

— Non, ce n'est pas moi, répondit Lilas, le regard fuyant. C'est une écriture… et des fautes d'enfant. Je crois qu'on nous a joué un tour !

Le jeune homme saisit le miroir et lut le message à voix haute, avant de plonger ses yeux clairs dans ceux de la fleuriste.

— C'est vrai que je vous trouve belle.

— C'est gentil de le dire, en tout cas.

— Je le pense, insista-t-il. Je ne sais plus quoi faire pour que vous le compreniez, l'enfant qui fait des fautes a raison.

— Vous êtes ridicule, je…

— Vous êtes magnifique, Lilas. Vous me plaisez. Personne d'autre, pas votre amie Alex, pas les filles de mon pays, vous. Avec votre douceur, votre beauté, votre caractère bien trempé…

Confuse, la femme posa une main sur le tronc, de peur de perdre l'équilibre. Tout ceci était trop, était faux, c'était forcément une mauvaise blague. Elle envisagea de bafouiller quelque excuse avant de fuir, mais déjà Ludwig ouvrait le paquet qu'elle tenait. Il en sortit une poignée de bonbons, eux aussi accompagnés d'un petit mot.

Pour un baiser sucré…

Il émit un rire gêné et en plaça un dans sa bouche, puis en donna un à Lilas.

Le cœur de la jeune femme battait la chamade, elle avait le sentiment d'avoir quinze ans. L'homme, dont elle ne voyait plus du tout l'âge, mais plutôt les beaux yeux bleus brûlant de désir, la fixa longuement, sans ciller, sans faillir, osant lui dire en silence tout ce qu'il avait tu jusque-là. Elle se sentit mise à nu, dépouillée de ses peurs, de ses complexes, de toute sa peine. Malgré ses craintes, elle lui sourit. Il fit un léger signe de tête, à la recherche de son consentement et, quand il sut qu'il l'avait obtenu, il plaça une main derrière sa nuque, enfouit les doigts dans son épaisse chevelure brune, et ils échangèrent le plus passionné des baisers.

Samba, qui avait longtemps trouvé cela dégoûtant, ressentit une étrange sensation dans son ventre, comme une petite explosion de bonheur.

— Tu vois, l'amour triomphe toujours ! dit une voix familière derrière lui.

— Princesse ! sursauta-t-il. Tu es revenue !

— Tu ne croyais tout de même pas que j'allais manquer mon bouquet final ?

— Je pensais que tu étais consignée…

— Non. Mes parents ne me punissent jamais ! J'étais juste… pas visible.

La Princesse lui semblait plus pâle que d'habitude, et ses yeux étaient cernés, les veines de son front à fleur de peau, il sentait bien qu'elle ne lui disait pas tout.

— Tu es sûre que ça va ? Tu as l'air…

— L'air quoi ? Je suis folle de joie que notre plan ait fonctionné !

— Mais si ton père veut qu'on arrête…

— Non, mais tu m'as bien regardée ? Il est hors de question que je lâche l'affaire : je ne vis que pour ça ! Allez, viens, on fait les anges…

Comprenant qu'il était inutile d'insister, Samba s'allongea à côté de son amie, et battit des bras et des jambes afin de laisser la plus belle trace possible dans la neige.

Chapitre 7

Une nouvelle semaine était passée, et la liste des bonnes choses peinait encore à contrebalancer les mauvaises. Tout le village se trouvait désormais recouvert d'une épaisse couche de neige, et le vent polaire donnait l'impression de pouvoir vous geler sur place si vous n'y preniez garde. Samba ne pouvait s'empêcher d'imaginer que c'était l'œuvre du Roi des glaces, toujours furieux à cause de la fugue de sa fille.

Sa famille lui manquait terriblement. Il convoquait souvent le souvenir du caractère piquant de sa cousine Angèle, ou celui de sa tata Marcelle qui le houspillait constamment, mais avec tellement de tendresse que chaque remontrance sonnait comme une preuve d'affection. Ici, les gens avaient les émotions fades et le contact timide, s'avérant aussi froids que cet hiver qui n'en finissait pas. Plus que jamais, Samba se sentait étranger à ce lieu, et les efforts des villageois pour égayer leurs rues grises n'y changeaient rien.

Roche-bleue s'était parée de décorations multicolores et de guirlandes lumineuses, transformant son artère principale en un tunnel scintillant où il faisait jour, même aux heures les plus sombres. Dans leur vitrine, les épiciers avaient disposé une multitude de jouets : des peluches, des petites voitures télécommandées, une magnifique luge rouge qui faisait rêver le garçon chaque fois qu'il passait devant. Mais il se gardait bien d'en parler à Idriss. Son père refuserait de lui acheter, c'était certain, alors à quoi bon ? Et si une partie de lui s'émerveillait des délicieux parfums de cannelle et de vin chaud qui embaumaient les rues, de l'entraînante musique de Noël que diffusaient en boucle les haut-parleurs de la mairie, ou encore du sourire des personnes qu'il croisait… Samba résistait à l'euphorie ambiante, contrairement à ses camarades de classe, tous surexcités à l'approche des vacances et de la distribution de cadeaux.

Parmi les rares éléments qui grossissaient la colonne des points positifs, il y avait les cours de piano. Samba aimait jouer de cet instrument… et aussi apprendre à draguer les filles, bien que son professeur soit plus convaincu que lui de l'importance de la chose. Il y avait également le plaisir qu'il retirait en accomplissant ses quêtes. Tout comme le dragon « faux-cul » qui se muait au fil du temps en véritable mentor, la dragonne « raciste » était désormais neutralisée. En quelques jours, la fleuriste revêche s'était métamorphosée. Elle déambulait, au bras de son bel Allemand, le front haut, le regard franc, l'air conquérant. Quand elle les croisait, son père et lui, non seulement elle les saluait, mais elle leur souriait aussi. La Princesse, qui maniait mieux les mots que lui, avait expliqué à Samba qu'elle était enfin sortie de sa chrysalide.

Ce vendredi 14 décembre, jour du match contre leurs adversaires de la station, allait peut-être venir grossir la liste des bonnes choses. Les élèves avaient été dispensés d'école, et même encouragés à faire la grasse matinée pour prendre des forces. Mais Samba, fébrile à la perspective de cette rencontre épique, s'était réveillé plus tôt qu'à l'accoutumée. Il avala un solide petit déjeuner, concocté par un Idriss encore plus excité que lui, et obtint l'autorisation d'aller jouer dans la forêt, à condition d'être rentré avant 11 heures. Il ne se le fit pas dire deux fois.

La Princesse avait décoré sa cabane avec des banderoles d'encouragement qu'elle avait peintes elle-même. Chaque lettre était agrémentée d'un petit cœur, d'une fleur ou d'un papillon, le tout saupoudré d'une quantité indécente de paillettes qui avaient aussi éclaboussé son visage, lui donnant l'air d'une fée. Elle lui sauta dans les bras, l'accueillant comme un héros.

— Tu vas déchirer !

— J'espère, j'ai un peu le trac…

— Mais non, ça va bien se passer, tu verras.

Samba admirait son optimisme à toute épreuve. Il sourit, convaincu par son enthousiasme, et inspira profondément, comme elle le lui avait appris. Elle ouvrit une petite besace rose assortie à ses collants flashy et en sortit quelques barres chocolatées.

— J'ai pris de quoi te motiver !

— C'est trop gentil ! dit le garçon, ému.

— Bah, les amis, ça sert à ça…

Les enfants s'assirent, côte à côte, sur le matelas, et commencèrent leur dégustation, commentant leurs snacks comme des adultes savourent le vin.

— Mmmmh ! Quel délicat parfum de cacahouète !

— Et quelle finesse, ce cacao !

— Mais en conservant tout de même sa force.

— Oui, je dirais qu'il a de la cuisse…

— Et de la robe !

— Et un petit goût de cassis…

La Princesse gloussa, le visage maculé de chocolat. Pour la première fois, Samba ne la vit pas comme une créature extraordinaire, mais comme une vraie fille, à peine plus âgée que lui.

C'était idiot, car ils avaient déjà joué ainsi que le font tous les enfants, mais en général elle conservait sa posture princière, ne ratant aucune occasion de lui faire la leçon ou de lui donner des ordres. Mais, aujourd'hui, elle lui semblait normale. Si normale qu'il se risqua à lui parler plus ouvertement.

— C'est quoi, les marques sur tes bras ?

La fillette se raidit et ramena les manches de son pull arc-en-ciel sur ses poignets.

— Je n'ai pas de marque.

Samba se remémora son ami Youssef, qui cachait les traces sur son corps et ne voulait pas en discuter non plus. Parfois, il restait plusieurs semaines sans se rendre à l'école... Et un jour il n'était plus venu. Son père lui avait porté le coup de trop. L'idée que la Princesse subisse le même sort lui était insupportable. Alors tant pis s'il mettait les pieds dans le plat, mais il ne laisserait personne lui faire du mal. Elle était ce qu'il avait de plus précieux ici et, comme le disait M. Karila, il fallait être prêt à tout pour la fille qu'on aimait. Y compris à ce qu'elle nous déteste.

— C'est... ton père ?

Elle éclata d'un rire moqueur.

— Mon père est fou de moi ! Tu as trop d'imagination, petit.

— Arrête de me traiter comme un bébé ! Si j'ai tort, tu n'as qu'à me le prouver.

— Je n'ai rien à prouver.

— Alors c'est quoi, ces marques ? répéta-t-il, en relevant une de ses manches.

Le pull laissa apparaître des taches bleues qu'elle ne parvint pas à recouvrir à temps. Elle se leva d'un bond, furieuse.

— Pourquoi il faut que tu gâches tout ?

— Je ne veux rien gâcher, je suis inquiet, voilà.

— Mais inquiet de quoi ? Est-ce qu'on ne joue pas bien ensemble ? Est-ce que je ne ris pas comme toi ? Est-ce que je ne cours pas comme toi ? Est-ce que je n'ai pas l'air heureuse avec mon palais et ses trésors, Noisette, et toi, mon… chevalier ?

La Princesse secoua vivement la tête, en signe de dépit, une main posée sur son diadème. Son assurance déstabilisa Samba. Il voulait la croire, mais il avait besoin de certitudes. Il s'approcha d'elle et accrocha son regard, la mine grave.

— Dis-moi ce que c'est, ces bleus. Tu en as aussi sur les jambes, tu me les as montrés.

— OK. Je suis juste somnambule ! lâcha la fillette en levant les yeux au ciel. Je me promène, dans mon sommeil, et je me cogne aux meubles. C'est la honte, quoi ! Voilà, t'es content ? Tu vas pouvoir te moquer de moi.

Samba effleura les ecchymoses de son amie, les doigts tremblants.

— J'avais un copain qui avait les mêmes. Il est mort maintenant…

La fillette blêmit et recentra son diadème, les yeux humides. Elle posa une main sur l'épaule du garçon.

— Je vais bien, promis. Tu trouves que j'ai l'air morte ? Moi, *quand je suis avec toi… je me sens vivante.* Ça me fera de beaux souvenirs quand je serai partie.

— T'es pas obligée de déménager…

— Si, je le suis. Je ne décide pas de tout, tu sais.

— Mais tu as dit que tu faisais ce que tu voulais de tes parents !

— Pas ça.

La Princesse attrapa Noisette avec douceur et l'embrassa avant de le plaquer contre son cœur. Elle sourit tristement à Samba.

— Bientôt, je lui rendrai sa liberté… J'ai commencé à cacher des noisettes dans la cabane pour qu'il apprenne à les trouver dans la nature, par lui-même.

— Mais il t'adore ! Pourquoi tu veux qu'il s'en aille ?

—Je ne le veux pas, mais il le faut. Ma mère dit qu'on n'élève pas un enfant pour soi, mais pour lui, qu'on doit le laisser partir quand le moment est venu. Je n'ai pas le droit de le garder, ce ne serait pas juste. Il doit faire sa vie, se faire des copains écureuils, rencontrer une chérie, avoir des bébés... comme tout le monde, quoi ! Bon, sinon, demanda-t-elle soudain, il est à quelle heure ton match ?

—À 14 heures, dit-il, la gorge serrée.

—Tu seras mon champion !

—Tu viendras me regarder jouer ?

—Oui, de loin. Je n'ai pas envie de me mélanger aux autres enfants, dit-elle d'un ton suffisant. Ça va aller avec Kevin ?

—On est dans la même équipe, mais je compte bien lui coller la honte ! ricana-t-il.

—Tu n'as toujours rien compris à ce dragon-là, toi... À ton avis, il va se passer quoi si tu fais ça ?

Les dernières paroles de la Princesse lui trottèrent dans la tête durant tout le déjeuner. Qu'avait-elle voulu dire ? Il tournait et retournait la question, sans trouver de réponse. Idriss attribua son silence au trac et fit de son mieux pour l'aider à se détendre, à grand renfort de blagues nulles et d'anecdotes poilantes sur ses collègues de travail, sans grand succès.

En chemin, il tenta à nouveau de le dérider.

—Tu sais pourquoi Isaac ne perdra pas son calme, pendant le match ?

—Euh... non.

—Car il l'a.

—Il a quoi ?

—Ben, son calme.

—Ben, justement il peut le perdre s'il l'a, dit l'enfant, désemparé.

— Eh non ! Tu sais pourquoi ?

— Non…

— Car il l'a.

— Mais, papa, à quoi tu… ?

Samba s'interrompit et lança à son père un regard mi-interrogateur, mi-navré. Il n'avait quand même pas osé un calembour aussi grossier ?

— Isaac Car il l'a/Karila ? C'est ça ?

Idriss éclata de rire, répétant le patronyme du professeur en boucle, en se tapant sur les genoux. Si la gêne avait un nom, elle porterait certainement celui de Samba à cet instant précis. Mortifié par l'humour approximatif de son père, il leva les yeux au ciel, affichant un air affligé, et l'abandonna à son fou rire pathétique.

— Je pars rejoindre l'équipe…

Le directeur les avait mis en garde pendant l'échauffement : leurs adversaires étaient féroces et donnés gagnants par tous les pronostics. Avant d'arriver sur le terrain récemment déneigé, les enfants poussèrent leur cri de guerre le plus convaincant, pour se donner du courage, et s'élancèrent, prêts à en découdre. Dès les cinq premières minutes, les autres marquèrent un but, mais les Rocazuriens égalisèrent sur un corner, à dix minutes de jeu. Samba s'empara du ballon, parvenant à déstabiliser leurs rivaux et à leur faire commettre plusieurs fautes. À la suite de l'une d'elles, il plaça un coup franc à l'entrée de la surface, redonnant l'avantage à son équipe.

Après une mi-temps triomphante, une colère de Kevin qui s'estimait lésé par l'action de Samba, un rappel à l'ordre de leur professeur et le forfait de Martial pour cause de cheville foulée, Sophie fut envoyée en remplacement. Le jeune Lacaille lança un regard angoissé en direction du public. Si Idriss hurlait le prénom de Samba à s'en époumoner, son père, lui, gardait les yeux rivés sur un dossier qu'il avait apporté, l'air de dire qu'il serait mieux ailleurs. Le visage du garçon se tordit en une grimace douloureuse, ce qui peina Samba, qui n'avait rien raté de la scène.

À quelques minutes de la fin, les élèves de la station parvinrent à égaliser, d'un coup de tête impossible à contrer. Tout allait se jouer maintenant. Samba intercepta le ballon et remonta le terrain, avec la sensation de voler. Son père scanda son nom de plus belle. Galvanisé, il tourna la tête en direction du public et aperçut une frêle silhouette rose, un peu à l'écart. La Princesse ! Et tandis qu'il lui adressait un petit signe de la main, ses paroles lui revinrent en mémoire. Qu'allait-il se passer s'il humiliait Kevin, sur le terrain ? Il jeta un coup d'œil au garçon qui se tenait à moins d'un mètre de lui et… roula sur lui-même, la cheville droite dans les mains. Lacaille, au taquet, récupéra le ballon et parcourut les derniers mètres telle une fusée. Il lança son pied et mit un but, façon boulet de canon, dans l'ultime minute de jeu. Le public, rendu hystérique par l'exploit, se leva comme un seul homme. Les jeunes Rocazuriens coururent, sautèrent, hurlèrent de joie ! Samba appuyait une main à terre pour se redresser, quand Kevin le saisit par le bras et le releva.

— Ça va ?

Samba fit signe que « oui », boitillant autour de son rival. Mais, déjà, le reste de l'équipe convergeait vers eux, décidé à rendre hommage au héros du jour.

— Pourquoi t'as fait ça ? lâcha Kevin.

— Fait quoi ?

— Les autres n'ont pas fait attention, mais moi j'ai bien vu que t'avais fait semblant de tomber…

— On s'en fout que j'aie fait semblant. T'as assuré, même ton père a applaudi.

— Mon père ? Il…

Mais Kevin ne put en dire davantage. Ses camarades le saisirent par les jambes et les bras, le hissant par-dessus leurs têtes pour lui faire traverser le terrain. Il salua la foule, ivre de joie. Son père, contaminé par la liesse, l'acclamait comme un sauveur.

— « Travailler, gagner, fédérer » ! hurla l'homme, depuis les gradins.

Le garçon leva le poing, en signe de ralliement, puis se tourna vers Samba, sourire aux lèvres, et se frappa la poitrine, l'air de dire qu'il avait gagné un ami.

Idriss et Isaac avaient décidé de fêter cette victoire chez Alex, qui offrait une tournée gratuite pour l'occasion. Sophie se faufila dans le bar, plein comme un œuf, embaumant la sueur et le pastis.

— Vous désirez boire quelque chose ? s'enquit-elle auprès du petit groupe.

Isaac jeta un coup d'œil à la patronne, affairée derrière son zinc.

— Alex ne veut pas nous voir ?

— Elle est déjà sous l'eau… et puis ça me fait plaisir de servir la table de Samba.

Elle chercha sa mère du regard, soucieuse de lui montrer qu'elle était gentille avec le nouveau.

— Tu as super bien joué, je trouve ! dit-elle, suffisamment fort pour qu'elle l'entende.

— Merci, mais c'est Kevin qui nous a fait gagner.

— Je vous ai vus vous serrer la main dans les vestiaires. Vous vous êtes réconciliés ?

— Ouais.

— C'est super ! Je suis trop contente pour vous.

Ne sachant quoi rajouter, elle partit chercher la commande. Isaac Karila donna un coup de coude au garçon.

— On dirait que tu as une touche !

— Je m'en fiche.

— Il n'a d'yeux que pour sa princesse, que veux-tu ! précisa Idriss.

Gêné par la tournure que prenait la conversation, Samba trouva rapidement un moyen de la détourner.

— Dis, papa, tu pourras m'acheter un album Panini, pour fêter la victoire ?

— Avoir gagné est une récompense en soi, tu ne crois pas ?

— Tous les copains en ont…

— Ce n'est pas faux, risqua Isaac que les yeux noirs d'Idriss réduisirent aussitôt au silence.

— On ne dépense pas notre argent dans des choses aussi futiles. C'est non.

Le ton était sans appel. Samba quitta la banquette, boudeur, et entreprit d'aller scruter les murs. Tous étaient encombrés de photos, de publicités, de décorations en tout genre, à l'exception d'une zone restée vierge, pile entre les toilettes et les tables du fond. Pris d'une idée qu'il aurait volontiers qualifiée de génie, il fonça vers Alex.

— Pourquoi vous ne mettez pas les tableaux de Jojo le Crado, là-bas ? dit-il, montrant l'emplacement du doigt.

— Les tableaux de qui ?

— Euh… de M. Mansard, corrigea-t-il en rougissant. Pardon.

La patronne du bar, découvrant le surnom de son odieux client, explosa de rire.

— Jojo le Crado ! Ah, c'est trop drôle ! Je ne pourrai plus jamais l'appeler autrement, maintenant… c'est malin !

— Il n'a pas d'argent, reprit l'enfant, vous pourriez vendre ses toiles. Je suis sûr que ça lui ferait plaisir, et il serait peut-être moins méchant ?

— Tu crois que c'est possible, ça ?

— Tout le monde peut changer, bafouilla-t-il.

— Et tu penses que c'est le cas de Jojo le Crado ?

C'était bien celui d'Isaac, de Lilas, de Sophie et de Kevin… Alors oui, Samba en était persuadé. Grâce aux encouragements de la Princesse, il terrasserait chaque dragon et finirait par être aimé de tous, y compris de Jojo le Crado. Gonflé à bloc par cette nouvelle certitude, il laissa courir son regard sur les guirlandes lumineuses qui égayaient le petit troquet du village et soudain, contre toute attente, se trouva transporté par l'espoir et la joie.

Chapitre 8

Oui, Samba commençait à se sentir chez lui, à Roche-bleue. La veille, il avait parcouru ses rues en tous sens, avec ses nouveaux amis, lors d'épiques batailles de boules de neige. Kevin l'avait intégré à la bande, et il en retirait une fierté telle que, depuis, il n'avait plus que leurs noms à la bouche. « Kevin a fait ceci, Sophie a dit cela, Loïc… c'est Loïc. » C'était la première fois qu'il ne mentait pas à son père en évoquant ses camarades de classe. Bien sûr, Idriss ne faisait pas la différence, mais pour Samba, c'était énorme. C'était comme si l'on avait ôté un poids immense de sa poitrine. Il avait le cœur léger, si joyeux qu'il ne put s'empêcher d'entonner le chant de Noël qui emplissait la rue.

—Mais tu connais les paroles par cœur ! s'exclama Idriss en l'aidant à sauter sur *son* muret.

—T'as vu ? s'enorgueillit l'enfant.

Surtout entendu. Encore et encore. Samba était en boucle depuis vendredi ; un coup les chants, un coup les copains… Et s'il se réjouissait d'observer le changement d'humeur de son fils, Idriss aurait volontiers troqué quelques minutes de silence contre son babillage incessant. Il n'était pas mécontent de se rendre au goûter organisé par les Leroy, comptant sur eux pour le décharger un peu de ses responsabilités.

Diana déverrouilla la boutique, fermée aux clients le dimanche, et les fit monter à l'étage où se trouvait leur appartement. Ils arrivèrent dans une pièce de taille moyenne, tapissée d'un papier peint vert pâle à motif floral et joliment décorée avec, dans un coin, un grand sapin encore nu. Une odeur persistante de bergamote et de tabac froid marquait l'empreinte du couple d'épiciers. Idriss, qui s'était imaginé un joyeux fatras croulant sous les bibelots et où rien ne serait rangé à sa place, fut étonné de découvrir un salon très élégant, de style anglais, avec une immense bibliothèque aux livres soigneusement classés et des meubles de luxe sur lesquels étaient disposés des cadres ouvragés. On pouvait y admirer leurs souvenirs de voyage, de leur trentaine à leur cinquantaine. Ils posaient, rayonnants, avec leur fils, un petit brun devenu un adulte au regard franc. Des cascades gigantesques de l'Islande aux pyramides d'Égypte en passant par les fameux cerisiers en fleur du Japon, dans des maillots de bain bariolés, sous des chapkas mangeant la moitié de leur visage, ou encore en tenue de trekking, ils respiraient le bonheur. Il n'était pas nécessaire d'être un fin psychologue pour deviner, à la façon dont Charles et Diana l'entouraient de leurs bras, que le garçon était le centre de leur monde.

— C'est mon Pierrot, dit Diana, d'un ton doux. Il aurait eu quarante ans cette année.

— Je suis désolé, dit Idriss. Que lui est-il arrivé ?

— Un banal refus de priorité. Cela va faire dix ans… C'est une année compliquée pour nous.

Désireuse de passer à un sujet moins douloureux, elle proposa à ses invités de s'installer autour de la table en marbre de leur cuisine. La sonnerie de la boutique retentit à nouveau.

— J'y vais ! s'écria Charles, depuis la réserve.

— Vous attendez quelqu'un d'autre ? s'étonna Idriss.

Diana sourit en ouvrant sa boîte à thé. Le choix était si vaste qu'il ne savait que sélectionner.

— Vous avez du thé russe ? demanda Samba, d'un air connaisseur.

— Bien sûr, Monsieur, répliqua la femme en s'inclinant. Tes cours de piano se passent toujours bien ?

— Oui. Hier, M. Karila m'a enfin appris le début de *Ah ! vous dirai-je, maman.*

Derrière eux, une voix féminine fredonna les premières notes de la comptine. Une voix familière à laquelle Idriss répondit par un large sourire.

— Bonjour, Gwendoline.

— Bonjour, tout le monde !

Et puis… rien.

La jeune femme s'assit devant une tasse de thé fumant, prenant soin de ne rien renverser, et ils se murèrent tous deux dans un silence gêné, à peine brisé par le tintement de leurs cuillères. Diana, convaincue que le sucre pouvait tout adoucir, présenta sa petite merveille du jour : une tarte aux noix de pécan encore tiède, accompagnée d'une boule de glace à la vanille. Gwendoline lança les hostilités la première, se servant une part généreuse, aussitôt imitée par le père et le fils.

— Vous êtes une sorcière, Diana. C'est trop bon !

— Gwendoline a raison, approuva Idriss, votre cuisine nous envoûte.

— Et toi, Samba ? demanda Charles. Tu ne regrettes pas d'être coincé avec nous, plutôt qu'avec ta copine ?

— Non, répondit l'enfant, la bouche pleine. Je ne voudrais être nulle part ailleurs !

— Bah, moi, je ne serais pas contre un bord de mer, soupira Diana, rêveuse.

— Venez en Bretagne, dit Gwendoline en se resservant une part. Je suis certaine que vous y seriez bien, tous les deux.

— Ce n'est pas facile de bouger, à nos âges. On ne connaît personne, là-bas.

Idriss, comme pris en défaut, baissa la tête. Ce n'était jamais facile, pas plus pour un couple de sexagénaires que pour un petit garçon de neuf ans. Mais Samba, lui, n'avait pas eu le choix. Sentant la gêne de son invité, l'épicière digressa habilement.

— Noël approche…

— C'est dans huit jours, enchérit Charles.

— Et nous n'avons toujours pas fait le sapin…

— Nous sommes très en retard, dit l'homme en dévisageant Samba, sourcils relevés.

— Alors nous avons bien une boîte avec toutes les décorations…

— Mais cela représente tellement de travail ! poursuivit Charles, entamant une curieuse danse des sourcils.

Samba le fixait, les yeux écarquillés, un sourire naissant, n'attendant que la confirmation qu'il avait bien compris le sous-entendu. Ses jambes s'agitèrent sous la table, semblant pourvues d'une vie propre. N'y tenant plus, il posa la question qui lui brûlait les lèvres.

— On peut vous aider, nous ?

— Oh, ça alors ! s'exclama l'épicier. Mais bien sûr ! Je n'y avais pas pensé…

— C'est une excellente idée ! dit son épouse. Merci, Samba, tu nous enlèves une sacrée épine du pied.

La femme alla chercher une grande boîte en plastique transparent à travers lequel on pouvait distinguer des éléments multicolores. Elle l'ouvrit, devant les yeux émerveillés de l'enfant, et proposa aux adultes de mettre la main à la pâte. Tous se retrouvèrent avec un ruban, une bougie, une petite suspension.

Charles installa la guirlande électrique, Diana disposa quelques cheveux d'ange sur les branches, et Samba s'improvisa maître d'œuvre pour un résultat haut en couleur. Il y eut un peu de casse, beaucoup de nœuds et de tentatives de les défaire – ce qui eut pour effet de les aggraver – et énormément de fous rires. Quand enfin arriva le moment de poser l'étoile au sommet du sapin, Charles souleva le petit jusqu'en haut de l'arbre.

— Vas-y, Samba, on compte sur toi !

Samba n'était pas peu fier, c'était une sacrée responsabilité d'installer l'étoile sur la cime ! Entre les mains de Charles, il se sentit invincible et enveloppé d'amour. Il se demanda si cela faisait cet effet, d'avoir un grand-père. Il s'était souvent imaginé ce que ce serait, sans se représenter l'odeur de Gitane ni le parfum mordant de son après-rasage, qu'il apprenait à apprécier. Il s'appliqua, langue coincée entre les lèvres, et tenta d'insérer le morceau de sapin dans l'étoile, sans parvenir à l'introduire convenablement.

— N'hésite pas à attraper la cime avec ton autre main, bonhomme !

— J'ai peur que ça me pique...

— Fais-moi confiance, ça va aller.

Rassuré, Samba empoigna la branche et l'enfonça profondément, puis lâcha progressivement la décoration en retenant sa respiration et compta jusqu'à cinq. Elle demeura en place. Fou de joie, il se laissa glisser dans les bras de Charles.

— T'as vu ça, papy ? J'ai réussi !

— Oui, s'étrangla l'épicier après un court silence, j'ai vu ça, mon petit...

L'enfant, fier comme un paon, parada dans tout le salon sans saisir l'émotion qui avait soudain étreint le couple. Diana lança un regard humide à son mari. L'homme pinça les lèvres, refrénant un hoquet. Ils fixèrent Gwendoline, se remémorant leur discussion sur les familles de cœur.

— Je suis désolé, s'excusa Idriss. C'est sorti tout seul…

— Non, dit Charles d'une voix éraillée. C'est très bien comme ça, si tu es d'accord.

— Tu l'es ? demanda Diana, fébrile.

Idriss resta bouche bée, le temps d'assimiler l'information. Mensonge ou non, sa mère avait raison : les habitants de Rochebleue étaient des amours !

— Ce serait un honneur, articula-t-il, cédant à l'émotion générale.

— C'est un honneur, reprit Charles en écho.

— D'ailleurs…, dit Diana en se tournant vers Idriss et Gwendoline. Si vous êtes d'accord tous les deux, on adorerait vous inviter à Noël, à moins que vous n'ayez autre chose de prévu, bien sûr.

— Avec un immense plaisir, accepta Idriss.

— Euh… oui…, répondit la jeune femme, plus timide.

— Parfait, alors ! On a pensé que vous pourriez apporter un plat typique de chez vous, et on se chargerait du vin et du dessert. C'est une façon de vous faire oublier votre mal du pays…

— Et de vous faire bosser à notre place ! plaisanta Charles.

— Ouais ! s'écria Samba, au comble de la joie. On va faire Noël tous ensemble !

Mais il n'était pas le seul à être emballé, Idriss et Gwendoline ressentaient le même enthousiasme, bien que cette dernière, tétanisée par leur proximité, n'arrive pas à aligner trois mots pour l'exprimer. Les épiciers se lancèrent un regard entendu. Diana fouilla dans un placard et en sortit une cassette vidéo. Elle virevolta à travers le salon, faisant danser sa longue robe d'inspiration russe, et invita tout le monde à se rassembler autour du téléviseur.

Quand chacun eut trouvé sa place, Idriss et Gwendoline sur le canapé, Charles et elle dans leurs fauteuils respectifs, Samba sur ses genoux, elle appuya sur lecture. Des couples ondulaient sur une chanson des années soixante, aussitôt suivie par le fameux *Big Girls Don't Cry* que Samba aimait tant. L'enfant dressa l'oreille, ravi d'entendre sa chanson.

« C'était l'été 1963, racontait la jeune fille à l'écran. *À l'époque, on m'appelait encore Bébé...* »

— C'est *Dirty Dancing*? demanda Idriss.

— On l'avait enregistré, histoire de ne pas mourir idiots!

Très vite, les adultes rentrèrent dans l'histoire, à la limite du supportable pour la doctoresse et son séduisant patient, leurs bras ne pouvant faire autrement que de se frôler dans le canapé étroit. La première passa tout le film à tenter de calmer son cœur et le rouge qui ne cessait de lui monter aux joues, le second demeurait raide comme un piquet, craignant de laisser paraître l'émoi causé par la promiscuité et amplifié par les danses lascives des deux comédiens.

Mais de tous, celui qui fut le plus troublé était Samba. Pas spécialement par l'histoire dont la charge érotique ne l'intéressait pas, mais plutôt par les répliques des personnages. Cela commença avec « *l'homme est un loup pour l'homme* » qui sonna de façon familière, sans qu'il parvienne à s'expliquer pourquoi. Puis cela s'intensifia avec « *on aimerait tous être quelqu'un d'autre, à un moment donné* ». Pour se confirmer à de nombreuses reprises. « *C'est un feeling, un battement de cœur. [...] La seule personne qui peut te sauver, c'est toi-même. [...] Les choses changent. [...] La musique est tout ce que j'ai. Elle ne m'a jamais laissé tomber.* » Toutes ces répliques, il les connaissait pour les avoir entendues, à quelques nuances près, dans la bouche de la Princesse. Comment cela était-il possible ? Avait-elle également vu ce film ? Mais alors, si elle avait emprunté toutes ces phrases, avaient-elles encore du sens ? Saisi de vertige, Samba ressentit la nécessité de prendre l'air. Il obtint l'autorisation de faire le tour du pâté de maisons, mais sa balade ne lui apporta aucune réponse.

À son retour, il traîna un peu dans l'épicerie, puis remonta les marches menant à l'appartement. À mi-chemin, il surprit une conversation qui l'arrêta net.

— Je suis passée à *L'Étoile des neiges* pour un renouvellement d'ordonnance, cette semaine, disait Gwendoline. Mais je ne vous ai pas vu, Idriss.

— Oui, euh… la semaine dernière, j'étais…

— Je ne vous ai pas vu, reprit-elle, parce que vous n'y travaillez pas. Béatrice ne sait même pas qui vous êtes.

— C'est vrai, ça ? s'inquiéta Diana.

— C'est pour ça que vous ne pouvez pas payer un pétard ou un album Panini à Samba, poursuivit la jeune femme.

— Et que tu es toujours maigre comme un coucou ! compléta Charles, frappé par l'évidence. Tu te prives pour que ton fils mange à sa faim.

— Écoutez, je peux tout vous expliquer, bafouilla l'homme. Je… je suis désolé… c'est vrai, j'ai menti, mais…

— Ce n'est pourtant pas le travail qui manque à la station ! s'emporta Charles. Mais je suppose que tu es trop noir pour ces courtes vues ? Bon sang, ça me met hors de moi !

— Est-ce qu'on peut faire quelque chose pour vous aider ? demanda Gwendoline. Je peux vous prêter de l'argent, si vous en avez besoin.

— Non, c'est gentil, je ne préfère pas.

— Tu sais, dit Diana, la fierté est un poison… autant que les mensonges qu'on raconte à ses enfants. Tu devrais dire la vérité à ton fils.

La vérité.

Estomaqué, Samba la découvrait enfin.

Il s'était bien douté que son père lui cachait quelque chose, mais jamais il n'aurait pu concevoir cela. Il se remémora toutes ces fois où Idriss avait prétendu ne pas avoir faim pour l'inciter à se resservir, mais il songea aussi à ses excuses pour ne pas lui offrir les choses dont il rêvait, à ses anecdotes quotidiennes sur son travail imaginaire, et sentit monter en lui un profond sentiment de trahison.

L'enfant crispa les poings, et gravit les dernières marches qui le séparaient de son père en se mordant les joues, pour empêcher ses larmes de couler.

Chapitre 9

La nuit était déjà tombée quand Idriss pénétra dans le café, en soufflant sur ses doigts rougis. Il embrassa la pièce du regard et repéra Isaac, qui lui lança des œillades de détresse. Face à lui, Amy Delorgue fixait son thé, d'un air gêné. Idriss les salua et s'assit à côté de la quinquagénaire.

— Quel froid ! meubla-t-il.

— Oh, oui ! s'exclama Amy. Mais, au moins, nous aurons un Noël blanc. Vous allez le fêter en famille, Isaac ?

— Je suis juif.

— Ah…

Ah. C'était tout ce qu'elle avait trouvé à répondre ? Amy se serait volontiers mis une claque. Elle n'était qu'une idiote écervelée, sans conversation ni repartie. *Ah.* Dire qu'elle avait espéré se rapprocher de lui, le charmer par son esprit et son raffinement… De quoi avait-elle l'air, à présent ? D'une clocharde essayant de séduire un prince, d'une ombre gourde et sans charisme osant rêver du soleil. Le surplus de courage qu'il lui avait fallu pour venir à sa table avait déjà déserté son être, la laissant tremblante et rougissante face à cet homme qui lui plaisait.

— Vous n'êtes tout de même pas antisémite ? s'amusa le professeur, cruel.

— Oh non ! Je vous jure ! Bien sûr que non ! bafouilla-t-elle, plus mal à l'aise que jamais. Au contraire !

— Au contraire ?

Isaac adressa un petit clin d'œil à Idriss qui lutta pour ne pas pouffer. Si l'intérêt qu'Amy Delorgue portait à son ami était évident, leur incompatibilité sautait tout autant aux yeux. Non que cette femme soit dépourvue de charme ; il se dégageait d'elle une grâce un peu british et cette forme de romantisme cher aux dames d'un autre temps… Mais l'imaginer aux côtés d'Isaac Karila, c'était comme tenter de marier Claude Monet et Jackson Pollock, le funk et la musique de chambre, une endive bouillie avec un couscous. L'émulsion s'avérerait impossible.

Amy, probablement plus consciente de ces différences que jamais, se ratatinait à vue d'œil.

— C'est super, ces cours que vous donnez à Samba ! digressa-t-elle timidement. Moi aussi, j'aimerais bien prendre des leçons de chant…

— Venez pour un essai, si vous le souhaitez, répondit Isaac.

— Oh, je n'oserais pas ! dit-elle, d'une voix de souris asthmatique.

— C'est vous qui voyez.

Isaac fit danser ses doigts impatients sur la table. Il glissa une main sous sa chemise hawaïenne et joua nonchalamment avec son pendentif, puis planta ses iris bruns dans ceux de son ami.

— Et sinon, ça va comment, ton nouveau vrai boulot ?

Bien sûr, la nouvelle avait déjà fait le tour du village. Idriss leva les yeux au ciel, maudissant l'intarissable radio montagne, et soupira longuement.

— Très bien.

— Ah non ! C'est un peu court, jeune homme. Tu passes tes journées avec la séduisante Gwendoline Conan ! Tu ne peux pas rester aussi laconique.

Cramoisie, Amy accusa le coup. Ainsi, le musicien était davantage attiré par les scientifiques au style relâché que par les artistes plus raffinées. Dont acte. Elle tenta de masquer sa déception, gloussant d'une voix suraiguë, lançant ses doigts fins à la recherche du porte-bonheur qu'elle rangeait dans la poche intérieure de son sac à main, un petit bouddha doré, mais, ne le trouvant pas, elle se sentit plus mal encore.

— Disons que le métier de secrétaire est très intéressant, dit Idriss, mais ma nouvelle patronne n'est pas des plus... organisées. Elle ne me facilite pas la tâche.

— Oh, c'est trop injuste ! Tu es donc obligé de faire des heures sup, pauvre de toi ! railla Isaac.

Certes, Idriss avait conscience d'abuser un peu. Non seulement Gwendoline l'avait sorti d'un mauvais pas, en lui proposant ce poste, mais il savourait chaque instant passé en sa compagnie. Il émit un petit rire entendu.

— Qu'est-ce qui vous amuse tant, vous deux ? s'enquit Alex, venue prendre leur commande.

— L'amour ! rétorqua Isaac, théâtral. La seule chose au monde qui vaille la peine, vous ne croyez pas ?

— Peut-être bien, admit la jeune femme.

Étonné qu'elle daigne lui répondre, Isaac scruta la salle à la recherche d'un sujet de conversation qui lui permettrait de poursuivre sur cette lancée. Son regard se posa sur les nouvelles toiles qu'elle avait accrochées. Il se fit la voix velours.

— C'est un choix de décoration pour le moins original.

En effet, les peintures, de style naïf – mais qu'il aurait volontiers qualifiées de croûtes –, représentaient des scènes du quotidien de Roche-bleue, incarnées par ses habitants plus ou moins identifiables et arborant tous un sourire improbable.

— Pour les réclamations, voyez avec son fils ! répondit la femme, en montrant Idriss du menton. C'est à cause de lui que j'ai accroché ces horreurs dans mon café.

— Mon fils n'est pas très loquace, ces jours-ci. C'est à peine s'il m'adresse la parole.

— Ce sont les œuvres de Johnny Mansard, reprit Alex. Samba pense qu'en faisant ce geste pour lui, il arrêtera de le détester.

— Il peut rêver ! dit Isaac.

— Samba a toujours eu beaucoup d'imagination, confirma Idriss. Depuis que nous sommes ici, c'est le festival ! Tenez, ajouta-t-il, en se tournant vers sa voisine, il était persuadé que vous étiez une sorte de démon.

— P... pardon ? s'offusqua la quinquagénaire. Et pourquoi donc ?

— À cause de votre nom. Il croyait que vous vous appeliez « Amie de l'ogre » et il avait peur que vous le mangiez, voilà pourquoi il était si gêné en votre présence !

Amy resta interdite, ne sachant comment accueillir cette nouvelle. Devait-elle se vexer d'avoir été prise pour un monstre ? Elle lissa nerveusement une de ses mèches courtes et tenta de se mettre à la place du garçon, se rendant compte que, chaque fois qu'elle l'avait approché, il s'était imaginé que c'était pour le dévorer. Le comique de la méprise lui sauta au visage, et elle partit dans un incontrôlable fou rire. Habituellement, elle évitait de s'esclaffer en public, mais là ce fut plus fort qu'elle. Son rire improbable, tout en grognements et en reniflements tonitruants, emplit la pièce, secouant son grand corps mince. Le volume de ses hoquets porcins était inversement proportionnel à celui de sa voix parlée, ce qui interpella le musicien.

— Mais vous avez du coffre, chère Amy ! Vous devriez vraiment prendre des cours.

La femme s'arrêta tout net, n'en croyant pas ses oreilles. Ainsi, elle avait du potentiel ?

— Vous le pensez réellement ?

— Bien sûr. Venez, vous pourriez en retirer beaucoup de joie, j'en suis certain.

Isaac avait prononcé ces quelques mots sans aucune malice, pressentant combien libérer sa voix, et par conséquent ses émotions, pourrait lui être bénéfique. Mais, pour elle, cette dernière phrase résonna bien différemment. Apportant, certes, la promesse d'accéder à une forme de révélation de ses talents, mais, surtout, celle de découvrir de nouveaux plaisirs avec son séduisant professeur.

Lorsque Samba parvint à la cabane, après l'école, il dut frapper à plusieurs reprises avant que son amie ne lui ouvre la porte. Elle avait tressé ses longs cheveux pastel et les avait ramenés derrière sa tête, formant un chignon sophistiqué qui lui donnait l'air un peu strict. Elle le toisait, triturant le col Claudine de sa robe bleu marine.

— Oh ! Tu te rappelles mon existence, toi ?

L'accueil n'était pas exactement celui auquel il s'était attendu. Ne comprenant pas la froideur de sa Princesse, Samba émit un rire nerveux.

— Ha, ha ! Tu es drôle ! Bien sûr que je me souviens de toi.

— Bah, je ne sais pas, attaqua-t-elle. Tu n'as pas daigné venir depuis vendredi.

— Après le match, je suis allé au café avec mon père. T'as vu ? J'ai fait semblant de tomber pour aider Kevin.

— Oui, j'ai vu, se radoucit-elle.

— Et ça a marché, maintenant on est copains ! Du coup, le lendemain, j'ai joué avec toute la bande. On a fait des batailles de boules de neige, c'était trop bien ! Il faudrait que tu viennes, la prochaine fois.

— Tu sais bien que je ne me mélange pas aux autres enfants.

— Mais tu t'amuserais ! Et puis, dimanche, on est allés goûter chez Charles et Diana. Il y avait aussi Gwendoline et… et j'ai appris que mon père était un gros menteur, lâcha-t-il tristement. J'y pense tout le temps et…

— Ça ne m'intéresse pas.

La Princesse se grandit autant que possible, coulant vers lui un regard peu amène. Désemparé, le garçon jeta des œillades angoissées dans la cabane, et découvrit des banderoles le félicitant pour sa victoire, ainsi que trois saladiers remplis de friandises.

— J'imaginais qu'on fêterait ça ensemble, expliqua-t-elle. Après tout, c'est grâce à moi tout cela. Mais toi, tu as préféré rester avec tes nouveaux « copains ».

— Non, ce n'est pas vrai !

— Ah oui ? Alors pourquoi tu n'es pas venu hier ou avant-hier ? Tu n'étais pas avec eux, peut-être ?

— Si, mais… je n'ai pas pensé que ça te ferait de la peine.

— Ah bon ? Et t'as pensé quoi, Samba ?

— Rien, avoua-t-il. J'étais juste content de jouer à d'autres jeux.

— Ils ont quoi, nos jeux à nous ? Ils ne te plaisent plus ? Pourtant, ça ne te dérangeait pas d'y jouer quand tu n'avais personne. Ils sont au courant, tes nouveaux super copains, que tu n'es qu'un gros bébé qui croit encore aux ogres ?

La Princesse, hors d'elle, le pointait d'un doigt accusateur. Elle paraissait si sévère ! Jamais il ne l'avait vue sous cet angle. Samba sentit la colère monter en lui et contre-attaqua, déterminé à ne pas se laisser faire.

— Tu sais quoi ? cracha-t-il. J'en ai marre que tu me traites comme un débile. Mais tu as raison : les ogres, ça n'existe pas.

Et les princesses des neiges, non plus. Tu me prends de haut, avec tes grandes phrases, mais maintenant j'ai compris d'où elles venaient ! Moi aussi j'ai regardé *Dirty Dancing*, tu crois quoi ? Rien n'est vrai dans ce que tu racontes. T'es juste une grosse menteuse qui se la pète. En vrai, tu n'es qu'une pauvre fille qui fait peur à tout le monde parce qu'elle est… bizarre ! Et moi, je ne veux plus te voir !

Furieux, le garçon claqua la porte de la cabane et dévala la petite échelle de corde, puis s'éloigna d'un pas décidé, malgré la neige et le vent du nord qui lui fouettait le visage. À peine avait-il parcouru quelques mètres qu'il entendit un cri derrière lui. Un cri presque animal, grave et aigu à la fois, un cri qui n'en finissait pas de hurler son désespoir. Le cri de la Princesse. Samba se figea sur place, réalisant soudain les horreurs qu'il avait proférées. Pourtant, il n'en pensait pas un mot ! Qu'avait-il fait ? Paniqué à l'idée de la perdre, il fit demi-tour et courut en direction du cri. Mais les traces fraîches de la trottinette dans la neige le dissuadèrent d'aller plus loin.

La Princesse était partie.

Chapitre 10

Le lendemain, Samba s'était rendu à la cabane pour présenter ses excuses à la Princesse. Il voulait lui expliquer que ses mots avaient dépassé sa pensée, qu'il était perdu. Que plus il se sentait chez lui ici, plus il oubliait son pays et ses couleurs, ses parfums, parfois même le visage de ses amis. Que son père lui mentait depuis des semaines, tout comme l'avait fait mamie Joséphine avant lui, et qu'il ne lui faisait plus confiance. Mais il avait eu beau tambouriner, elle n'avait pas ouvert.

Il était revenu le mercredi, le jeudi, et tous les jours suivants, criant, implorant son pardon, jurant qu'elle comptait plus que les autres, que son silence était trop douloureux, mais la porte était restée close. De temps à autre, il plaquait une oreille contre la façade en bois, tentant de capter le glissement d'un objet, le frôlement d'une étoffe, le bruit de ses pas sur le sol. Il aurait donné n'importe quoi pour jouer aux Requins, caresser Noisette ou danser avec elle sur *Big Girls Don't Cry*, pour la voir rire, l'écouter parler comme une institutrice, surprendre ce regard tendre qu'elle coulait sur lui… Pourrait-elle jamais lui pardonner ? Son cœur était empli de pensées sombres, de doutes qui l'étranglaient d'angoisse.

« Choisir, c'est renoncer. »

Quand il préparait leur départ du Burkina, son père répondait souvent cela aux personnes qui énuméraient ce qu'il perdrait en émigrant. En se rapprochant de Kevin et des autres, Samba avait-il renoncé à sa Princesse ? Chaque jour, il espérait faire mentir l'adage, mais se retrouvait, seul et désœuvré, à guetter son amie qui ne venait pas. Afin de s'occuper et d'ignorer la morsure du froid durant ses interminables heures d'attente, il avait commencé à sculpter un morceau de bois avec son petit canif, sans réelle intention initiale. Mais, au fur et à mesure, il avait vu apparaître une silhouette sous les copeaux qu'il retirait, une couche après l'autre. Une silhouette avec de longs cheveux surmontés d'un diadème. Si la taille était maladroite, approximative, l'enfant en était convaincu : c'était la parfaite réplique de son amie.

Il acheva la figurine la veille de Noël et, sitôt son déjeuner avalé, il alla la déposer au pied de l'arbre qui avait naguère abrité leur complicité, en prenant soin de bien l'attacher à l'échelle de corde. Il la porta à ses lèvres en un tendre baiser et repartit, la vue brouillée par les larmes.

— Hé, Samba, tu viens faire un match ? l'interpella Kevin, sur la place de la Mairie.

La proposition était tentante, mais il ne pouvait s'empêcher de corréler l'amitié de Lacaille à sa querelle avec la Princesse, aussi préféra-t-il décliner l'invitation.

— Je dois regarder le dernier épisode de *Dragon Ball Z*. Mon père me l'a enregistré.

Charles et Diana lui avaient prêté un téléviseur afin qu'il puisse suivre l'*anime* dont tous ses camarades étaient fans. Pourtant, il n'avait guère l'esprit à se passionner pour les aventures de Son Goku, Krilin et Petit Cœur… Kevin parut déçu, mais il se rabattit aussitôt sur Sophie qui attendait la fermeture du bar pour passer le réveillon avec sa mère. Les deux enfants partirent en riant, oubliant déjà la présence de Samba.

Les haut-parleurs diffusaient les habituels chants de Noël, un cran plus fort qu'à l'accoutumée, et les guirlandes électriques clignotaient en rythme. Partout on s'affairait, revenant de la station avec des sacs remplis de victuailles et de cadeaux de dernière minute, sirotant un vin chaud en battant le pavé, ou encore se lançant dans des batailles de boules de neige ou des concours de luge effrénés. Certains paraissaient insensibles au froid piquant du vent polaire, comme Lilas et Ludwig qui s'extasiaient devant chaque vitrine, les joues rosies par l'émoi. D'autres sautillaient sur place pour se réchauffer, à l'instar d'Amy Delorgue qui, saisissant son courage à deux mains, venait d'alpaguer Isaac Karila.

—Moi non plus, je ne fais rien de spécial, demain… Si vous êtes d'accord, j'en profiterais bien pour prendre ma première leçon de chant.

Grisé par l'ambiance électrique, le pianiste lui répondit avec un enthousiasme disproportionné.

—Rien ne me ferait plus plaisir, chère Amy !

C'était donc cela, l'hiver. Un mélange de sensations contradictoires, des odeurs de feux de cheminée, de la musique jouée en boucle, des lumières partout dans la rue… Samba n'appréciait toujours pas cette saison, mais il pouvait saisir pourquoi son amie l'aimait tellement. Il espérait qu'elle en profitait pleinement, croisant les doigts pour l'apercevoir, croquant dans une gaufre au sucre ou slalomant entre les badauds avec sa trottinette constellée d'autocollants. Perdu dans ses pensées, le garçon dérapa sur une plaque de verglas et atterrit *in extremis* dans les bras de Johnny Mansard. L'homme l'empoigna par le col de son anorak.

—Où vas-tu si vite, petit vaurien ?

—Nulle part, m'sieur.

—Il paraît que c'est toi qui as insisté pour qu'on expose mes tableaux, chez Alex ? aboya-t-il.

L'enfant bomba le torse, prêt à accueillir la gratitude du peintre bourru. Il représentait le dernier dragon à terrasser, et peut-être cet exploit final serait-il la clé du pardon de la Princesse ? L'homme balaya ses cheveux filasse d'un revers de main et cracha au sol. Fasciné, Samba regarda l'amas de glaires fumant couler dans la neige épaisse.

— J'espère que tu ne t'attends pas à des remerciements. C'est le moins que tu pouvais faire après avoir tenté de me voler.

— Mais je n'ai jamais voulu…

— Balivernes ! Je les connais, les gens de ton espèce. Allez, file, ma canne me démange !

Jojo le Crado leva le morceau de bois à hauteur du visage de Samba. L'enfant, horrifié par la méchanceté tenace du vieil homme, déguerpit sans demander son reste, au mépris des autres plaques de verglas qui se trouvaient sur son chemin.

Il arriva, à bout de souffle, dans l'épicerie de ses chers grands-parents adoptifs. La bonne odeur flottant dans la boutique le réconforta aussitôt : il pouvait humer les effluves gourmands annonçant un dessert exceptionnel, et quelques arômes inconnus, mais tout aussi prometteurs. Charles, en pleine discussion avec une cliente, lui fit signe de se rendre à l'étage.

— Ton père et Gwendoline sont déjà là-haut, précisa-t-il.

L'enfant s'exécuta, captant de vagues bribes de la conversation de l'épicier.

— *On ne sait pas ce qu'il s'est passé… elle reste prostrée dans sa chambre… Avant, elle rentrait avec le sourire… on l'entend pleurer, le soir… on se sent tellement impuissants…*

Arrivé dans l'appartement, Samba se précipita dans les bras de Diana qui le délesta de son anorak et l'inonda de baisers.

— Mais tu es gelé, mon pauvre petit !

— Je me tue à lui dire de se couvrir convenablement ! déplora Idriss.

L'épicière frotta le dos et les épaules de l'enfant qui se figea, admiratif. Les deux femmes étaient particulièrement élégantes : Diana portait une robe rouge bordée de fourrure blanche lui donnant des airs de Mère Noël, Gwendoline avait des allures de lutin avec sa combinaison verte à sequins. Samba tira sur la manche de son père.

— Est-ce que la reine d'Angleterre va venir ?

— Qui ça, mon grand ?

— La mère de Charles et Diana… elle va venir ? répéta l'enfant.

Charles fit son entrée, saisissant la question au vol.

— Bien sûr, le taquina-t-il. Il y aura aussi le pape et Michael Jackson !

— Quoi ? C'est vrai ?

— Mais non, banane ! Tu vois bien qu'il te fait marcher, se moqua Idriss.

Vexé, Samba se réfugia à nouveau dans les bras de l'épicière.

— Allons, tu nous as pris pour le prince et la princesse de Galles ? demanda-t-elle gentiment.

Samba opina de la tête, affichant une moue triste.

— Tu sais, ils n'ont pas besoin de travailler, eux… Nous, nous ne sommes que de petits commerçants, sans prestige particulier. J'espère que tu n'es pas trop déçu ?

— Non, dit l'enfant avec force. Moi je vous aime, même si vous n'êtes pas des princes !

Attendrie, la femme lui colla un gros baiser sur la joue, bientôt imitée par Charles.

— Crois-moi, ajouta ce dernier, tu n'as pas envie de me voir faire la révérence… Alors ? Qu'est-ce que vous nous avez concocté ? demanda-t-il à ses invités.

— J'ai cuisiné un riz gras au poulet, dit Idriss, c'est un ragoût aux épices qu'on sert souvent à Noël.

— C'est trop bon ! Papa a passé deux jours à le préparer, et même qu'il a galéré pour trouver le piment, enchérit fièrement l'enfant.

— Ça a l'air prometteur, se réjouit Gwendoline. Quant à moi, j'ai prévu des aumônières aux noix de Saint-Jacques, ainsi qu'un peu de chouchen.

— Du chouchen ? Ah, toi, tu sais me parler ! approuva l'homme. Des docteurs qui me font ce genre de prescription, je veux bien en consulter toutes les semaines !

Tous partirent dans un grand éclat de rire, y compris Samba qui ne saisit pourtant pas la blague.

Les festivités étaient lancées. Gwendoline servit une première tournée de son nectar qui séduisit les palais et détendit les esprits. D'amuse-bouches en dégustations d'alcools locaux, le genre qu'on fabrique dans sa cave et que l'on s'offre sous le manteau, l'ambiance devint propice aux confidences, à de nouveaux fous rires. Les épiciers invitèrent Gwendoline et Idriss à s'asseoir côte à côte, espérant que la succession des plats et la chaleur de la soirée leur permettraient de se rapprocher enfin, guettant le moindre frôlement, les sourires complices, quelque regard explicite. Pour eux, cela ne faisait aucun doute : ces deux-là étaient faits l'un pour l'autre… mais encore fallait-il qu'ils sautent le pas.

Loin de ces considérations, Samba découvrait avec enthousiasme le Noël à la française, se régalant d'une cuisine délicieuse, s'émerveillant de la débauche de lumières sur le sapin clignotant. Quand minuit sonna, Diana déposa une magnifique bûche sur la table. C'était un gâteau étonnant, en forme de bout de bois, sur lequel étaient disposés de minuscules lutins, des rennes et des champignons rouges à pois blancs. Absorbé par la contemplation de la pâtisserie, Samba ne remarqua pas que Charles s'était absenté.

Quelle ne fut pas sa surprise, quand le Père Noël lui-même fit irruption dans le salon !

— Ho, ho, ho ! lança-t-il d'une voix caverneuse. Il paraît qu'il y a un gentil petit garçon, ici ?

— Moi ! s'écria l'enfant en bondissant de son siège. Papa, t'as vu ? C'est le Père Noël !

— Mais oui ! confirma Idriss. Bonjour, Père Noël !

L'homme en rouge sourit derrière sa barbe fournie et déposa un volumineux sac de jute au sol. Il en sortit un premier cadeau, immense, et commença la distribution.

— Celui-ci est pour un certain Samba, de la part de son papa. Celui-là vient de ses grands-parents de cœur… et enfin, voici celui de Gwendoline. Tiens, mon grand.

Intimidé, l'enfant saisit les paquets et les porta à sa poitrine. Le Père Noël plongea à nouveau la main dans sa hotte de fortune et gratifia les adultes de quelques présents. Il but le lait et mangea le cookie laissés à son intention, puis salua l'assemblée avant de disparaître.

Quelques minutes plus tard, un Charles un peu déphasé fit son apparition dans la pièce.

— Mais que s'est-il passé pendant que j'étais aux toilettes ? D'où proviennent tous ces cadeaux ? Ne me dites pas que…

— Le Père Noël est venu ! s'écria Samba, surexcité.

— Quoi ? J'ai raté le Père Noël ? J'aurais tellement aimé le voir ! Je ne vais pas avoir de cadeau, du coup ?

Charles afficha un air triste et se frotta les yeux pour sécher des larmes imaginaires. Samba tint à le rassurer aussitôt.

— Mais si, regarde ! Il en a laissé un pour mamy et toi !

— De la part de nos invités, compléta son épouse, émue.

— Bah ça alors, dit l'homme. Mais, dans ce cas, qu'est-ce qu'on attend pour les ouvrir ?

Samba ne se fit pas prier. Le Père Noël d'Idriss lui avait apporté une bande dessinée ainsi qu'une luge rutilante.

— C'est celle de la vitrine ! s'extasia-t-il. Comment il a su ? Le Père Noël est trop cool !

Celui de Gwendoline, un album Panini avec plein d'autocollants, et celui des Leroy une énorme boîte remplie de pétards ainsi que de barres de céréales. Intrigué, l'enfant les interrogea du regard.

— Le Père Noël ne dit rien, mais il voit tout, il a dû comprendre que tu adorais ça, expliqua Charles avec un clin d'œil.

À la fois confus et aux anges, Samba les remercia tous chaleureusement. C'était le plus beau Noël de sa vie !

— Vous êtes... euh... le Père Noël est trop fort ! affirma-t-il avec force.

Idriss tiqua, notant le lapsus de son fils. Il se remémora avec émotion la discussion qu'il avait eue avec Gwendoline et se demanda si le petit garçon n'entretenait pas un certain flou, juste pour le plaisir de se réfugier dans une ambiance familière et confortable, un peu comme on se glisse dans un pull chaud en hiver. Mais il haussa les épaules, décrétant que ce n'était pas important. Ce qui comptait, c'était le grand sourire sur le visage de son gamin, et le bien que lui faisaient les contes, la princesse, ou même ce Père Noël senteur Gitane maïs...

Ce fut au tour des adultes de déballer leurs cadeaux. Charles et Diana découvrirent un immense tableau de liège sur lequel étaient épinglés deux Polaroid : l'un représentant Idriss et Samba, l'autre Gwendoline.

— On espère bien le remplir avec plein de nouveaux clichés ! dit la jeune femme.

Elle-même fut proclamée « Meilleur médecin du monde » grâce à un diplôme encadré, signé de tous. Idriss resta sans voix en déballant un magnifique appareil photo.

— Parce que vous savez voir la beauté cachée dans chaque chose, expliqua la Bretonne en rougissant.

Gauche, il la prit dans ses bras pour lui faire la bise. Plus gauche encore, elle faillit lui casser le nez puis lui tendre ses lèvres, sous le coup de l'émotion. Dans le regard qu'ils échangèrent alors brillait l'étincelle que les épiciers avaient guettée toute la soirée.

Chapitre 11

La nuit se prélassait encore dans l'épais brouillard accroché aux toits du village quand Samba émergea du sommeil. Il se frotta les yeux pour en chasser le sable et laisser le temps à son esprit de rassembler les morceaux du puzzle de la veille. Il se remémora le succulent dîner en famille, les sourires, l'apparition du Père Noël, la sensation de faire partie d'un tout, de se sentir protégé… Il avait passé un réveillon magique ! Il repoussa vivement sa couette, enfila un pull en laine par-dessus son pyjama et rejoignit son père dans la cuisine.

—Joyeux Noël, papa !

—Joyeux Noël, mon grand. Tu es bien matinal… serait-ce le parfum de notre nouvelle tradition qui t'a réveillé ?

—Notre nouvelle tradition ?

Intrigué, Samba porta son regard sur la table qu'Idriss lui montrait. Elle croulait sous les tartines, les confitures, les pancakes au sirop d'érable, les croissants et les fruits. L'enfant frotta à nouveau ses yeux, pour s'assurer qu'il ne rêvait pas.

—Nous n'avons pas encore les moyens de cuisiner une dinde aux marrons, répondit l'homme en lui servant un chocolat chaud, mais je me suis dit qu'on pouvait s'inventer notre repas de Noël à nous, avec tout ce qu'on préfère. Qu'en penses-tu ?

—Je… J'en pense que je meurs de faim !

Samba attrapa un croissant et le brandit devant son père qui en fit de même. Ils trinquèrent avec leurs viennoiseries et les croquèrent dans un joyeux concert de gémissements et de gargouillis.

— Alors ? s'enquit Idriss. Tu as hâte d'essayer ta luge ?

À l'évocation du jouet, les yeux du garçon s'illuminèrent.

— Carrément ! s'écria-t-il.

— Tu vas la montrer à la princesse ?

— Je ne sais pas…

— Ça fait un moment que tu ne me parles plus d'elle. Vous êtes fâchés ?

— Euh… non.

Samba n'aimait toujours pas mentir à son père, mais Idriss lui cachait bien des choses, lui aussi. Rendu maussade par l'évocation de son amie, il termina son petit déjeuner en silence puis demanda la permission de sortir.

— Je peux aller l'essayer, maintenant ?

— Bien sûr, mon grand. Mais tu me rejoins chez Alex dans deux heures, d'accord ?

L'enfant acquiesça et s'élança dehors.

L'homme soupira. Samba, d'ordinaire si volubile, ne répondait plus à ses questions que du bout des lèvres. Ce n'était probablement rien, tout juste une première querelle d'amoureux, mais c'était la première fois que son fils refusait de se confier à lui, la première fois qu'il se sentait exclu de sa vie. C'était dans l'ordre des choses, et une partie de lui se réjouissait sincèrement de constater que Samba devenait plus autonome… L'autre partie le regarda courir jusqu'à la forêt, et referma la porte d'entrée, un pincement au cœur.

Idriss prit une douche brûlante, puis scruta longuement son reflet dans le miroir embué. C'est à peine s'il reconnaissait ce grand corps maigre aux épaules larges, légèrement voûtées. Il tâta ses côtes saillantes, son ventre un peu trop plat, ses cuisses fines et nerveuses, se demandant s'il pourrait plaire à Gwendoline, si le contraste de leurs peaux ne l'effraierait pas, s'il saurait l'approcher. La veille, leurs mains s'étaient frôlées et leurs regards n'avaient cessé de se chercher, de s'accrocher, de danser le tango. Depuis, il ne parvenait plus à la sortir de ses pensées. Elle s'était même invitée dans ses rêves, le propulsant dans le scénario fou d'un mariage d'amour.

— Allez, tu n'es peut-être pas un apollon, mais tu peux toujours te rabattre sur ton humour. C'est bien l'humour, avec les filles, dit-il pour se convaincre.

Il enfila son costume le plus élégant par-dessus une chemise blanche dans laquelle il flottait, s'aspergea d'après-rasage et se mit deux petites claques d'encouragement.

Le bar était bondé, si bien qu'il y régnait une atmosphère tropicale malgré les effluves de vin chaud et de pain d'épices. Au fond de la salle, la main de Josette Saudet se leva et fit signe à Idriss. Intimidé, il s'installa sur la chaise qu'elle lui désignait.

— C'est infernal, ce brouhaha, n'est-ce pas ? Mais quel bonheur de voir mes chers administrés réunis ici !

— C'est une belle initiative de la patronne d'accueillir les villageois le matin de Noël.

— En effet, cela permet aux personnes isolées de retrouver une ambiance familiale... Et aux familles de se détendre entre deux marathons culinaires, dit-elle en lui tendant une tranche de pain d'épices. Votre fils n'est pas avec vous ?

— Il est allé tester son cadeau : une luge rutilante.

— Si j'avais son âge, je crois bien que j'en ferais autant !

Idriss contempla un instant le morceau de gâteau, sa croûte caramélisée, sa mie probablement fondante à souhait... Ce ne serait pas sérieux de le manger, il était au bord de l'explosion après tout ce qu'il avait déjà ingurgité. D'un autre côté, il lui fallait aussi songer à se remplumer, pour faire disparaître ces côtes qui le complexaient tant.

—Après tout, lâcha-t-il, au diable la raison !

Il croqua dans la pâtisserie, affichant une mine extatique. La maire, satisfaite, héla le peintre du village qui les observait d'un œil mauvais.

—Joyeux Noël, monsieur Mansard !

—Joyeux... pour vous, peut-être. Ma façade est en ruine et le trottoir devant ma porte est fissuré. Vous comptez faire quelque chose, ou vous allez laisser l'immeuble s'effondrer sur moi ?

—Allons, répondit-elle sans se départir de son sourire de mamie gâteau, ce n'est pas le bon jour pour les récriminations...

—L'ancien maire n'aurait jamais permis que le village se dégrade ainsi, Noël ou pas.

—Mon prédécesseur a tellement saigné Roche-bleue que j'hésite à la rebaptiser Roche-exsangue, monsieur Mansard. À l'heure actuelle, il n'aurait pas plus de budget que moi pour restaurer toutes les rues. Et je vous rappelle que, si vous n'êtes pas content, vous pouvez toujours vous installer ailleurs !

La mamie gâteau s'était métamorphosée en créature sèche et cassante, affichant une ressemblance certaine avec le démon Piccolo de *Dragon Ball*. L'homme bougonna, mais ne releva pas, comprenant qu'il desservait davantage sa cause qu'il ne la plaidait.

—Cela étant, dit-elle d'une voix radoucie, j'ai une bonne nouvelle pour vous. J'ai acheté la toile qui représente la place de la Mairie, afin de l'accrocher dans le hall d'entrée.

—Ah oui ? demanda-t-il, fébrile.

—Oui, elle fera très joli.

Johnny Mansard ramena une mèche grasse à l'arrière de sa tête et se redressa.

—Joli n'est pas le mot, dit-il, pincé.

—C'est celui qui me convient.

—Je vois. J'espère bien avoir une plaque à mon nom, un jour. Après tout, vous ne comptez guère de Rocazuriens remarquables, parmi vos administrés.

Soufflée par l'audace du peintre, Josette « Piccolo » Saudet s'apprêtait à répliquer, mais déjà le courageux artiste s'éloignait, drapé de son immense ego, à la recherche d'une nouvelle victime sur qui passer ses nerfs. Ce fut Ludwig qui fit les frais de son humeur exécrable.

—Il veut ma photo, le Schleu ? lui cracha-t-il.

—Non, j'aurais trop peur de vomir en la regardant, ironisa Ludwig avant de se tourner vers sa compagne.

Il cala ses lunettes à monture transparente sur son nez et leva les yeux au ciel.

—L'isolement rend mauvais, chuchota-t-il. J'espère ne jamais devenir comme lui.

—Pourquoi tu deviendrais comme lui ? demanda Lilas, en lui prenant la main.

—Je mène une vie solitaire, à cause de mon travail. C'est un bon début pour se transformer en un clochard ou un vieux con.

—Tu n'as rien en commun avec ce type, crois-moi. Et moi, je ne laisserai pas une telle chose se produire.

—Tu me le promets ?

—Je te le promets, dit-elle en l'embrassant tendrement.

Une bulle de chewing-gum claqua de l'autre côté du bar, les faisant sursauter. Alexandra se tenait à quelques centimètres, le menton dans ses mains, et les couvait d'un regard bienveillant.

—Alors, c'est du sérieux, vous deux ?

Embarrassés, les amoureux balbutièrent une réponse inaudible. Alex fit éclater une nouvelle bulle qu'elle récupéra dans une grimace enfantine.

— Relax, mes loulous ! J'ai tenté ma chance avec le beau Ludwig, mais j'ai bien compris que je n'en avais aucune. Y a pas de malaise, vraiment.

— Tu es sûre ? demanda Lilas, un sourire timide aux lèvres.

— Mais oui ! On ne va pas sacrifier notre amitié pour ça ! Vous êtes trop mignons, tous les deux. Et puis, qu'est-ce que ça te réussit, l'amour ! Tu étais déjà canon, mais là, t'es une déesse !

Touchée, Lilas attrapa sa copine par le cou et la serra contre elle, par-dessus le comptoir.

— Je te souhaite tellement de trouver celui qui te rendra heureuse, toi aussi.

— Qui sait, ce sera peut-être le cadeau du Père Noël, cette année ? Je…

Le tintement joyeux de la porte d'entrée l'interrompit, et celle-ci s'ouvrit sur Isaac Karila. La jeune femme resta un instant muette devant son accoutrement. Avec son costume zébré et son bonnet de ski rouge, ses lunettes à large monture et ses pompes à bout pointu, sa doudoune griffée et son sac à dos jaune, il avait l'air tout droit sorti d'une rave. Pourtant, il se dégageait de lui une classe inexplicable, une grâce nonchalante. Celle d'un lord. Elle, même avec du Chanel sur les fesses, elle ressemblerait à une tenancière de bar un peu vulgaire.

— Bonjour, Alexandra.

Comme chaque fois qu'elle le croisait, la jeune femme fut si intimidée qu'elle se trouva incapable d'articuler le moindre mot et de le saluer. Vulgaire et impolie, ça commençait à faire beaucoup.

Aux prises avec ses pensées douloureuses, elle ne remarqua pas qu'il s'était approché d'elle.

— Vous allez bien ?

Troublée par le timbre profond de sa voix, autant que par cette proximité qu'elle n'avait pu esquiver, elle saisit une éponge pour ôter une tache imaginaire du comptoir.

— Votre ami est au fond de la salle.

C'est tout ce qu'elle parvint à répondre. Une réplique neutre, froide, mais qui ne prêterait pas le flanc à la moquerie ni ne soulignerait le fossé infranchissable qu'il y avait entre eux.

Se heurtant à nouveau à ce qu'il prenait pour du mépris, Isaac soupira et traversa la pièce.

— Salut, l'ami ! l'accueillit Idriss en consultant sa montre. Ton cours s'est bien passé ?

— Disons que notre chère Amy a sorti des notes… extraordinaires.

— Oh, mais je suis ravie de l'apprendre ! se réjouit la maire.

— Il y a encore du travail…

— Bien sûr, mais l'essentiel est de persévérer, non ?

Le professeur acquiesça, se gardant bien d'expliciter ce qu'il entendait par « notes extraordinaires ». Il adressa un sourire résigné à Idriss qui, lui, avait parfaitement su lire entre les lignes.

— Vous êtes toujours partant pour la soirée du 31 ? digressa l'élue.

— Oui, chère Josette, je ne raterais cela pour rien au monde.

— Bien sûr, lança-t-elle à Idriss, votre fils et vous êtes également attendus pour le réveillon de Roche-bleue. Au programme : un bon repas offert par la mairie, de la musique, une piste de danse… D'ailleurs, est-ce que quelqu'un a vu le docteur Conan ? Nous comptons sur sa présence, au cas où quelqu'un ferait un malaise.

Idriss secoua la tête, dépité. Il s'était fait beau dans l'espoir de la croiser, mais elle ne paraissait pas. Peut-être avait-elle eu une urgence ? À moins qu'elle n'ait deviné son attirance et ne cherche à l'éviter…

— Ce n'est pas grave, je lui demanderai demain, dit la maire. Mais regardez plutôt qui voilà !

— Bonjour, madame la maire. Bonjour, monsieur Karila !

— Comme ce garçon est bien élevé ! s'extasia-t-elle en saisissant la petite menotte que Samba lui tendait. Et contemplez-moi cette mine radieuse !

— C'est vrai, ça ! Tu rayonnes, confirma Idriss. Qu'est-ce qui te met de si bonne humeur ?

— Oh, rien. Juste la luge, papa. C'était cool.

Ce n'était pas tout à fait exact. Samba avait certes dévalé quelques trottoirs enneigés, mais il s'était surtout rendu au palais de la Princesse. Là, il avait constaté que non seulement sa petite sculpture avait disparu, mais aussi qu'elle avait été remplacée par le collier de jade qu'il admirait tant, celui qui était réservé aux créatures exceptionnelles, pas aux simples humains ! Il avait alors compris que son amie ne lui en voulait plus tout à fait, qu'elle serait bientôt prête à lui pardonner, et cet espoir était suffisant pour chasser les nuages qui avaient assombri son esprit. Avec la solennité requise, il s'était juré qu'il saurait s'en montrer digne et avait mis le bijou autour de son cou, l'enfouissant sous ses vêtements pour le garder tout contre son cœur.

Chapitre 12

Idriss fit irruption dans la chambre de Samba.

— Alors ? Verdict ? demanda-t-il en bombant le torse.

— Alors tu pourrais frapper, râla le garçon.

— Oh, ça va ! Mais qu'est-ce que tu as, en ce moment ? Tu n'es jamais content…

L'enfant soupira et scruta la tenue de son père. Idriss avait repassé sa chemise la plus élégante, épousseté avec soin son beau costume et même mis une cravate. Il s'était également aspergé d'après-rasage, de beaucoup trop d'après-rasage. Samba n'était pas dupe, il faisait tous ces efforts pour plaire à Gwendoline. Désormais, il n'y en avait plus que pour elle. « Gwendoline a dit ceci… Gwendoline a fait cela… Penses-tu que Gwendoline aime les épices ? » et gnagnagna…

— Tu cocottes, mais sinon t'es bien.

— Toi non plus, t'es pas mal.

— Tu trouves ? sourit-il, malgré lui.

— Mais oui, ça te va drôlement bien de te mettre sur ton trente et un… décembre ! pouffa l'homme.

Samba leva les yeux au ciel, exaspéré par les blagues de son père, et afficha un rictus navré. Idriss en profita pour dégainer son nouvel appareil photo et le mitrailler.

— Elle va être sous le charme, ta copine.

— Ce n'est pas dit qu'elle soit là.

— Mais tu l'espères très fort, je me trompe ?

L'enfant confirma son hypothèse d'un hochement de tête. Chaque jour, il était allé à la cabane dans l'espoir de la croiser, mais elle n'était pas venue et il craignait que le collier ne soit, en réalité, qu'un cadeau d'adieu. Sentant son fils à fleur de peau, Idriss n'insista pas.

— Bon, mon grand. Il est temps qu'on se rende à cette soirée.

La météo, ces derniers jours, s'était montrée particulièrement clémente. La neige molle et sale se délitait sous leurs pas, laissant espérer le retour prochain du printemps. Samba se plaisait à imaginer les rayons du soleil sur sa peau, les fleurs, les oiseaux qui chantent… Cette perspective l'emplit d'une joie nouvelle. Il lâcha la main de son père et s'élança vers la salle des fêtes, en faisant clapoter les petites flaques d'eau sous ses bottes.

Idriss lui emboîta le pas, s'efforçant de ne pas le perdre de vue tout en scannant les lieux, à la recherche de Gwendoline. Il repéra quelques visages rassurants, ceux de Charles et Diana, d'Isaac, ou encore de la maire, tous accoudés à la buvette tenue par Alex. Il aperçut également quelques Rocazuriens qu'il ne connaissait que de loin : une poignée de vieux garçons, des dames d'un certain âge, des jeunes échappés de la station, un couple de Parisiens venus profiter de leur résidence secondaire. Mais pas de trace de Gwendoline.

Une main s'abattit sur son épaule et le fit sursauter.

— Bah, dites donc, je la reconnais, cette veste…

Philippe Lacaille, accroché au bras de sa femme, inspecta son costume, suspicieux.

— C'est la mienne ! Il y a le même défaut sur la manche gauche.

Idriss sentit le sang déserter son visage. Sous-entendait-il qu'il l'avait volée ?

— Non... euh, oui. Je suis désolé... je... merci, ça m'a beaucoup aidé.

— C'est dommage, enchérit son épouse, je pensais qu'on la donnerait à quelqu'un...

Samba et Kevin l'interrompirent, déboulant comme deux diables dans le petit groupe.

— Cachez-nous ! Cachez-nous ! Sophie ne doit pas nous trouver ! s'écrièrent-ils, surexcités.

Les adultes obtempérèrent et formèrent un cercle autour des deux garçons.

— Vous pensiez le donner à quelqu'un... ? reprit Idriss.

— ...quelqu'un de la même taille. Il est à la fois trop court et trop large pour vous.

— C'est vrai, dit Idriss, déstabilisé. C'est un peu juste, mais ça me rend service. Merci infiniment pour votre générosité.

Samba soupira, exaspéré par le retour de l'homme-serpillière. Il fit un signe à son ami, et tous deux repartirent comme des fusées, s'engageant dans un slalom effréné entre les danseurs. Idriss se tamponna le front avec un petit mouchoir en coton. Il adressa un sourire poli à ses interlocuteurs et prit le chemin de la buvette.

— T'as pas l'air bien, mon gars, remarqua Charles, Gitane aux lèvres.

— Tu veux t'asseoir ? proposa Isaac.

— Je vous sers un verre, décréta Alex.

— Merci, les amis. Je suis touché. Il faut juste que je me détende un peu.

Joignant le geste à la parole, il plaqua les mains sur ses reins et étira son dos, embrassant du regard la salle décorée avec soin. Des fanions bleu, blanc et rouge – probablement des vestiges du 14 Juillet – habillaient le plafond, et des boules à facettes constellaient la piste de danse d'une myriade de points lumineux. Un immense tableau de liège, peut-être cinq fois plus grand que celui de Charles et Diana, avait été accroché à un mur, et un Polaroid mis à disposition pour prendre des clichés de la soirée et les épingler sur le tableau.

— C'est décidément un lieu très stratégique, cette buvette, dit Diana, le sortant de sa contemplation.

— Ah oui ? Et pourquoi cela ?

— Parce qu'il suffit de faire un petit tour sur soi-même pour retrouver le sourire, répondit-elle, énigmatique.

Intrigué, Idriss obtempéra et se trouva nez à nez avec Gwendoline, plus belle que jamais dans sa combinaison verte à sequins. Elle avait relevé ses cheveux en un chignon gracieux duquel s'échappaient quelques mèches folles, et avait mis de la couleur sur son visage. Un rose ancien pour lui faire les lèvres pétales, un fard à paupières amande, un peu de mascara brun pour allonger ses cils.

— Je… Je ne t'ai pas vue arriver…, bafouilla-t-il, troublé.

— Parce que je suis un véritable ninja !

Afin d'illustrer ses propos, elle effectua des mouvements de kung-fu si approximatifs… qu'elle en perdit l'équilibre. Elle tangua quelques secondes, battit frénétiquement des bras et se raccrocha à la nappe devant elle. Hélas, la vaisselle n'était pas assez lourde pour retenir le morceau de tissu, et Gwendoline se vautra misérablement sur le sol, entraînant avec elle une pile d'assiettes qui, par bonheur, demeurèrent intactes.

— C'est du plastique, t'inquiète ! la rassura Diana. Ça ne s'abîme pas.

— Contrairement à mon amour-propre, rétorqua la jeune femme, rouge comme une pivoine.

Qu'est-ce qui lui avait pris d'exécuter cette chorégraphie ridicule ? D'où tenait-elle que, pour impressionner un homme, il faut mimer un combat d'arts martiaux ? Décidément, elle était pathétique !

Interrompant sa séance d'autoflagellation, Idriss lui tendit la main pour l'aider à se redresser. Ses paumes étaient moites et fraîches à la fois, trahissant son émotion.

— Est-ce que tu m'accorderais une danse ? risqua-t-il, la gorge serrée.

— Oui, mais mon sac…

— … est sous bonne garde, compléta Diana qui l'en délesta aussitôt.

La jeune femme se releva et laissa Idriss l'entraîner sur la piste, sous le regard complice de leurs amis.

— Oh, là, là ! C'est beau, les gens qui s'aiment, tout de même ! s'émut Alex, derrière son comptoir.

— C'est vrai, nous aurons vu de jolis duos se former, cette année, confirma Amy qui venait de les rejoindre.

L'agente de mairie observa un instant Lilas et Ludwig, tendrement enlacés. Le jeune couple se laissait porter par la musique, dansant comme si le reste du monde n'existait pas.

— On dirait qu'il contemple une déesse, commenta Alex, un sourire amer aux lèvres. Ça doit vous changer la vie, quand on vous regarde ainsi.

— Vous êtes certaine que personne ne pose ce genre de regard sur vous ? s'enquit Isaac.

— Catégorique. Je n'attire que les tocards.

— Au moins, ça a le mérite d'être clair, lâcha-t-il, d'un ton sec.

Le professeur vida son verre et partit brusquement. Il s'élança dans la salle, à grandes enjambées, pressé de mettre de la distance entre elle et lui.

— Quelle mouche l'a piqué ? s'étonna la jeune femme.

Amy emboîta aussitôt le pas à Isaac, voyant là l'occasion de fendre son armure. Mais le musicien n'était pas facile à suivre, et elle le perdit en cours de route.

Il avait presque atteint la sortie quand il percuta Samba.

— Désolé. Je t'ai fait mal ?

L'enfant secoua la tête. Il l'avait à peine senti, son attention tout entière étant mobilisée par les notes du slow sur lequel se déhanchaient Gwendoline et son père. *The Time of my Life*. LA musique de *Dirty Dancing*. Il se figea, au beau milieu de la piste, les yeux rivés sur la porte d'entrée. Et, comme dans un conte de fées, la Princesse parut, encadrée de ses deux parents. Le Roi des glaces, tout en noir, terriblement impressionnant. La reine, avec ses boucles rousses et sa peau couleur neige. La Princesse semblait glisser sur le sol. Elle était vêtue d'une robe en tulle rose assortie à ses longs cheveux, et portait du gloss ainsi que du vernis sur les ongles. C'était une lumière, un soleil. Pas étonnant qu'elle ne craigne pas le froid, puisque tout se réchauffait à son contact. Ébloui, Samba tendit les mains.

— Tu es venue…

Il avait tant de choses à lui dire ! Il voulait lui demander pardon d'avoir été cruel, la remercier pour le collier. Leurs retrouvailles s'annonçaient belles, épiques, dignes d'un chevalier et d'une princesse ! Il s'avança, au ralenti, sans remarquer que la chanson était terminée ni entendre le DJ inciter les couples à s'embrasser sous le gui.

Idriss et Gwendoline, eux, le comprirent parfaitement. Ils levèrent la tête et trouvèrent un brin, au-dessus d'eux. Ils rirent, embarrassés comme des enfants.

— On n'est pas obligés, si tu ne veux pas…, dit Idriss.

— Si, je le veux.

Leurs visages se rapprochèrent sans qu'ils se lâchent des yeux, et leurs lèvres se frôlèrent dans un même souffle, leurs cœurs battant si fort qu'ils eurent le sentiment d'être sur le point d'exploser. Idriss se sentit fondre. Il aurait souhaité savoir voler pour l'emmener au sommet de la montagne, survoler les forêts, lui offrir la terre et la lune, et plonger, replonger, et plonger encore dans un océan d'amour… Quand soudain, un cri retentit, effroyable. Celui de Marthe Vilanelle, la Parisienne qui possédait un chalet à Rochebleue. Elle avait attrapé Samba par les épaules et le secouait comme un prunier.

— Où as-tu trouvé ce bijou ?

— On me l'a donné ! se défendit l'enfant, terrorisé.

— Menteur ! Tu me l'as volé.

Les traits de la femme se déformèrent sous l'effet de la colère, et ses mains se crispèrent davantage.

— Vous me faites mal, avec vos ongles !

Idriss se précipita vers son fils et le tira à lui pour l'extraire de son emprise.

— Samba n'est pas un voleur.

— Ben voyons ! Alors qui m'a pris ce collier ? Vous ?

Tous les regards se braquèrent sur Idriss. Il déglutit péniblement, se racla la gorge et tamponna les gouttes qui perlaient à son front.

— Non, bien sûr que non. Pardon, si je vous ai donné l'impression…

— Ça va, papa. T'as pas à t'excuser ! Tu ne savais même pas que j'avais ce collier.

— Ma chérie, intervint Jean Vilanelle. C'est la trêve des confiseurs… peut-être pourrions-nous passer l'éponge si le garçon te rend ton pendentif, qu'en dis-tu ?

Mais Samba aperçut une lueur mauvaise dans les yeux de la femme et comprit qu'elle ne lâcherait rien. Son regard sauta de son père à la Princesse. L'un, accusé à tort. L'autre, qu'il s'était juré de protéger coûte que coûte. Il ne voyait qu'une solution pour se montrer digne de son statut de chevalier. Il allait s'accuser du vol. Se faire garçon-serpillière.

— Je… suis… désolé, dit-il comme l'avait si souvent fait Idriss. Le voleur…

— C'est moi ! s'écria la Princesse. Vous l'aviez posé devant votre fenêtre et je le trouvais joli, pérora-t-elle, malgré sa voix tremblante. Je l'ai offert à Samba, mais lui ne savait pas que je vous l'avais pris. Il n'y est pour rien.

Stupeur dans l'assemblée. Passé l'instant de sidération et le silence, la rumeur enfla, ronfla, s'amplifia, décochant des flèches assassines aux parents de la petite.

— Voilà ce qui arrive quand on cède à tous les caprices d'une gamine !

— Vous feriez bien de vous mettre un peu de plomb dans la cervelle.

— Si vous l'éleviez correctement, ça ne se produirait pas.

— Ce n'est pas parce qu'elle…

— Ce n'est pas une excuse, hein !

— Si ça se trouve, toutes ces choses qui disparaissent depuis des mois… c'est elle, pas les rôdeurs de la station !

Alex se rappela la perte de ses créoles, Lilas celle de son foulard bleu, Amy comprit où était passé son porte-bonheur et, s'il était encore présent, Isaac aurait probablement fait le lien avec la disparition de ses cuillères à thé… Tous, dans le village, avaient égaré un objet plus ou moins précieux.

Acculés par le feu des accusations, Claire et Benoît Loiseau firent bloc autour de leur fille.

— Ça va, ce n'est qu'un putain de bout de caillou ! explosa l'homme.

— S'il vous plaît, arrêtez, vous faites peur aux enfants…, supplia sa compagne, la voix plus rauque qu'à l'accoutumée.

Samba, terrifié, avait plaqué les mains sur ses oreilles, lançant des regards paniqués à son amie. Livide, une veine battant anormalement à son front, pliée en deux, comme pour y puiser une énergie qui lui faisait défaut, la fillette tremblait de tout son être.

— Je voulais seulement décorer ma cabane pour qu'elle soit jolie ! plaida-t-elle, en filant dans les aigus. De toute façon, vous auriez fini par tout récupérer, c'était juste le temps de…

Mais elle ne termina pas sa phrase. Le filament bleu qui sillonnait son visage se dégonfla subitement, ses yeux se révulsèrent, son petit corps se fit chiffon.

Elle s'effondra dans un bruit sourd.

Samba resta interdit. C'était comme si quelqu'un avait débranché un jouet électrique en tirant d'un coup sec sur son câble d'alimentation, comme si le monde autour de lui tournait au ralenti. Les sons lui parvenaient étouffés, incompréhensibles, les gens lui donnaient l'impression de se mouvoir dans l'eau. La mère de la Princesse cria et son père la prit dans ses bras. Quelque chose n'était pas normal. Quelque chose n'allait pas, dans cette scène. Hébété, Samba fixa le sol, incapable d'identifier ce qui gisait sous ses yeux. Cette masse rose et soyeuse, il la connaissait pourtant par cœur, il en savait le parfum, la douceur… Il la contempla, fasciné, sidéré, refusant obstinément de lever la tête vers son amie inconsciente. Refusant d'accepter cette image qui l'avait frappé quand son père l'avait soulevée de terre. Refusant de regarder son crâne chauve, presque translucide.

Troisième partie

Retenir l'hiver

Chapitre premier

Recroquevillé dans son lit, couette relevée sous le menton, Samba fixait un point imaginaire sur le mur de sa chambre. Lui qui n'avait jamais saisi l'expression « un silence assourdissant » en prenait désormais toute la mesure. Il gardait un souvenir flou des événements de la veille, comme s'il avait fait un mauvais rêve, évolué en somnambule dans un monde étranger dont il ne parlait pas la langue. De ce cauchemar, il se remémorait le corps inanimé de son amie, aussi mou qu'un pantin désarticulé dans les bras de son père, ses cheveux roses ramassés sur le sol telle une méduse échouée sur la plage. Et la déflagration dans son crâne.

D'abord, il y avait eu les bruits de l'extérieur – les voix, les cris, la musique qui ne s'était pas encore arrêtée. Ces bruits auxquels son tumulte personnel s'était ajouté, le menant au bord de l'implosion. Puis il y avait eu ce bourdonnement, dans sa tête, de plus en plus fort, de plus en plus long, qui avait fini par prendre toute la place et lui donner le sentiment que le monde autour n'était qu'un mirage. Il avait perdu la notion du temps comme de sa propre existence, se tenant là, hébété, incapable de trouver du sens à ce qui se jouait devant lui. Les parents de la Princesse étaient partis précipitamment, l'emmenant loin de lui, abandonnant cette petite touffe rose dont il n'était pas parvenu à détacher son regard. La main de son père avait saisi la sienne… et plus rien.

Le trou noir. Samba s'était réveillé sans aucun souvenir de la suite de la soirée. Il s'était réveillé épuisé, vidé, habité seulement d'un bourdonnement incessant.

D'un silence assourdissant.

Ce matin-là, il ne rejeta pas sa couette joyeusement, il ne sauta pas hors du lit, n'eut pas une pensée pour le ciel. Il se leva lentement et descendit dans la cuisine, traînant ses pieds de plomb sur le carrelage.

— Bonjour, mon grand.

Idriss lui caressa la joue, étirant ses lèvres en un triste sourire. Samba s'accrocha à son regard, dans l'espoir d'y lire que rien de tout cela n'était arrivé, que c'était pour de faux. Mais ses yeux restèrent muets. L'enfant s'assit sur une chaise et repoussa le bol fumant que son père lui avait servi.

— Je n'en veux pas.

Il se cala contre le dossier, les doigts agrippés au siège, prêt à entendre les explications dont il avait besoin. Idriss s'installa face à lui et prit une profonde inspiration. Comment dire ces choses-là à un enfant ?

— Tu te rappelles ce qui s'est passé, avec ta copine ? sonda-t-il.

— La Princesse.

— Pardon, mon grand. Tu te rappelles ce qui s'est passé avec la Princesse ?

Samba haussa les épaules, les yeux sautant du bol au plafond en passant par tout ce qui était à sa portée, pourvu que ça lui évite de croiser le regard de son père.

— J'ai échangé quelques mots avec Gwendoline après… l'incident, reprit-il prudemment. Ta Princesse est malade, Samba.

L'enfant se mordit les lèvres, luttant pour que les larmes affleurant ses paupières ne coulent pas, réduisant son univers aux motifs abstraits du bol qu'il n'avait pas pu toucher, y cherchant un visage, une silhouette, un animal.

— C'est pour cela qu'elle ne va plus à l'école, ajouta Idriss, ou encore qu'elle porte cette perruque.

— Non, ce n'est pas vrai ! C'est pas une perruque !

Horrifié par les paroles de son père, il bataillait pour continuer de croire à l'histoire qu'elle lui avait racontée. La Princesse était une créature extraordinaire, comme dans les contes, et c'était normal qu'elle ait une chevelure rose.

— Elle a une maladie très grave, tu dois l'entendre, insista Idriss, le cœur brisé. Le traitement qu'elle prend lui a fait perdre ses cheveux, cela arrive souvent…

— Non, tu mens. Quand on est malade, on ne joue pas comme elle le fait.

— Elle a eu une période de rémission.

— De quoi ?

— Comme une éclaircie entre deux orages. Mais la maladie n'est jamais vraiment partie. Peut-être qu'en y réfléchissant tu te rappelleras qu'elle était parfois fatiguée, essoufflée ?

— Oui, de temps en temps, admit Samba. Mais c'est normal : c'est une fille !

Il savait bien que sa réponse ne tenait pas la route. Toute sa vie, il avait été entouré de gamines aussi fortes que lui, de femmes de caractère. Aucune ne lui avait jamais paru moins capable qu'un garçon.

— Une fille aux cheveux roses…

— Elle a bien les yeux indigo !

Samba se remémora néanmoins toutes ces fois où, se baissant pour ramasser quelque chose, elle s'était accrochée à son diadème. Était-ce en réalité pour empêcher sa perruque de glisser ? Le garçon fut secoué de tics nerveux.

Comprenant que la vérité commençait à se frayer un chemin dans son esprit, Idriss prit ses mains dans les siennes.

— Ta Princesse est très malade, répéta-t-il.

— Très malade comment ? se résigna l'enfant.

— S'il n'y a pas très vite une amélioration…

Idriss chercha son souffle. Lui-même était dévasté par l'injustice qui frappait cette enfant. Mais il lui fallait rester fort, taire sa propre colère afin d'accueillir celle de son fils. Il leva les yeux au ciel, en quête d'une aide divine, et embrassa les mains du petit garçon.

— … elle partira avant la fin de l'hiver.

— Oui, elle me l'a dit, ça ! C'est la Princesse des neiges, elle ne vient sur terre qu'en hiver !

— Non, Samba. Elle ne reviendra pas. Elle sera… partie.

L'enfant resta sidéré. Il savait que le mot *partir* avait parfois un autre sens. Comme lorsque sa maman était *partie* en le mettant au monde, que son ami Youssef était *parti* à cause de son père ou, plus récemment, quand mamie Joséphine les avait *quittés*. *Partir* signifiait mourir.

— Non. Elle ne peut pas…

Sa gorge se serra, laissant filtrer un cri étouffé semblable au râle d'une bête blessée. Et la digue se rompit. Un sanglot rauque s'échappa de sa bouche, il fut secoué de spasmes violents, et les larmes qu'il retenait depuis de longues minutes coulèrent enfin, tel un torrent de chagrin.

— Ce n'est pas juste, articula-t-il entre deux hoquets, je ne veux pas qu'elle meure, papa !

Il se précipita dans les bras de son père, son petit corps tendu et chaud blotti au plus près de son cœur, le suppliant d'empêcher ce drame.

— Tu ne peux pas laisser faire ça, s'il te plaît !

—J'aimerais tellement pouvoir l'aider, mon bébé, tellement…

Samba pleura de longues minutes.

Puis les sanglots se calmèrent, peu à peu, et sa respiration se fit plus régulière. Il s'écarta alors du torse de son père et fronça les sourcils, en proie à une intense réflexion.

—Tu as dit que, si les choses s'amélioraient vite, elle ne partirait peut-être pas ?

—C'est vrai, j'ai dit ça. Mais…

—C'est la personne la plus forte que je connaisse ! Si quelqu'un peut combattre la maladie, c'est ma Princesse !

—Ce n'est pas une question de combat, mon grand. Le rétablissement ne dépend pas de la volonté du malade, sinon tout le monde guérirait… Tu comprends ?

Samba hocha la tête, mais demeura persuadé que son père avait tort. La Princesse lui avait appris à ne jamais baisser les bras, à considérer les difficultés de la vie comme des dragons à terrasser, et cela avait marché pour lui. Il inspira profondément, sécha ses joues, et choisit la voie de l'espoir.

—J'ai faim ! dit-il à brûle-pourpoint.

Interloqué, son père lui tendit des tranches de pain beurré. Il ignorait s'il devait se réjouir de la résilience de son fils ou, au contraire, s'inquiéter qu'il n'ait pas tout à fait pris la mesure de la situation.

Quelques tartines plus tard, alors qu'Idriss venait d'envoyer Samba se doucher, Gwendoline sonna à la porte. Elle apparut, les yeux cernés et les cheveux en bataille. Comme Samba avant elle, la jeune femme s'accrocha à son cou et pleura, doucement. Il l'étreignit avec une infinie tendresse et lui baisa le front. Aucun d'eux n'entendit l'enfant sortir de la salle de bains et se glisser dans l'escalier pour les écouter.

— Je n'ai pas l'habitude de craquer comme cela, s'excusa-t-elle.

— Tu peux pleurer autant que tu veux.

La jeune femme sécha ses larmes d'un revers de main et lui offrit un misérable sourire. Il la conduisit dans la cuisine et lui servit un bol de café. Devinant qu'elle avait passé la nuit avec les Loiseau, il osa lui demander :

— Comment va la petite ?

— Il y a eu plus de peur que de mal. Elle a perdu connaissance à cause du trop-plein d'émotions.

— Et sa maladie ?

La doctoresse secoua la tête, impuissante.

— Je suis tenue au secret professionnel, Idriss.

— Bien sûr... Dis-moi simplement si je peux laisser mon fils penser qu'elle a une chance, dis-moi combien d'enfants s'en sont tirés.

Gwendoline lui adressa un rictus las.

— À moins d'un miracle...

— ...elle ne survivra pas ?

Les mots d'Idriss firent à Samba l'effet d'un coup de poing dans le ventre. Le souffle coupé, il se leva et s'enferma dans sa chambre. Tel un automate, il attrapa son sac à dos, y fourra toutes les barres de céréales que Charles et Diana lui avaient offertes ainsi qu'une gourde d'eau, redescendit bruyamment les marches de l'escalier et passa la tête dans l'embrasure de la porte.

— Je vais jouer avec les copains. Je leur avais promis.

— C'est bien, Samba. Ça te changera les idées. Cet après-midi, je vais aider Gwendoline à réaménager son bureau. Mais je ne rentrerai pas tard, promis.

— Tu n'es pas obligé de faire ça aujourd'hui, objecta la jeune femme.

— Moi aussi, j'ai besoin de m'occuper...

— Bon courage, papa. Au revoir.

— À ce soir, mon grand.

Samba esquissa un petit sourire qu'il espérait convaincant et quitta la maison, résolu à ne jamais revenir.

Chapitre 2

À l'annonce de la disparition de Samba, Josette Saudet avait réquisitionné la salle des fêtes pour en faire le centre névralgique des recherches, constituant les équipes d'intervention, tandis qu'à l'autre bout du local Diana préparait des sandwichs et des boissons chaudes. L'épicière s'efforçait de masquer son inquiétude en se rendant utile, distribuant ses sourires aussi généreusement que les casse-croûte, mais ses cernes profonds et les tremblements incontrôlés de ses mains trahissaient sa nervosité. Le coup de fil d'Idriss, au petit matin, avait ravivé l'angoisse qui l'avait étreinte dix ans plus tôt, quand son fils luttait pour ne pas succomber à ses blessures. Charles et elle avaient immédiatement envisagé le pire. L'accident, la mauvaise rencontre…

— C'est une fugue, leur avait assené Idriss. Il savait que je rentrerais tard et m'a laissé un mot disant qu'il dormait chez Kevin. Je ne me suis pas méfié, je n'ai même pas appelé les Lacaille pour vérifier. Quand je me suis réveillé, sa façon de me dire au revoir tournait en boucle dans ma tête. J'ai eu un mauvais pressentiment, alors je leur ai téléphoné. Samba n'était pas chez eux ! Je suis allé voir sa chambre, il manquait plusieurs vêtements et toutes les barres de céréales que vous lui avez offertes.

— Mon Dieu ! s'était écriée Diana. C'est notre faute.

— Vous ne pouviez pas deviner ce qu'il en ferait.

Charles s'était proposé d'emmener Idriss, trop bouleversé pour conduire, au poste de gendarmerie situé dans la station. Sur la route, il lui avait révélé les larcins de Samba, dans l'épicerie.

— On aurait dû t'avertir au lieu de le couvrir, on s'est bêtement dit que ce n'était qu'une phase, comme en ont tous les gamins de son âge. Mais ce n'est pas n'importe quel gamin… Et surtout pas le genre à nous voler, juste pour le frisson. Rétrospectivement, je pense que c'était symptomatique de son mal-être. S'il lui arrive quoi que ce soit, on ne se le pardonnera jamais.

— Parce que tu imagines que je me pardonne, à moi, de n'avoir rien vu venir ? Il a fait combien, cette nuit ? Moins douze ? Si ça se trouve, il est…

— À force de parcourir les bois avec sa copine, il a sûrement repéré un refuge où s'abriter ! l'interrompit Charles, incapable d'entendre la suite. D'ailleurs, la gamine pourrait probablement nous aider à le retrouver, non ?

— Gwendoline est partie la voir, mais l'hôpital, ce n'est pas la porte à côté…

— Ton fils est un gosse intelligent, je te fiche mon billet qu'il s'est mis à l'abri.

Idriss avait esquissé un sourire las, s'accrochant de toutes ses forces à cette théorie, s'efforçant de croire que Samba avait survécu aux températures négatives, qu'il était en sécurité, que la pire chose qui lui arriverait, dans les prochaines heures, était le savon qu'il ne manquerait pas de lui passer.

Quand ils revinrent à Roche-bleue, la plupart des villageois quadrillaient déjà les environs.

— J'ai constitué des binômes, expliqua la maire en consultant ses fiches. Ludwig et Lilas sont dans la forêt, équipés de dispositifs de captation sonore ultrasensibles. Kevin et ses parents ratissent les terrains de jeux préférés des enfants, Alexandra et Isaac passent les routes et les sentiers au peigne fin.

Saisi d'une vive émotion, Idriss serra ses mains dans les siennes. Incapable de parler, il se contenta de secouer la tête en guise de remerciements. L'épicier prit le relais, informant Josette Saudet de leur conversation avec les gendarmes.

— Une équipe va explorer les alentours de la station, et une autre va se joindre à nous pour chercher Samba.

— On va le retrouver, ne vous inquiétez pas...

Le reste de la matinée s'écoula de façon étrange, défilant à la fois au ralenti et à toute vitesse. Chaque fois qu'Idriss croisait un nouveau binôme, il lui lançait le même regard chargé d'espoir, mais n'obtenait pour toute réponse qu'un triste signe de tête. Alors Charles et lui se remettaient en marche à travers les sentiers forestiers de Roche-bleue. Il avait le sentiment d'évoluer dans un univers parallèle, presque onirique, dans un décor où le givre avait opéré un travail d'orfèvre, transformant la moindre toile d'araignée, la plus infime aiguille de sapin, chaque mousse et chaque lichen sur son passage en une mosaïque de dentelles d'une finesse incomparable. Mais la beauté de ce paysage hivernal, loin de l'émerveiller, conférait à sa recherche un caractère plus singulier encore, contrastant douloureusement avec sa vie d'avant, avec la terre à laquelle il avait arraché son fils.

Un profond découragement le traversa de part en part, brutal, implacable. Il avait commis une erreur monumentale en venant ici et, à cause de sa lubie, il allait peut-être perdre son petit garçon. L'air lui manqua. Il ouvrit la bouche pour aspirer l'oxygène autour de lui, mais ses poumons refusèrent de se remplir, comme si son corps avait oublié comment faire. Il étouffait. Paniqué, il roula des yeux exorbités. Charles ne se trouvait plus dans son champ de vision. Il s'appuya contre un tronc d'arbre, se frappant le torse et se griffant la gorge au rythme des cris qui résonnaient dans la vallée. Partout on appelait Samba, mais seul l'écho répondait. Avec l'énergie du désespoir, Idriss s'élança dans la forêt.

Alors qu'Alex et Isaac rebroussaient chemin pour aller se ravitailler, la jeune femme s'adressa à son binôme d'une voix angoissée.

—J'espère qu'on va le retrouver.

—Il est hors de question qu'on ne le retrouve pas.

Malgré son apparente assurance, Isaac n'en menait pas large. Il accéléra le pas, souhaitant distancer son équipière et dissimuler l'inquiétude qui déformait ses traits. Il voulait rester fort, inébranlable. Pour Idriss. Pour ce gamin, si attachant. Quand ils l'auraient retrouvé, il lui donnerait une punition mémorable, bien plus ennuyeuse qu'un livre de culture générale ! Le professeur émit un petit rire en imaginant l'air contrarié de ce chenapan, mais fut incapable de retenir ses larmes. Une main fraîche se glissa dans la sienne. Il sursauta légèrement, surpris par le contact, et se retourna. Alexandra ne l'avait pas lâché d'une semelle.

—Hors de question qu'on ne le retrouve pas, répéta-t-elle simplement.

Pour la première fois, elle osait le regarder dans les yeux. Et, aujourd'hui, elle voyait la personne, pas l'enseignant aux allures de lord excentrique. Mal rasé, les yeux cernés, vêtu comme l'as de pique, il lui paraissait terriblement humain, inquiet, vulnérable. Et l'évidence la foudroya. Cet homme était beau. Elle avait déjà perçu ce charisme dont il jouait en virtuose et qui lui avait bien souvent fait perdre ses moyens, mais elle n'avait pas aperçu son âme, jusque-là. Aujourd'hui, elle la découvrait enfin. C'était une âme généreuse, sensible, charriant avec elle une tristesse indicible… Elle eut envie de le prendre dans ses bras. Mais ce n'était pas le moment. Alors elle se contenta de sécher ses larmes d'un geste tendre. Ému, il enveloppa sa main dans la sienne et la pressa doucement.

Un souffle rauque, derrière eux, les arracha à cet instant suspendu. Croyant d'abord à l'attaque d'une bête sauvage, Isaac se téléporta littéralement devant sa partenaire, faisant de son corps un rempart. Il plissa les yeux, ajusta ses lunettes et scruta le bosquet d'où provenait le râle inquiétant. Quelques branches s'agitèrent, laissant choir des billes de neige et de glace, et recrachèrent Idriss. L'homme montra sa gorge. Il suffoquait.

— J'ai déjà vu ça, c'est une crise d'angoisse ! dit Isaac en l'attrapant par les épaules. Cale ton souffle sur le mien. Je sais… Tu crois que tu ne peux pas respirer. Regarde-moi dans les yeux, rentre le ventre comme si tu voulais faire sortir ton nombril de l'autre côté. Inspire. Inspire.

— Je…

— Tu vois, l'air circule puisque tu parles. Sens le sol sous tes pieds. Le vent frais sur ton visage. Mes mains sur tes épaules. Expire. C'est bien, tu as inspiré et expiré. Maintenant, on va prendre plus d'air. Voilà. Comme ça…

Et, ainsi, Idriss recommença à respirer.

— Merci, articula-t-il péniblement.

Il cligna des yeux, hagard, et repartit aussi vite d'où il était venu, titubant entre les arbres, prononçant le nom de son fils. D'une voix d'abord fragile, puis de plus en plus assurée, malgré ses halètements, jusqu'au cri libérateur qui emplit la forêt tout entière et atteindrait peut-être la cachette de son petit garçon.

— Samba !

L'enfant perçut la voix de son père. Elle lui parvint, étouffée, déformée, comme celles des autres adultes, au loin. Mais il était dans l'incapacité totale de répondre. Il se terrait au fond de sa tanière, un coffre en bois garni de poupées de chiffon et de couvertures poussiéreuses, bien trop ébranlé par ses frayeurs nocturnes pour oser ouvrir la bouche.

Il avait erré dans la forêt, une bonne partie de la journée, cherchant à rejoindre la station par ce qu'il pensait être un raccourci. Mais il s'était trompé et avait emprunté un sentier conduisant à la montagne, de plus en plus encombré, escarpé. Au crépuscule, il n'avait toujours pas gagné la route. Le froid avait commencé à paralyser son visage et ses orteils, et rien de ce qu'il discernait ne lui était familier.

— Ohé ! Y a quelqu'un ? avait-il lancé, timidement.

Il lui avait semblé entendre une voix lui répondre au loin.

— Au secours ! avait-il crié. Je suis perdu.

— Au secours, avait repris la voix, je suis perdu !

— Ce n'est pas un jeu ! Aidez-moi, s'il vous plaît…

— … s'il vous plaît !

Pourquoi cette personne s'était-elle moquée de lui ? Pourquoi n'avait-elle pas cherché à le secourir ? La réponse s'était imposée à Samba comme une évidence : seul un individu malintentionné, un brigand, ou, pire, un mangeur d'enfants, pouvait s'amuser de son malheur. Son cœur s'était mis à battre si fort qu'il lui avait donné le sentiment de vouloir s'échapper de sa poitrine. Alors il avait couru parmi les ombres menaçantes et les silhouettes tortueuses de la forêt, aussi vite que possible, ignorant les branches qui lui griffaient le visage et les ronces qui lacéraient ses vêtements. Mais la voix de l'ogre l'avait poursuivi, répétant ses derniers mots, encore et encore, comme pour se moquer de lui. À bout de forces, il avait invoqué sa Princesse, afin qu'elle lui vienne en aide.

— Je t'en supplie, ne le laisse pas m'attraper !

Et la Princesse l'avait exaucé. Par un miracle inexplicable, il s'était retrouvé devant l'échelle menant à son palais.

— Merci, Princesse !

Samba avait grimpé les échelons en quatrième vitesse et s'était engouffré dans l'abri familier, se jetant sur le matelas confortable, les genoux ramassés contre son corps. Une fois sa respiration redevenue normale, il avait laissé courir son regard, contemplant le foulard bleu posé sur une petite lampe, les cuillères à thé accrochées au mur comme des bibelots, la poupée portant des créoles dépareillées… et bien d'autres objets « égarés » par les villageois. Samba avait éclaté de rire, admiratif des talents de chapardeuse de son amie. Mais les derniers mots de la Princesse lui étaient revenus en mémoire, et sa joie s'était muée en une peine infinie.

« De toute façon, vous auriez fini par tout récupérer, c'était juste le temps de… »

Samba avait soudain saisi le sens de ses paroles. Et c'était intolérable. La Princesse n'avait pas le droit de mourir et de l'abandonner. Sans elle, ce palais se transformerait en un musée sordide. Sans elle, il perdrait l'envie de devenir un chevalier. Sans elle, il laisserait Noisette crever, pour la punir de l'avoir délaissé. Samba avait alors senti un feu vorace envahir son estomac, sa gorge, l'intérieur de son crâne, un feu qu'il devait expulser, sous peine d'être consumé entièrement. Il avait lâché sa rage, sa haine, toute la violence qu'il contenait. Il avait jeté la lampe au sol pour la briser, arraché les cuillères à thé de leur clou, balayé les étagères d'un revers de main, déchiré le foulard bleu. Il s'apprêtait à écraser le magnétophone à coquillages quand un petit couinement l'avait interrompu. Noisette, épouvanté, cherchait désespérément à s'évader. Samba s'était immédiatement ressaisi.

— Noisette, pardon ! s'était écrié l'enfant. Je ne voulais pas te faire peur !

Il avait tenté d'attraper l'animal pour le réconforter, mais l'écureuil avait couru de plus belle. Réalisant qu'à ses yeux il devait être aussi terrifiant qu'un ogre, Samba s'était assis sur le matelas, s'efforçant de recouvrer son calme pour apaiser la pauvre bête. Alors à la colère avait succédé la honte d'avoir saccagé le palais de sa Princesse. Tout ce qu'elle avait mis tant de soin à rassembler, à disposer harmonieusement, gisait sur le sol, sali, cassé, tordu… C'était comme s'il s'en était pris à elle directement. Constatant l'ampleur des dégâts qu'il avait commis, l'enfant s'était jeté à genoux pour ramasser les débris, trouver des objets intacts à ranger à leur place. Pour que tout soit comme avant.

C'est alors que trois coups avaient retenti à la porte de la cabane.

Chapitre 3

Gwendoline gara sa R5 cabossée sur une place réservée aux urgentistes, et claqua la portière. Insensible au vent glacial qui lui fouettait le visage, elle s'élança vers l'hôpital d'un pas déterminé. Des patients, des médecins et même quelques visiteurs s'étaient agglutinés devant l'entrée pour y griller une clope de réconfort. Adossé contre une baie vitrée, à l'écart du groupe, Benoît Loiseau tirait nerveusement sur la sienne. En apercevant le docteur Conan, il aspira une longue bouffée qu'il recracha lentement.

— Je vous en offre une ?

— Non, merci. J'ai arrêté. Comment va-t-elle ?

— Finalement, les docteurs veulent la garder un peu… Ils vont probablement relancer un protocole.

L'homme serra les mâchoires et pinça le filtre de sa cigarette, un pli amer au coin des lèvres, puis la jeta d'une pichenette.

— C'est parce que j'ai fumé à côté de Claire quand elle était enceinte, tout ça…

— Vous savez bien que non.

Il émit un rire triste, d'un air de dire qu'il appréciait le mensonge sans en être dupe. Gwendoline aurait aimé être suffisamment persuasive pour qu'il la croie, mais elle savait que la culpabilité est parfois une question de survie. Elle maintient l'illusion de contrôle sur des événements qu'on ne maîtrise pas, quitte à se torturer.

— Venez, je vous accompagne, dit-il en montrant le hall d'accueil.

Ils gravirent les deux étages menant au service des enfants sans échanger un mot. Gwendoline, qui précédait le jeune père, poussa la porte de l'escalier et fut saisie par l'odeur, si caractéristique des hôpitaux, mélange de renfermé et de produits de soins, de nourriture fade et de détergent. Elle ne s'était jamais accoutumée à ces effluves, malgré ses années d'internat.

La chambre était entrouverte. Une infirmière aux joues creusées par les gardes trop fréquentes les avait devancés de quelques secondes, surprenant l'enfant, une main plongée dans un paquet de Chamallows.

— C'est interdit, ça, mademoiselle ! s'écria-t-elle, en lui confisquant le sachet.

La petite n'eut pas le temps de protester. Sa mère avait déjà bondi sur la femme pour récupérer les bonbons.

— Non, mais ça ne va pas, la tête ? s'indigna Claire Loiseau, le visage déformé par la colère. Vous vous prenez pour qui ?

— Ce n'est pas bon pour elle. Vous ne devriez pas la laisser manger ça.

— Je la laisse manger ce qu'elle veut !

— Eh bien, en voilà une mère exemplaire ! railla la soignante.

— Vous ne pensez pas qu'elle en bave assez comme ça, avec les chimios, la douleur, les vomissements ? Alors si bouffer des putains de bonbons lui fait du bien, à ma gosse, ne comptez pas sur moi pour l'en empêcher !

L'infirmière tangua, soufflée par l'intensité du retour de bâton. Ses yeux sautèrent de la fillette au teint si pâle que sa peau paraissait translucide, au visage de sa mère rendu écarlate par la colère.

Elle ouvrit la bouche sans parvenir à émettre le moindre son, tel un poisson sorti brutalement d'une rivière, la commissure de ses lèvres s'affaissa, ses traits dégoulinèrent en une moue résignée, immensément triste.

— Vous avez raison, ce ne sont pas quelques bonbons qui lui feront du mal. Ne prêtez pas attention à ce que j'ai dit, c'est la fatigue. Je… je reviendrai un peu plus tard, vous avez de la visite.

Benoît Loiseau s'écarta pour la laisser passer. Quand elle eut quitté la chambre, il éclata d'un rire presque enfantin, puis lui donna un baiser.

— Bravo, bébé. Tu l'as bien mouchée !

Gwendoline posa sur eux un regard attendri. À l'instar des couples si chers à René Barjavel, ce romancier dont elle avait dévoré les livres, dans sa jeunesse, ils avaient l'air de deux adolescents fusionnels. Ils marchaient toujours main dans la main et s'illuminaient à la simple évocation de l'autre. Leur fille avait grandi avec ce modèle d'amour idéal, absolu, se créant, au fil des années, une vision romantique de la vie. Ils n'avaient jamais cherché à brider son imagination ni à contrarier ses envies, l'autorisant à s'habiller comme bon lui semblait, valorisant la moindre de ses fantaisies, incitant sa personnalité flamboyante à s'épanouir. Ils étaient convaincus que leur petit elfe, ainsi qu'ils adoraient l'appeler, était venu sur terre pour rendre le monde meilleur, pour l'inonder de beauté. Ils avaient encouragé chacune de ses initiatives, l'inscrivant à la danse, lui offrant une guitare, l'ouvrant à la culture par les livres, le cinéma… tout ce qui était à portée de leur bourse. Benoît s'en sortait correctement, avec son métier de cuisinier, et Claire rapportait souvent des produits tout juste périmés de la station-service où elle travaillait, ce qui représentait une importante économie sur les dépenses alimentaires. Ils n'étaient pas riches, mais intensément heureux. Gwendoline se souvenait de les avoir entendus dire, un jour, à quel point c'était indécent de l'être autant… C'était au début de son remplacement à Roche-bleue, quatre ans plus tôt.

Et puis sont arrivés les bleus et cette fatigue dont la fillette se plaignait constamment.

Quand le diagnostic était tombé, le monde idyllique des Loiseau aurait pu s'écrouler, mais non. Ils avaient puisé dans leur amour, immense, et leur fantaisie un peu naïve pour l'accompagner au mieux dans cette épreuve, rendre sa vie la plus belle possible, lui fournir une source intarissable de joie afin qu'elle y trouve la force de continuer… ou de partir. Elle rêvait de porter une perruque rose ? Ils lui en achèteraient de toutes les couleurs. Elle avait besoin d'une cabane pour s'isoler ? Ils lui construiraient, selon ses désirs, sans jamais l'empêcher de s'y réfugier. Elle voulait visiter Disney World en Floride ? Ils vendraient leur maison et tous leurs biens pour l'y emmener. Quand bien même ce serait son dernier voyage.

La fillette engloutit une nouvelle guimauve et salua Gwendoline, l'œil pétillant.

—Bonjour, docteur !

—Bonjour, ma belle, répondit le médecin d'un air grave.

—Qu'est-ce qui se passe ? s'inquiéta la gamine. Mes résultats…

—Non, ne t'en fais pas ! Je suis venue te voir, car j'ai besoin de ton aide. Samba a disparu, et son papa pense qu'il a fait une fugue. Tu crois que c'est possible ?

—Il m'a déjà dit qu'il voulait partir, mais je pensais qu'il avait changé d'avis, car ça m'aurait fait trop de peine. Vous êtes sûre que c'est une fugue ?

—Il a eu très peur quand tu as perdu connaissance. J'imagine qu'il ne supporte pas l'idée de…

—… me perdre ?

—Oui.

La fillette réprima un soupir. Elle regrettait tellement de s'être disputée avec Samba, d'avoir boudé si longtemps ! La soirée du réveillon aurait dû être celle de leurs retrouvailles, annoncées par le collier qu'elle lui avait offert. Elle avait projeté de lui sauter dans les bras comme dans *Dirty Dancing*, de déclarer qu'*on ne laisse pas Samba dans un coin* et de rire avec lui, parce qu'à présent il comprendrait la référence. Mais les choses se passaient rarement comme elle le prévoyait, et ce moment aussi, elle l'avait gâché avec sa stupide maladie !

— Il t'a déjà confié où il irait, s'il partait ? insista la jeune femme.

— Il voulait retourner au Burkina Faso, mais je suis sûre que cette andouille ne sait même pas comment rejoindre la route !

— Tu as une idée d'où il pourrait se cacher ?

— À part la cabane, je ne vois pas, je suis désolée.

— Mais ta cabane, elle est où ?

La fillette se cramponna à ses draps. Elle s'était juré de ne jamais divulguer l'emplacement de son palais, mais si elle refusait de le faire, ses parents, eux, n'hésiteraient pas. Elle préférait que cela vienne d'elle.

— Donnez-moi une feuille et un crayon, je vais vous le dessiner...

Le plan à la main, Gwendoline se rua vers le parking de l'hôpital. Elle arracha rageusement la contravention coincée sous ses essuie-glaces, fit rugir le moteur de sa R5 et regagna Roche-bleue en un temps record.

Idriss sortait de la forêt, l'air découragé, quand elle accourut vers lui en brandissant le précieux papier.

— Je l'ai ! Je l'ai !

L'homme s'en empara et se frappa le front, consterné. Il était déjà passé par là-bas, une demi-douzaine de fois. Il se précipita vers le point marqué d'une croix et, arrivé au bon emplacement, comprit pourquoi il n'avait rien vu : le lieu, à l'écart des sentiers, était dissimulé par une épaisse rangée de conifères. Il traversa la haie de résineux et découvrit une cabane minuscule et un peu bancale, à des années-lumière du palais majestueux que Samba lui avait décrit. Il s'engagea sur l'échelle, tremblant, le souffle court, repoussa le carillon en bois fixé au-dessus de la porte, et se plia en deux pour pénétrer dans l'antre de la fameuse Princesse des neiges, confidente et amie de son petit garçon.

— Samba, tu es là ? Montre-toi, papa est très inquiet, mon grand.

Un grincement se fit entendre, dans son dos. Idriss balaya la pièce du regard et aperçut un coffre à jouets décoré à la main, d'où semblait provenir le bruit. Il l'ouvrit d'un geste sec.

— Papa ! hurla l'enfant en jaillissant, tel un diable hors de sa boîte.

Ce fut comme si tout le poids du monde quittait enfin ses épaules. Idriss écarta les bras et l'accueillit contre son torse, le couvrant de baisers.

— Samba, mon Samba... Tu es là. Tu vas bien ? J'ai eu si peur, si tu savais... Pourquoi tu es parti comme ça ? Mon Dieu... Tu es sain et sauf. Mais qu'est-ce que tu faisais dans ce coffre ?

— Il y a quelqu'un qui m'a couru après, alors je suis venu ici... Mais, ensuite, il m'a retrouvé et il a frappé à la porte, alors j'ai eu peur et je me suis caché, déballa l'enfant sans reprendre sa respiration.

Idriss songea immédiatement aux cambrioleurs dont tout le monde parlait au village. À l'idée qu'ils aient pris son fils en chasse, son cœur oublia de battre.

— Il est rentré dans la cabane, mon grand ? Il t'a fait du mal ? demanda-t-il, d'une voix blanche.

— Non. Il a juste tapé.

Le cœur d'Idriss se remit en marche.

La veille, un vent violent avait soufflé sur Roche-bleue, il comprit que Samba avait probablement confondu les bruits de l'extérieur avec une présence malveillante.

— Tu ne penses pas que c'était plutôt le carillon qui a cogné contre la porte, à cause d'une rafale ?

— Peut-être..., gémit l'enfant, piteux.

— C'est fini, maintenant.

Ému, Idriss resserra son étreinte, mais Samba s'en dégagea en soufflant.

— Tu m'écrases !

— Pardon. C'est la joie de t'avoir retrouvé. J'ai eu si peur...

— Comment tu as deviné où j'étais ?

— C'est la Princesse qui me l'a dit.

— Ça m'étonnerait ! Elle veut que personne ne sache où est son palais.

— Je te le jure ! Elle a même fait un dessin, dit l'homme en lui montrant le plan. Je ne suis pas un menteur.

— Si ! Tu racontes tout le temps des histoires, comme mamie Joséphine.

— Mais pas du tout ! balbutia Idriss. Pourquoi tu dis ça ?

— Tu as menti à tout le monde à propos de ton travail au restaurant, même à moi ! Tu m'as traité comme un bébé.

— Je ne voulais simplement pas que tu t'inquiètes. Tout le monde déforme la réalité pour l'embellir ! Ton amie aussi, elle t'a raconté de jolies histoires auxquelles tu as cru.

— C'est pas pareil, entre nous. Mais toi, tu n'avais pas le droit ! lança l'enfant, les larmes aux yeux.

Soufflé par les reproches de Samba, l'homme marqua un silence. Lui qui avait toujours considéré la paternité comme allant de soi… saisissait soudain pourquoi sa cousine l'avait mis en garde. Il se rendait compte qu'il avait bercé son fils de mensonges, certes avec l'espoir de lui rendre la vie plus douce, mais aussi pour se faciliter les choses, à lui. Finalement, il ne valait pas mieux que cette mère qui l'avait élevé dans le culte d'un village où elle n'avait jamais posé les pieds. Se souvenant de sa déception et de sa colère quand il avait découvert le pot aux roses, il se sentit d'autant plus minable. Samba disposait des outils pour adhérer ou non aux histoires d'une autre enfant, mais la parole d'un adulte, *a fortiori* celle de son père, avait une valeur d'absolu. Si son garçon s'était enfui, c'était parce qu'il avait cessé de voir en lui le phare qu'il devrait être. Idriss prit ses mains dans les siennes et fondit en larmes, relâchant à la fois la pression des dernières vingt-quatre heures et celle qu'il encaissait depuis leur arrivée.

— Je te demande pardon. J'aurais dû te dire la vérité, articula-t-il. Je fais tout de travers, je suis nul, comme père. Je t'ai forcé à venir ici et je t'ai rendu tellement malheureux que tu as préféré me quitter…

— Ne pleure pas, papa. Je me suis fait à Roche-bleue, tu sais. La Princesse m'a montré comment fabriquer mes racines.

— Tes racines ? C'est joli, ça. Mais alors pourquoi tu es parti ?

— Je vous ai entendus dire qu'elle allait mourir, Gwendoline et toi… Je voulais juste rentrer chez nous, pour que tout soit comme avant, quand je ne la connaissais pas.

— Je comprends.

— Mais j'ai changé d'avis. J'ai beaucoup réfléchi quand j'étais dans le coffre et j'ai trouvé la solution.

— La solution ?

— Oui ! Même que j'ai un plan.

Il y avait dans son regard une étincelle nouvelle, un feu semblant le consumer tout entier. Intrigué, Idriss saisit le garçon par les épaules et s'accroupit pour se mettre à sa hauteur.

— Je suis un peu paumé, Samba. De quoi tu parles ?

— La Princesse risque de partir avec l'hiver, pas vrai ?

— Oui, mon grand.

— Alors je sais comment la sauver ! déclara-t-il, triomphal. On est vraiment bêtes de ne pas y avoir pensé plus tôt.

— Pensé plus tôt à quoi ?

Ce n'était qu'une question rhétorique. Idriss devinait à quel point il avait besoin de se forger des certitudes nouvelles, de se convaincre qu'il pourrait s'ériger contre la fatalité. Déjà, il anticipait les mots qui allaient sortir de la bouche de son petit garçon, les mots d'un gamin fou, fou de désespoir.

— Papa, dit alors Samba, je vais retenir l'hiver.

Chapitre 4

Samba avait passé les jours suivants dans un état second, oscillant entre la joie intense d'avoir trouvé comment garder sa Princesse près de lui et le souvenir traumatisant de la Saint-Sylvestre. Il lui arrivait fréquemment de se réveiller au beau milieu de la nuit, hurlant, suppliant la mort de ne pas emporter son amie. Idriss avait appelé Gwendoline à l'aide, mais, selon elle, seul le temps viendrait à bout de ses terreurs nocturnes.

Alors qu'il préparait le petit déjeuner, l'homme se remémora la liesse qui avait saisi les Rocazuriens en découvrant le petit, revenu sain et sauf de sa fugue. Samba avait été pris dans un véritable tourbillon, tantôt cajolé, tantôt gentiment grondé, mais surtout entouré de cet amour rugueux que les montagnards ne manifestent qu'en de rares occasions. En quelques semaines, son fils avait accompli l'exploit d'être considéré comme un gosse du village… Ce qui était encore loin d'être son cas.

Entendant les pas de Samba dans l'escalier, il versa son chocolat chaud dans un bol. Mais, au lieu de retrouver un gamin à la frimousse ensommeillée, traînant des pieds dans son pyjama froissé, il le découvrit douché, coiffé, parfumé et habillé comme un enfant modèle.

— Bonjour, monsieur, s'inclina Idriss, auriez-vous croisé Samba Kan par hasard ?

— Tu es bête, papa ! s'esclaffa le garçon. Tu sais bien que c'est moi.

— Hum, hésita l'homme, je n'en suis pas si certain. Laissez-moi m'en assurer, monsieur.

Il se lança dans une inspection aussi minutieuse que comique.

— Les oreilles ? Nickel. Les dents ? dit-il en lui retroussant les lèvres. Oh, cette bouche sent très bon ! Les ongles ? Parfaitement brossés. Non, monsieur, je vous l'affirme, vous ne ressemblez pas à Samba Cracra. Je n'ai qu'un ultime moyen de vérifier votre identité !

Comprenant les intentions de son père, l'enfant retint sa respiration…

— Les chatouilles !

… et pouffa avant même qu'Idriss n'effleure les zones sensibles. Malgré ses habiles contorsions, il ne lui échappa pas. Idriss lui assena un plaquage épique sur le canapé, et se lança dans une session qui le laissa épuisé et hilare.

— Tu n'as pas intérêt à m'avoir décoiffé ! lâcha-t-il, à bout de souffle. Je dois faire bonne impression.

— Ah oui ? Tu as un rencart ?

Samba leva les yeux au ciel, affichant une mimique annonciatrice de ce que serait l'adolescence.

— Aujourd'hui, je vais dire mon idée à tout le monde.

— Ton idée ?

— Oui, je vais demander aux gens de m'aider à retenir l'hiver.

Idriss se départit de son sourire. Samba n'avait pas reparlé de ce projet qui, aussi mignon et poétique qu'il soit, n'était qu'un doux délire de gamin. Il aurait souhaité que son fils comprenne que la magie n'existait que dans son imagination. Hélas ! Samba aimait trouver refuge dans les contes quand la réalité devenait trop dure pour lui. Comment lui faire admettre que tout ceci était impossible, sans faire preuve de cruauté ?

— Tu sais, les adultes ne croient pas vraiment à ces choses-là, risqua-t-il prudemment.

— Moi, je pense qu'il suffit de bien leur expliquer. Tu m'accompagnes chez Alex ? C'est là-bas qu'ils sont tous, le dimanche matin.

L'homme n'eut d'autre choix que de suivre son fils, le tenant d'une main ferme, comme pour amortir sa chute quand il essuierait refus sur refus, et tomberait de haut. Devant le café, Samba jeta un regard angoissé au ciel nuageux de janvier. La douceur des derniers jours le préoccupait si profondément que, pour la première fois depuis son arrivée ici, il souhaitait le retour du froid.

Mais ce n'était pas le moment de se décourager. Il devait se montrer convaincant, dans le même état d'esprit guerrier que lorsqu'il avait terrassé ses propres dragons. S'il apparaissait suffisamment sûr de lui, les adultes ne pourraient pas lui résister, c'était certain. Il ajusta ses vêtements, espérant avoir autant de classe que son professeur de piano, et pénétra dans le café, le regard conquérant.

— Bonjour, Alex, dit-il à la patronne.

— Bonjour, mon bonhomme, ça fait plaisir de te voir. Tu vas mieux ?

— Oui.

— Je te sers un chocolat chaud ?

— Oui.

Plus intimidé qu'il ne l'avait imaginé, Samba gratta une petite peau autour de son pouce, à la recherche du bon angle d'attaque. Il avait pourtant répété son discours, le peaufinant, le corrigeant chaque fois qu'un contre-argument lui venait. Mais, face aux grandes personnes, il n'était qu'un enfant de neuf ans – bientôt dix – et courait le risque qu'on ne le prenne pas au sérieux. Cependant, il était trop tard pour reculer. Alors il inspira longuement et déroula son projet. Alex lança quelques regards paniqués à Idriss, ainsi qu'aux clients qui avaient entendu le raisonnement du garçon.

— Samba, commença-t-elle, embarrassée. C'est une idée merveilleuse, romantique à souhait, mon chou. Mais on ne retient pas une saison…

— Si ! Pour cela, il suffit d'empêcher le printemps de s'installer.

— Je vois…

En réalité, elle ne voyait rien du tout. Elle avait seulement besoin de gagner un peu de temps, de choisir ses mots. Idriss tenta de ramener son fils à la raison.

— Samba, nous n'avons aucun contrôle sur les saisons.

— J'aimerais bien, mon bichon, ajouta la jeune femme. Moi, j'opterais pour qu'on soit toujours en été, d'autres préféreraient l'automne… Personne ne serait jamais d'accord, tu imagines le bazar ?

— Je suis certain que c'est possible, s'entêta l'enfant.

— Et comment tu comptes t'y prendre ? lança Isaac, en entrant dans le café.

Il inclina la tête pour saluer la patronne qui lui adressa un sourire discret en retour, et tapa dans le dos d'Idriss.

— Fastoche ! répondit Samba. En fait, l'hiver, c'est quoi ?

Face aux mines perplexes des adultes présents, il leva à nouveau les yeux au ciel, étonné par tant d'ignorance.

— Moi, je sais, déclara-t-il. L'hiver, c'est trois choses. Ce que l'on voit. Ce que l'on fait. Ce que l'on dit.

— Développe, tu m'intrigues, répondit le professeur.

— Qu'est-ce qu'on voit en hiver ? De la neige, la nuit qui tombe tôt, de la buée sur les fenêtres…

— C'est vrai, approuva Alex.

— Qu'est-ce qu'on fait ? interrogea le garçon.

— Euh… on met des vêtements chauds ?

— Oui ! Et on arrache les pages du calendrier, on boit du chocolat, on fait le sapin, et aussi des gâteaux. Et qu'est-ce qu'on dit ?

— On dit qu'il fait froid ? répondit Isaac, se prenant au jeu.

— Oui, un froid de canard ! On dit qu'il va encore neiger, qu'on a hâte d'être à Noël, que ça roule difficilement…

Le garçon se donnait du mal pour mener son argumentaire à bien, conscient que cela demanderait un effort supplémentaire aux adultes, forcément un peu lents, pour tout saisir. Il avait souvent lu, dans les contes, que la magie nécessitait avant tout qu'on y croie très fort. Alors il était prêt à leur parler pendant des heures afin de faire basculer leurs certitudes.

— Si j'ai bien compris, résuma Isaac Karila, tu penses que si on adopte ces mêmes comportements, le monde sera plongé dans un hiver éternel ?

— Bien sûr que non, je ne suis pas stupide. Pas le monde entier, juste Roche-bleue. Il suffit qu'on fasse tous l'effort ! Qu'on arrache le mois de mars et tous les suivants du calendrier, qu'on laisse les décorations de Noël, qu'on porte des bonnets, qu'on…

— Samba, coupa Idriss, ce que tu dis n'est pas possible. Tu le sais, au fond de toi.

— Moi aussi, tempéra Alex, j'aimerais que ce soit réalisable…

— Mais on ne va pas contre l'ordre naturel des choses, ajouta Isaac. Tout a une fin, un morceau de musique, une saison… Nos vies.

— Non ! s'emporta l'enfant. Vous êtes méchants ! Pourquoi vous ne voulez pas sauver la Princesse ?

— Samba…

— Je vais aller voir les autres, il y a forcément quelqu'un qui comprendra.

Le petit garçon ravala un sanglot, se moucha d'un revers de main et, sans toucher à son chocolat chaud, se précipita dehors.

— Excusez-le, dit Idriss, dévasté par la détresse de son fils.

Peut-être Samba avait-il besoin de se confronter à la réalité, aux arguments raisonnables de chaque Rocazurien afin de mesurer à quel point son rêve était utopique ? Alors Idriss lui emboîta le pas, résigné, prêt à recueillir sa colère et ses larmes après chaque refus.

L'enfant arpenta les rues de Roche-bleue, pendant des heures, sans jamais perdre une once de sa détermination. Ni la pluie glacée ni les rebuffades ne le découragèrent. Il répétait son discours inlassablement, guettant l'étincelle dans le regard de ses interlocuteurs. Mais, au mieux, son projet suscitait quelques rires gênés…

— C'est vraiment triste pour cette petite, mais tu n'y peux rien, disaient les uns.

— Voyons, tu es un grand garçon, maintenant. À ton âge, on ne croit plus à ces bêtises, opposaient les autres.

… au pire, on lui claquait la porte au nez.

— Tu ne penses pas que tu nous as suffisamment emmerdés avec ta fugue ? Il faut encore que tu viennes nous casser les pieds avec ton histoire abracadabrante ?

— Mais l'hiver, on n'en peut plus, nous ! Tu rêves, mon bonhomme. Si je pouvais faire arriver le printemps plus vite, je ne m'en priverais pas !

Évidemment, Johnny Mansard se plaçait dans la seconde catégorie. Outré, Samba n'avait pas manqué de lui rappeler que c'était grâce à lui que ses œuvres étaient exposées au café.

— Et alors, tu veux une médaille ? C'est le moins que tu puisses faire, espèce de…

Mais l'homme, croisant le regard d'Idriss, s'était arrêté là, se contentant de se retrancher chez lui en maugréant.

Personne dans le village n'adhéra au projet de Samba. Même les autres enfants, dont les yeux s'étaient pourtant allumés pendant qu'il parlait, avaient fini par se ranger à l'avis de leurs parents, tels d'obéissants petits moutons. Samba s'était donc fourvoyé. Personne ne prendrait part à sa quête pour sauver la Princesse. Ne comprenaient-ils pas que c'était une question de vie ou de mort ?

Désabusé, son pantalon trempé par la pluie battante et les flaques, il dut se rendre à l'évidence. Il ne terrasserait pas ce dragon, bien trop puissant pour un garçon de neuf ans.

— On peut rentrer, papa ?

— Bien sûr, mon grand.

Il traîna son chagrin sur le chemin du retour, ne songeant ni à sauter sur son muret favori, ni même à donner le change à son père. Les sourcils froncés, il marchait en silence, essuyant une larme de temps à autre. Une fois arrivé, Samba monta directement dans sa chambre. Idriss comprit qu'il était inutile de le retenir. Il le suivit discrètement et l'observa à travers la porte entrebâillée. Il s'était agenouillé. Les mains jointes, les yeux levés vers le ciel, l'enfant disait une prière.

— Mon Dieu, je t'en supplie. Je ne te demanderai jamais plus rien, je serai le plus gentil des fils, le plus travailleur des élèves, mais par pitié, permets-moi de la sauver. Je sais que je dois retenir l'hiver, mais je ne peux pas le faire tout seul et personne ne veut m'aider, même pas mon père.

Chapitre 5

Idriss se tenait sur l'estrade, grand échalas à peine remplumé depuis son arrivée, droit et fier dans son costume à la fois trop large et trop court. Il sentait le trac monter à mesure que la salle se remplissait, et ni le sourire bienveillant de Gwendoline ni les encouragements des Leroy ne parvinrent à l'apaiser. Son corps tout entier était agité de soubresauts. Ses jambes dansaient le jerk, comme dans la chanson qui faisait fureur à la radio, ses mains semblaient vouloir sucrer les fraises, et ses lèvres tremblaient tant qu'il serait probablement incapable de prononcer une phrase sans bégayer. Il se cramponna au pupitre que la maire avait disposé face à lui et tapota sur le micro pour s'assurer qu'il fonctionnait. Le son fut correctement amplifié et eut le mérite de capter l'attention de son audience. Les quatre-vingts âmes de Roche-bleue avaient été convoquées pour ce rassemblement un peu spécial, en ce vendredi 18 janvier, sans aucune explication de la part de Josette Saudet. Dans les rangs, les rumeurs allaient bon train. Allait-elle leur annoncer la fusion du village et de la station ? Une star était-elle attendue ici prochainement ? Les façades seraient-elles bientôt réhabilitées ? Et surtout : pourquoi Idriss Kan se tenait-il derrière ce pupitre, à la place de l'élue ?

— Bonjour à tous, merci d'être là, bredouilla l'homme d'une voix timide. Excusez-moi d'avoir utilisé ce subterfuge, avec la complicité de Mme la maire…

Idriss marqua un silence et observa attentivement les personnes assises en face de lui. Seule une cinquantaine d'habitants avaient répondu présent à l'invitation. Parmi eux, ses amis, ses voisins, des figures qu'il n'avait fait que croiser depuis son arrivée. Aucun, hormis Johnny Mansard, ne lui opposait un visage hostile, aussi décida-t-il qu'il était temps pour lui de s'affirmer et de soutenir son fils, comme un père en avait le devoir.

— Non, se reprit-il. Finalement je ne m'excuse pas. J'assume pleinement d'avoir demandé à Josette de vous rassembler, quoi qu'il en coûte.

Quelques murmures s'élevèrent, indignés, accompagnés de nombreux soupirs d'agacement. Mais Idriss ne s'en formalisa pas.

— Je ne suis pas désolé, non. Je suis heureux et ému de me trouver face à vous pour vous remercier de nous avoir accueillis parmi vous, Samba et moi, et également pour vous raconter notre histoire.

Il se racla la gorge, tant pour s'éclaircir la voix que pour se donner du courage. Il ne s'était jamais prêté à ce genre d'exercice et ne rêvait que d'une chose : prendre ses jambes à son cou. Pourtant, il enchaîna.

— Je suis un homme pudique, fier. D'aucuns diront orgueilleux et ajouteront que « la fierté cause plus de ravages que de bienfaits ».

Il adressa un clin d'œil à Amy Delorgue qui l'avait mis en garde, dès son arrivée. L'agente de mairie lui rendit un sourire timide, ce qui l'encouragea.

— J'ai longtemps eu le sentiment que mettre mon orgueil de côté équivaudrait à renoncer à ma dignité, alors j'ai caché ma détresse, menti sur ma situation… pour ne jamais faire pitié ni me trouver déshonoré. Et pourtant, c'est le cas. Parce que mon plus grand honneur est d'être le père d'un fils intelligent et sensible, mais que je ne suis pas à la hauteur de ses qualités. J'ai arraché Samba à notre famille, à ses amis, à sa terre il y a un peu plus de deux mois, car je voulais lui offrir une enfance sereine, loin des tensions de notre pays. Je ne lui ai pas laissé le choix et je lui ai imposé d'oublier son pays, parce que je rêvais de Roche-bleue depuis toujours, parce que c'était moi l'adulte et qu'il devait m'obéir, parce que je n'avais pas mesuré combien il me serait difficile de m'acclimater ici. Ma peau est sombre, mon accent fort prononcé… et cela a suffi à un paquet d'employeurs pour rejeter ma candidature, cela a suffi pour que je développe un complexe tel que je suis incapable de commencer une phrase sans demander pardon. Mais la seule personne à qui je devrais présenter mes excuses n'est pas dans cette salle aujourd'hui, et cette personne, c'est mon fils. Je devrais lui demander pardon parce que je ne l'ai pas soutenu comme j'aurais dû quand il est venu vous parler, il y a une dizaine de jours. Je lui ai laissé croire que son propre père ne comprenait pas sa douleur et ne ferait rien pour l'épauler. Et cela m'est insupportable. Et je souhaite que cela vous soit insupportable, à vous aussi. Alors, ce soir, je vous demande de l'aider à retenir l'hiver.

Dans le public, la rumeur enfla. Cette histoire était ridicule ! Bien sûr, tous étaient immensément tristes du sort de la petite Loiseau, mais c'était la fatalité, et l'on ne combat pas la fatalité. Déjà, certains remettaient leur manteau, décidés à quitter la salle.

— Mon fils se réveille en larmes toutes les nuits, parce qu'il se sent impuissant, poursuivit-il, la voix tremblante. Pour lui, le spectre de la mort est semblable à un ogre qui a dévoré trop de personnes qu'il aimait. Sa maman a fait une hémorragie quand il est venu au monde. Il ne l'a jamais connue. Un de ses meilleurs copains, Youssef, est tombé sous les coups de son père. Et enfin sa chère grand-mère, qui l'a élevé comme s'il était son propre fils, est décédée l'année dernière. Samba n'a que neuf ans. Et, à neuf ans, il a déjà tant perdu ! Alors laissez-moi vous dire à quel point je suis touché qu'il ait ouvert son cœur à celle qu'il appelle sa Princesse des neiges, et combien je comprends que l'idée qu'elle parte lui soit intolérable. Parce que, voyez-vous, ils s'aiment. Avec ce sens de l'absolu qu'ont les enfants, d'un amour innocent. Cette petite fille a adouci le quotidien de Samba, grâce à son imagination, sa fantaisie, son appétit pour la vie. Je vous demande de permettre à mon gamin d'essayer de l'aider à son tour, de leur offrir un surplus de magie, d'y croire également, même juste un peu…

Silence dans la salle. Ceux qui avaient tenté de s'échapper restèrent figés sur place. Tous se regardaient, les yeux humides, ne trouvant quoi répondre. Ce fut Claire Loiseau qui prit la parole en premier. Elle se leva, salua brièvement l'assemblée et, de sa voix éraillée, s'adressa à l'orateur.

— Merci pour vos mots, Idriss. Benoît et moi sommes très émus, et nous sommes contents d'apprendre que notre petit elfe a su toucher Samba. L'énergie qu'il a déployée pour embarquer tout le monde dans son projet prouve que c'est un garçon qui a un cœur immense. Et on sait de qui il tient ça, maintenant…

Elle lança un regard interrogateur à son mari qui hocha la tête, tout en faisant claquer un élastique sur son poignet, un moyen pour lui de rester calme quand il ne pouvait pas fumer. Elle lissa des plis imaginaires sur sa robe en laine, tritura une des boucles rousses encadrant son visage de porcelaine et reprit, avec beaucoup de douceur.

— Notre petite fille est merveilleuse. Elle est étonnamment mûre pour son âge, elle apprend vite, elle comprend tout… Parfois, nous avons le sentiment d'avoir accueilli une vieille âme dans notre foyer, que c'est elle qui nous éduque et non le contraire, sourit-elle. Elle possède aussi une forme de candeur qui la porte à croire aux histoires qu'elle invente. C'est une artiste. Et je suis convaincue que cette nouvelle aventure lui plairait énormément, mais…

— Nous allons partir, poursuivit Benoît. Elle rêve d'aller à Disney World et nous pourrons bientôt l'y emmener. Dès que la vente de la maison sera signée et que nous aurons le feu vert du médecin, nous quitterons Roche-bleue, alors c'est inutile de s'engager dans ce projet.

— Mais en attendant votre départ ? Cela pourrait tout de même se faire ! protesta Amy.

Embarquée par l'histoire d'amour de ces deux enfants, la quinquagénaire ne pouvait rester passive. Elle se dressa, dans l'espoir d'être imitée, et embrassa la salle du regard. À sa grande surprise, Isaac se leva à son tour.

— Amy a raison…

La délicate Amy Delorgue faillit bien défaillir. C'était la première fois qu'il prononçait son prénom avec tant de fougue, se tenait à ses côtés ! Elle porta une main à son cœur, troublée.

— Malheureusement, poursuivit le directeur, si j'en crois les prévisions météo, il faut s'attendre à un printemps précoce. Très précoce.

— Mais non ! s'écria la quinquagénaire, dévastée.

— Et quand le printemps a commencé à réveiller la nature, il est impossible de l'arrêter, dit Lilas.

— J'ai déjà capté des chants d'oiseaux annonciateurs du changement de saison, enchérit Ludwig, tout aussi dépité.

Idriss avait conscience de leur demander de jouer à faire *comme si*. *Comme si* la seule chose à préserver sur cette terre était l'amour de ces deux enfants, *comme s'ils* étaient capables de stopper l'arrivée du printemps et de repousser la mort. Mais les adultes ne peuvent-ils pas, de temps à autre, retrouver une forme de foi, défendre avec ferveur une utopie à laquelle ils auraient choisi de croire ? Il lança un regard désespéré à Charles et Diana, ses chers parents de cœur, ses alliés de la première heure. Hélas, lorsque les épiciers prirent la parole, ce fut pour lui opposer un argument imparable.

— Vous savez combien nous vous aimons, tous les deux..., dit Diana, d'une voix étranglée.

— Mais cette impuissance que ressent Samba, cet espoir fou de pouvoir infléchir le cours des choses, nous les avons connus quand notre fils a eu son accident.

— Les médecins nous avaient prévenus qu'il n'y avait aucune chance qu'il se réveille... Malgré cela, nous nous sommes raconté une belle histoire. Il serait plus fort que la mort, son cerveau n'aurait conservé aucune séquelle, tout allait reprendre comme avant. Et quand il est parti... nous sommes tombés d'encore plus haut.

— Pardon, Claire, pardon, Benoît, s'excusa Charles auprès du couple, mais si l'état de la petite empire...

— Notre fille est très lucide quant à son état, dit la mère.

— Mais pas Samba, insista l'épicier. Je crains que tout ceci ne lui fasse plus de mal que de bien. On a vu qu'il était fragile, avec sa fugue... Vous en pensez quoi, toubib ?

Gwendoline se leva à son tour. Pour une fois, elle ne rougit pas. Pire, elle eut l'impression que le sang avait déserté son corps. Chaque geste lui demandait un effort incommensurable, il y avait un poids tel sur sa poitrine que même respirer devenait compliqué. En tant que représentante de l'institution médicale, elle devait mesurer chaque mot qu'elle prononcerait.

— Je ne sais pas, haleta-t-elle. Il me semble que Samba souffrirait plus de ne rien faire que d'avoir tenté quelque chose.

— C'est ridicule ! s'indigna Johnny Mansard. Quel est l'intérêt de leur monter le bourrichon, à ces deux mômes ? OK, la gamine va passer l'arme à gauche et c'est bien triste, mais franchement... Vous nous voyez gesticuler dans nos vêtements d'hiver quand ça va se réchauffer ? On aurait l'air de sacrés guignols, si vous voulez mon avis.

— Non, pas vraiment, dit Idriss. Vous pouvez vous le garder, votre avis.

L'homme lui adressa un sourire narquois et se rassit, prenant ses voisins à témoin de l'insolence de son interlocuteur. Découragé, Idriss attrapa la chaise derrière lui et se laissa tomber. Il lança un regard las à l'assemblée, se mordant les joues pour ne pas pleurer.

Chapitre 6

Nous étions le 2 février 1991, soit quarante-sept jours avant le printemps, et Samba marchait d'un pas léger, les pouces calés sous les bretelles de son sac à dos. Il avait noué son anorak autour de sa taille et ôté ses gants, afin de pouvoir mesurer plus finement la température extérieure. Le vent le transperçait, piquait ses joues, asséchait ses yeux, confirmant que l'hiver était encore bel et bien là. Il esquissa un sourire satisfait, laissant courir son regard sur les cimes des conifères bleutés, le long des façades grises de la rue basse, sur les étroites plates-bandes enherbées des chalets de Roche-bleue. Il avait appris à aimer leurs couleurs, ne les trouvant plus jamais ternes, mais aussi douces que l'espoir.

La Princesse était sortie de l'hôpital deux semaines plus tôt. Elle avait récupéré ses beaux cheveux roses, et leurs jeux avaient repris de plus belle. Ils se réinventaient en incarnant les Requins, s'adonnaient à de longues parties de cache-cache avec des gages farfelus pour le perdant, guidaient Noisette vers l'autonomie. Ils avaient même réussi à réparer ce qu'il avait cassé, dans son accès de colère, et restitué à leurs propriétaires la plupart des objets qu'elle avait volés. Quand elle montrait des signes de fatigue, Samba enseignait à son amie comment sculpter le bois et elle lui décrivait en détail le pays de l'hiver éternel, son parfum de cannelle, ses luges comme uniques moyens de transport… La vie avait repris son cours, joyeuse, parfaite.

Soudain, le sourire de Samba se figea. Il plissa les yeux, ébloui par le soleil cru, et obliqua en direction du jardin d'Amy Delorgue, carré de verdure admirablement entretenu où quelques statuettes de lapins et d'escargots semblaient faire la ronde. Une petite tache jaune aux pieds de l'une d'entre elles avait attiré son attention. C'était un bourgeon de narcisse, timide, pas tout à fait éclos. L'enfant s'accroupit, soupesa la fleur naissante au creux de sa main, en apprécia la douceur, un sourire flottant sur ses lèvres, puis se releva et l'écrasa comme l'on éteint une cigarette, ne laissant derrière lui qu'un végétal déchiqueté, impossible à identifier. Samba jeta des coups d'œil nerveux tout autour de lui, afin de s'assurer qu'aucun voisin ne l'avait vu commettre son méfait, et se remit en route, satisfait.

Il sonna à la porte des Loiseau. Une musique joyeuse s'échappa du haut-parleur, surprenant le garçon habitué au classique « ding dong ».

— J'ai cru que tu n'arriverais jamais ! dit la Princesse en ouvrant. Viens, je te montre ma chambre.

Elle s'élança dans le chalet en le tirant par la main, mais fut rapidement interceptée par Benoît Loiseau.

— Pas si vite, jeune fille. On va d'abord avoir une petite discussion entre hommes, ton ami et moi. Quelles sont tes intentions, mon garçon ?

— Mes… mes… mes intentions…, bredouilla l'enfant, impressionné.

Comment ne pas perdre ses moyens face au Roi des glaces ? Il baissa les yeux, se sentant rougir de la tête aux pieds.

— J'attends, s'impatienta l'adulte. Ne me dis pas que tu comptes peloter ma fille, parce qu'on ne va pas être copains.

— Papa ! protesta la Princesse.

— Peloter votre fille ? répéta l'enfant, interloqué. Mais non, pas du tout, je vous jure. Je… je…

— Ben, ça suffit ! gronda Claire Loiseau. Tu ne vois pas qu'il te prend au sérieux ?

— Bah quoi ? C'est justement ce qui est marrant !

L'homme partit dans un grand éclat de rire qui redoubla face au regard courroucé de la principale intéressée.

— Mon père se croit très drôle…, soupira la Princesse.

— Ne prête pas attention à mon mari, confirma sa mère. Nous sommes ravis de t'accueillir chez nous pour le week-end, et nous espérons que vous vous amuserez bien, tous les deux. Va poser tes affaires dans la chambre, et revenez nous voir quand vous le souhaiterez !

Les deux amis ne se le firent pas dire deux fois.

Samba se retrouva projeté dans un autre univers, une pièce aux murs violets décorés de fleurs et d'arcs-en-ciel peints à la main, meublée d'un grand lit aux pieds recouverts de laine multicolore et d'une armoire assortie, de peluches immenses, d'un petit secrétaire rose où traînaient quelques dessins inachevés, et d'un téléviseur flanqué de dizaines de stickers.

— Je n'ai jamais vu de chambre aussi belle ! s'émerveilla-t-il, scrutant chaque détail.

Fière de son effet, la fillette gonfla la poitrine et profita qu'il regarde ailleurs pour glisser son livre de chevet sous son matelas.

— Et tu as une télé ! Vous devez être drôlement riches.

— En fait… j'ai tout ce que je veux parce que je suis malade.

— Moi, j'ai l'impression que tu vas mieux, depuis quelques jours.

— Ce n'est pas ce que disent les médecins…

— Ils disent quoi ?

— Que je dois me reposer, ne pas faire trop d'efforts. C'est pour ça que mes parents ont proposé que tu viennes. Comme ça, ils peuvent me surveiller.

— Mais toi, tu te sens comment ?

Elle haussa les épaules et retroussa sa jupe au-dessus de ses genoux, puis baissa ses longues chaussettes rayées pour dévoiler les bleus constellant ses jambes.

— Je ressemble à un dalmatien, déplora-t-elle, mais sinon ça va. Parfois, je suis un peu essoufflée, mais je préfère le garder pour moi.

— *Il y a des choses dont on ne peut pas parler aux parents...*

— Tu cites *Dirty Dancing* ! s'exclama-t-elle, ravie, en remontant ses chaussettes. Vraiment, tu aimes bien ?

— J'adore !

— J'ai la cassette, ça te dit qu'on la regarde ?

— Carrément !

Ce ne fut pas une, mais bien trois fois qu'ils revirent les aventures de Johnny et Bébé, reproduisant leurs chorégraphies, s'essayant au fameux saut – qui se terminait systématiquement par des chutes épiques – ou énonçant leurs répliques favorites en même temps que les acteurs.

Il y avait celles qu'ils trouvaient drôles...

— *C'est pas un crime de porter une pastèque.*

Celles qui leur paraissaient belles ou profondes...

— *Frédérique c'est un nom de mec.* — *Pour moi, c'est le nom d'une vraie femme.*

— *Tu ne peux pas courir le monde après ton destin comme un cheval sauvage !*

Celles qui les faisaient rigoler un peu bêtement...

— *Si le Bon Dieu vous a donné une paire de nibards, c'est pour les secouer !*

Et celles qu'ils ne comprenaient pas vraiment, mais qui sonnaient bien…

— *Va faire mousser ton spaghetti, et laisse le reste pour les gros calibres !*

Quand Claire les appela pour le dîner, Samba crut avoir atterri au paradis en découvrant des pizzas et du Coca à volonté ! Grisé par sa journée autant que par le sucre, il se transforma en véritable moulin à paroles, oubliant la crainte que lui avait naguère inspirée Benoît.

— Pourquoi on ne vous voit jamais, chez Alex ?

— Parce qu'on bosse beaucoup et que, le reste du temps, on le passe en famille.

— Ah oui ! L'hiver, vous êtes très occupés, répondit-il, d'un air entendu.

— On fait des heures sup pour gagner plus d'argent, Samba, voilà tout. Tu comprends ?

L'enfant hocha la tête, bien qu'il ne saisisse pas vraiment pourquoi le Roi des glaces avait besoin de travailler.

— Avec cet argent, expliqua Claire, nous allons…

— C'est pas intéressant, ces histoires, coupa la fillette. On peut manger du dessert, plutôt ? On doit prendre des forces pour notre nuit blanche !

La jeune femme leur servit une belle part de gâteau au chocolat, accompagnée d'une boule de glace à la vanille. Samba crut bien s'évanouir de joie.

— Votre nuit blanche ? interrogea Claire.

— Oui ! répondit fièrement la gamine. On va se raconter des secrets, et puis on va regarder *Dirty Dancing* toute la nuit !

— Encore ? s'étonna Benoît. Mais vous n'en avez pas marre, de ce film ?

— Jamais ! s'écrièrent en chœur les deux enfants.

Hélas ! Leur projet tomba vite à l'eau. Ils s'assoupirent en moins de temps qu'il n'en faut pour actionner une télécommande, tous deux épuisés par les émotions de la journée.

Samba rêva de pizzas, de chevaux en forme de pastèque et, au petit matin, fut réveillé par son propre rire. C'était la première fois que cela lui arrivait. Il aurait aimé partager cette formidable sensation avec la Princesse, mais elle dormait profondément et il n'eut pas le cœur de la déranger. Il roula sur son matelas posé à même le sol et aperçut un livre dépassant de celui de son amie. Curieux, il le fit glisser dans sa main. Un centimètre après l'autre, il dévoila une couverture cartonnée bleu et blanc, illustrée d'une femme blonde, à l'air dur. Le titrage indiquait, en lettres brillantes : *La Reine des neiges, un conte de Hans Christian Andersen*. Samba le feuilleta discrètement. Il s'agissait des aventures d'une petite fille, Gerda, tentant de sauver son ami Kay des griffes d'une méchante reine. Son attention fut retenue par la toute dernière page.

« Kay et Gerda marchaient toujours la main dans la main ; le printemps se faisait magnifique, amenant la verdure et les fleurs. Un jour ils entendirent le son des cloches, et ils aperçurent les hautes tours de la grande ville où ils demeuraient. Ils y entrèrent, montèrent l'escalier pour aller chez la grand'mère. Dans la chambre, tout était à la même place qu'autrefois. La pendule faisait toujours tic-tac ; mais en passant la porte, ils s'aperçurent qu'ils étaient devenus de grandes personnes.

[...]

Ils restèrent longtemps assis, se tenant par la main. Ils avaient grandi, et cependant ils étaient encore enfants, enfants par le cœur. »

Samba sourit, trouvant dans cette lecture le signe que son amie et lui grandiraient ensemble et demeureraient liés à jamais.

La Princesse émit un ronflement plus fort que celui de dix cochons réunis, ce qui le fit violemment sursauter et le tira de sa rêverie. Il remit le livre à sa place, bloqua sa respiration et, alors qu'elle se tournait sur le côté, quitta la pièce sans un bruit.

Dans le salon, les Loiseau terminaient une discussion avec un homme à l'air important, que Samba n'avait jamais vu, à Rochebleue. Assis sur le canapé, un attaché-case ouvert sur ses genoux, l'inconnu leur tendait une pile de feuilles agrafées.

— Vous ne pourrez plus faire machine arrière après avoir signé.

— On a bien saisi, dit Claire. N'est-ce pas, chéri ?

Benoît Loiseau fit claquer l'élastique de son poignet, à trois reprises, et acquiesça, la gorge trop serrée pour répondre.

— Vous pouvez partir quand ?

— Courant mars.

— Parfait. Le plus tôt sera le mieux. Vous êtes bien sûrs de vous ?

— On a tout compris, je vous dis.

— Dans ce cas…

L'homme lâcha le document que le couple parapha dans un silence religieux. Samba se demanda de quoi il pouvait bien s'agir, mais se garda d'ouvrir la bouche. Il attendit sagement le départ du mystérieux visiteur.

— C'est gentil d'être passé un dimanche, le remercia Claire, en refermant la porte.

Elle évita soigneusement de croiser le regard de son mari, et sourit à Samba.

— Tu es tombé du lit ?

— Non… c'est juste que… je ne savais pas que les filles ronflaient, avoua-t-il, embarrassé.

Claire éclata de rire.

— Bien sûr que les filles ronflent. Et pas qu'un peu ! Tu croyais quoi ? Les filles font tout ce que font les garçons.

Cette façon de lui faire la leçon, d'un ton à la fois docte et taquin, lui était familière. Claire affichait, en cet instant, la même mimique que sa fille, ramenant sa chevelure bouclée derrière ses épaules, d'un geste gracieux. Samba se demanda si les vrais cheveux de la fillette étaient aussi flamboyants.

— Et vous, vous êtes une princesse ?

— Mieux que ça, répondit Benoît en prenant sa femme par la taille. C'est ma reine.

Dans son regard, Samba lut un mélange de sentiments qui ne lui étaient pas étrangers. Ils étaient pareils, tous les deux. Des garçons fous d'amour et d'admiration, prêts à tout pour plaire à l'élue de leur cœur.

— Comment vous êtes-vous rencontrés ? Je suis sûr que c'est une belle histoire.

— En effet, dit l'homme. Je faisais partie d'un groupe de rock et on cherchait une chanteuse…

— Alors j'ai tenté ma chance !

— On a tout de suite été sous le charme… de sa voix. Mais pas de son caractère, plaisanta-t-il.

— Pourquoi ?

— Parce qu'elle avait un caractère de…

— De rien du tout ! protesta la jeune femme. Simplement, je ne voulais pas chanter n'importe quoi et encore moins m'habiller comme une dinde.

— Tu nous as mené la vie dure.

— C'est pour ça que tu m'as épousée !

— Non, la provoqua l'homme. C'est parce que tu cuisines bien.

— Oh, le goujat ! s'exclama-t-elle. Il dit ça parce que je suis nulle. Tiens, prends ça !

Elle ouvrit le robinet et l'aspergea copieusement. Benoît répliqua en plaçant sa main sous le jet et éclaboussa jusqu'à Samba qui partit dans un grand éclat de rire. Ce qui le désigna automatiquement comme la nouvelle cible du couple. Comprenant qu'il était en mauvaise posture, il courut à la recherche d'une carafe qu'il avait repérée sur la table de la cuisine et, acculé contre le réfrigérateur, les menaça de leur lancer l'eau au visage.

— T'es pas chiche, le provoqua le Roi des glaces.

— Si !

— Prouve-le…, dit la reine.

— Mais à tes risques et périls, car notre vengeance sera terrible !

Samba ne se fit pas prier et balança tout le contenu de la carafe sur les parents de la Princesse, avant de déguerpir, se faufilant à travers le barrage qu'ils avaient formé. Hilare, il alla se réfugier sur le canapé, convaincu que les adultes n'oseraient pas en mouiller le tissu. C'était mal les connaître. Ils le suivirent, armés de verres fraîchement remplis d'eau tiède et lui prodiguèrent une douche forcée. Le garçon capitula, à bout de forces.

— Je me rends ! Je me rends ! Pitié ! implora-t-il.

Ses assaillants se laissèrent choir de part et d'autre de l'enfant, morts de rire. Benoît lui passa un bras autour des épaules, en une accolade paternelle. La femme lui colla un gros baiser sur la joue.

Samba sentit alors sa poitrine se gonfler d'amour, s'élargir en tous sens pour accueillir deux nouveaux membres dans sa famille de cœur. Le père et la mère de sa Princesse.

Il ne pouvait pas être plus heureux qu'à cet instant précis.

Chapitre 7

Idriss touilla son thé, sans conviction, regrettant déjà son choix. Il porta la tasse à sa bouche, accompagnant sa dégustation d'une grimace explicite.

— Ton truc réussit l'exploit d'être à la fois amer et insipide !

Il saisit le pot de sucre et en versa quatre cuillères dans le breuvage.

— Bien sûr, si tu attends d'une boisson qu'elle explose ta glycémie…, déplora Isaac.

— J'attends qu'elle me procure du plaisir. Et ça, ça me procure de l'ennui !

— Tu n'es qu'un rustre… toute une éducation à revoir !

Les deux amis avaient pour habitude de se retrouver chez Alex, chaque samedi après la leçon de piano de Samba. Cela leur permettait de faire le point sur les progrès du garçon, mais aussi de se livrer leurs états d'âme. Selon Isaac, Samba avait fini par se prendre au jeu et par apprécier ses cours. Bien sûr, le musicien n'avait jamais cru à sa soudaine passion pour le jazz, soupçonnant quelque mobile moins louable derrière sa démarche, sans percer néanmoins ses réelles intentions.

— Ce serait bien qu'il ait un clavier pour s'entraîner à la maison.

— Vois ça avec ma patronne, il faudrait qu'elle m'augmente, pour cela, dit-il en faisant la moue.

— Vous en êtes où, vous deux ?

— Nulle part. C'est le *statu quo* depuis la Saint-Sylvestre... on n'a pas vraiment la tête à ça. Mais ma principale préoccupation, pour l'instant, c'est Samba. À l'école, ça se passe comment ?

— Le plus dur est derrière nous. Plus de bagarre, plus d'isolement. Il va mieux, ton fils.

— C'est grâce à sa copine. Il passe le plus clair de son temps chez elle, maintenant. C'est à peine si je le croise.

— Tu ne peux pas lui rendre l'invitation ?

— Claire et Ben préfèrent garder un œil sur la petite, au cas où.

— Cela s'entend... Comment va-t-elle ?

— Je ne sais pas vraiment. Ses parents sont absorbés par les préparatifs de leur départ, donc peu enclins à discuter. Samba dit qu'elle est presque guérie, mais je le vois bien regarder le ciel avec appréhension.

— Il n'a pas remarqué... *le reste* ?

— Tu parles ! Il n'a d'yeux que pour elle.

Le musicien étendit ses longues jambes sous la table et cala ses mains sur sa nuque, nostalgique de cet âge béni où les amours ont un parfum d'éternité. Une partie de lui regrettait d'avoir perdu trop tôt son innocence, d'avoir été si pressé de devenir un homme. Maintenant, il rêvait de trouver une compagne de route, rieuse et bienveillante, loin des clichés après lesquels il avait couru dans sa jeunesse. Son regard s'égara derrière le comptoir où évoluait Alexandra. Depuis qu'ils avaient fait équipe pour rechercher Samba, elle ne lui battait plus froid. Elle l'accueillait d'un sourire quand il passait le seuil de la porte, prenait de ses nouvelles. Pourtant demeurait chez elle une forme de timidité qu'il ne s'expliquait pas... et à laquelle il avait décidé de remédier aujourd'hui même. Il consulta sa montre, impatient. Se méprenant sur son geste, Idriss l'interrogea sur son autre cours, celui qu'il donnait l'après-midi.

— Tu as de la marge avant ta prochaine session ! Ça avance comme tu le souhaites ?

— Oui, répondit-il, distrait. Il y a quelques bonnes voix dans le groupe.

— Et cette chère Amy fait-elle des étincelles ?

— Qui ça ? demanda le professeur, sans lâcher Alex du regard.

— Amy Delorgue, ta plus grande fan, tu te souviens ?

— Amy donne tout… ce qu'elle a.

La patronne du bar lui lança un clin d'œil furtif. C'était l'heure. Isaac Karila se leva d'un bond et faussa compagnie à son ami.

— Non, mais si tu t'ennuies avec moi, va-t'en, hein ! Laisse-moi en plan…

Isaac traversa la salle, d'un pas moins fluide qu'à l'accoutumée, et s'assit dans le confortable fauteuil en cuir placé à côté du zinc. Alexandra testa le jet d'eau sur son poignet et arrosa doucement l'épaisse chevelure poivre et sel, s'aidant de son autre main pour l'imbiber de façon homogène. L'homme ferma les yeux, s'abandonna à ses caresses. Caresses qui devinrent bientôt massages et le transportèrent vers une contrée enivrante où n'existaient plus qu'un entêtant parfum de fleur d'oranger et les doigts experts de la jeune femme. Ce fut à regret qu'il s'arracha à son indolence afin qu'elle lui sèche les cheveux à l'aide d'une serviette.

La porte du café tinta joyeusement, s'ouvrant sur Gwendoline. Elle s'assit face à Idriss, chantonnant un air de Noël.

— Bonjour, patronne.

— Arrête, ne m'appelle pas comme ça, dit-elle en rosissant. J'ai croisé Johnny, en chemin…

— Il me donne le bonjour ?

— Tu rêves, sourit-elle. Mais il était tellement absorbé par sa nouvelle peinture, qu'il a oublié de m'insulter. Il y a du progrès, non ?

— Un de plus à tomber sous ton charme !

— Rien que ça ?

Elle éclata d'un rire gêné. De discrètes plaques rouges apparurent sur son cou, annonciatrices de l'embrasement imminent de ses joues. Idriss adorait voir les émotions s'afficher ainsi sur sa peau.

— Qui ne succomberait pas, Gwendoline ?

Timide, elle baissa les yeux, lui laissant le loisir de détailler les traits harmonieux de son visage, à la fois poupin et délicieusement féminin. Elle releva ses cheveux en un de ces chignons improbables dont elle avait le secret et qui se déliterait en quelques minutes, jouant nerveusement avec une de ses boucles pour se donner une contenance. Idriss rêvait de glisser ses doigts dans sa chevelure, d'y enfouir son nez pour en humer le parfum, mais il se sentait comme paralysé, face à elle. Il jeta un œil en direction de son ami, afin de voir comment lui s'y prenait.

Alexandra évoluait autour d'Isaac avec une lenteur calculée, saisissant une mèche après l'autre, coupant les pointes d'un geste sûr, posant de temps en temps les paumes sur ses tempes.

— Relevez légèrement la tête… Oui, comme ça.

La chorégraphie d'Alexandra revêtait des allures de parade amoureuse, de tango brûlant et hypnotique. Elle approcha son visage du sien et se perdit dans ses yeux, s'humecta les lèvres, aussi troublée que troublante, repassa derrière lui, laissant traîner une main sur son épaule. Ce fut plus qu'il ne pouvait en supporter. Isaac attrapa ses doigts, les mêla aux siens, incapable de la lâcher. Elle en fit de même et le tira doucement hors de son siège, sans le quitter du regard ni prononcer un seul mot, et le guida vers l'escalier menant à son appartement.

Gwendoline, gagnée par la charge érotique de la scène, glissa ses mains entre les tasses, et frôla celles d'Idriss. Comme mue par un élan incontrôlable, elle se pencha vers lui, un centimètre après l'autre, sans lâcher ses lèvres des yeux. Ils étaient sur le point de s'embrasser quand la voix de Samba les sépara.

— Papa !

Tremblant, l'enfant ouvrit son poing au-dessus de la table et y déposa une bouillie vert vif, une poignée de primevères qu'il avait froissées.

— Tu n'es pas avec la Princesse ? s'étonna Idriss.

— Ses parents m'ont demandé de partir.

— Pourquoi cela ? s'enquit la doctoresse.

— Ils m'ont dit qu'elle était fatiguée.

Il lança un regard inquiet à son père, déjà les larmes perlaient à ses paupières.

— Tu veux un chocolat chaud ?

— Non.

— Même avec des marshmallows ?

— Je veux rentrer.

— Gwendoline, je crois que le moment est venu, dit Idriss, énigmatique.

— Je crois aussi. Vas-y, j'appelle les autres.

Idriss prit la main de son fils et l'emmena jusqu'au muret. Il s'assit à côté de lui et lui frotta le dos.

— Et toi, tu la trouves comment, la Princesse ? Elle te paraît fatiguée ?

— Je ne sais pas… Non.

— Alors, qu'est-ce qui te met dans cet état ?

— Quand je lui ai dit au revoir, un rayon de soleil a éclairé son visage. Et, au même moment, elle a perdu l'équilibre. Pas longtemps, hein ! Elle s'est rattrapée tout de suite, mais moi, j'ai vu que c'était à cause de ça.

Il marqua un temps d'arrêt, en quête d'un second souffle qui ne vint pas, et éclata en sanglots.

— Le printemps revient, papa, et tout seul je n'arrive pas à le repousser !

— Tu essaies de repousser le printemps tout seul ?

— Tu sais bien que oui.

— Mais peut-être que tu y parviendrais plus facilement si tu obtenais de l'aide ?

— Personne ne veut m'aider, ça aussi tu le sais, renifla-t-il.

— Cela fait combien de temps que tu n'as pas vraiment observé ce qu'il se passait autour de toi, mon grand ?

— Je ne comprends pas…

— Regarde bien Roche-bleue. Regarde Johnny, là-bas. Regarde les vitrines, tends l'oreille… Tu es sûr que tu ne remarques rien ?

Déboussolé, l'enfant lança un regard interrogateur à son père et se leva, à la recherche d'indices.

Chapitre 8

Samba ignorait tout de ce qui s'était joué quelques semaines auparavant, quand Idriss avait réuni les villageois, afin de leur exposer son projet. Les premières réactions n'avaient pas été dans le sens que l'homme aurait souhaité et si, dans un premier temps, il s'était laissé gagner par un certain découragement, il s'était toutefois résolu à reprendre le micro.

— Je sais qu'il est compliqué d'envisager une expédition aussi bancale…

— *C'est ridicule !* s'était élevée une voix.

— Pourtant, avait-il poursuivi, c'est précisément dans ce genre d'actes dérisoires que se niche notre humanité. Et ce n'est pas plus ridicule que les histoires dont nous berçons nos enfants pour les faire rêver : le Père Noël, la petite souris, ou encore quand nous conjurons les monstres cachés sous leur lit !

Percevant un frémissement dans l'assemblée, Idriss avait ôté la veste qui l'encombrait, et remonté ses manches, conscient de jouer sa dernière carte.

— Je ne peux pas vous forcer, avait-il lancé, d'une voix plus assurée. Mais moi, j'ai bien l'intention de le retenir, cet hiver.

— *Et comment tu penses t'y prendre ?*

— Je vais verser du désherbant sur les fleurs, avait-il improvisé.

— Ah non ! s'était indignée Lilas. Ces trucs-là empoisonnent le sol et les abeilles. Il n'en est pas question.

— Je vais récupérer des mouchoirs au cabinet médical et secouer les miasmes de la grippe un peu partout, avait-il continué, sans ciller.

— Si tu fais ça, je serai dans l'obligation de te renvoyer ! avait répondu Gwendoline, horrifiée.

— Je vais peindre de la fausse neige sur les fenêtres et les vitrines.

— On ne s'improvise pas peintre comme cela ! avait rétorqué Johnny Mansard. Et puis la peinture sur les vitres, ça fait très amateur.

Josette Saudet, qui était acquise à la cause d'Idriss et de son fils, savait combien il serait difficile de fédérer ses administrés, des montagnards aussi bourrus et têtus qu'on pouvait l'être. Depuis le début de la réunion, elle avait guetté une fenêtre de tir, le point de bascule qui lui permettrait de faire levier, loin d'imaginer que ce serait Johnny Mansard qui lui fournirait. Elle avait rejoint Idriss derrière le micro.

— Parce que vous, monsieur Mansard, vous le feriez sur quel support si vous aviez carte blanche ?

— Sur une façade, évidemment ! Je peindrais un immense trompe-l'œil représentant une rue enneigée. Mais je vois clair dans votre jeu, je ne suis pas si facilement manipulable, madame la maire, et il est hors de question que je travaille pour rien.

— Rendre deux enfants heureux n'est pas assez gratifiant pour vous ? s'était emporté Idriss.

— Pas du tout.

Mais Josette Saudet n'avait pas terminé de ferrer le poisson.

— Et qu'est-ce qui vous apparaîtrait comme une juste rétribution de vos talents, monsieur Mansard ?

— Vous négociez pour de vrai ?

— Tout à fait.

— Eh bien, pour commencer, je veux une rue à mon nom.

Les ongles de la femme s'étaient enfoncés profondément dans le pupitre, mais elle n'avait pas sourcillé, accueillant même la requête avec le sourire.

— Et aussi, avait-il ajouté, j'exige que ces travaux aient lieu sur ma façade, pour faire d'une pierre deux coups. Et ce n'est pas négociable. J'en ai assez d'attendre qu'on la restaure.

— Nous avons un accord, avait simplement déclaré la maire, les ongles toujours fichés dans le bois tendre. Vous pouvez commencer quand ?

— Dès que vous m'aurez acheté le matériel. Je vous dresse la liste ce soir.

— Bien, avait commenté l'élue. Si M. Mansard est capable de se lancer dans cette aventure, je crois que nous sommes tous en mesure d'en faire autant. Idriss, vous avez un plan d'action à nous présenter ?

— Absolument, madame la maire, absolument…

C'était faux. Idriss n'avait aucune idée de la façon de procéder. Mais il était trop tard pour reculer, alors il avait déboutonné le col de sa chemise, posé ses mains à plat sur le pupitre et accroché un maximum de regards dans le public.

— Il s'agit d'un plan en trois phases, que j'ai nommé… euh… BRR ! avait-il improvisé en se raclant la gorge. « Bisser l'hiver – Repousser le printemps – Retenir l'hiver ». Pourquoi bisser l'hiver ? Parce que, dans un premier temps, il faut maintenir ce que nous avons encore à disposition, comme la musique dans les rues. Je propose que l'on continue de diffuser les chants de Noël, si Mme la maire est d'accord…

Chapitre 9

Tous avaient fini par se rallier à la cause de cet homme qui faisait désormais partie des leurs. Chacun s'était vu attribuer un rôle, une tâche.

— Cela fait combien de temps que tu n'as pas vraiment observé ce qu'il se passait autour de toi, mon grand ?

— Je ne comprends pas...

— Regarde bien Roche-bleue. Regarde Johnny, là-bas. Regarde les vitrines, tends l'oreille... Tu es sûr que tu ne remarques rien ?

Déboussolé, l'enfant lança un œil interrogateur à son père et se leva, à la recherche d'indices. Il resta immobile, scrutant les rues, se concentrant sur les bruits tout autour. D'abord, il ne perçut rien d'inhabituel...

— On est le 23 février, et les haut-parleurs continuent de diffuser des chants de Noël ! s'étonna-t-il.

— Oui, mon grand. Quoi d'autre ?

Le cœur de Samba s'emballa. Son regard se posa sur Johnny Mansard, qui s'affairait sur sa façade. Il n'avait jamais prêté attention à ce qu'il peignait jusque-là et se rendit soudain compte que Jojo le Crado portait la touche finale à un incroyable trompe-l'œil. Il représentait une ruelle bordée d'arbres enneigés auxquels avaient été accrochées des guirlandes lumineuses et des boules multicolores. Sous l'enseigne d'une boutique, une mère et sa fille dégustaient une gaufre en faisant du lèche-vitrine et, au loin, un petit chien chassait joyeusement quelques flocons.

— Qu'est-ce que c'est beau ! s'exclama-t-il en s'approchant de la fresque. On a l'impression que c'est une vraie rue !

— Je sais, lança le peintre en essuyant son pinceau sur son jean.

Sans attendre la réaction du garçon, il s'engouffra chez lui et claqua la porte. Idriss secoua la tête. Décidément, ce vieux fou ne changerait jamais ! Il attrapa son fils par la main et l'incita à scruter les vitrines des magasins.

— Tu ne remarques rien ?

— Non… Je devrais ?

— Suis-moi.

Idriss entraîna l'enfant jusque chez Alex. Arrivé devant l'entrée, il lui demanda de bien observer le ciel.

— De quelle couleur est-il ?

— Bleu.

— Bien. Maintenant, dit-il en pénétrant dans le café, regarde-le à travers la vitre.

— Il est gris ! s'étonna Samba. Comment c'est possible ?

— On a collé des filtres pendant que tu étais chez ta copine.

— Mais ça veut dire que… ?

— Ça veut dire qu'on est tous d'accord pour retenir l'hiver ! s'écria Alexandra, derrière eux, en exécutant un salut militaire. Escouade des flocons vénères, pour vous servir !

Le père et le fils se retournèrent. Quelle ne fut pas la surprise de Samba de découvrir ladite escouade, un groupe de gentils lutins, tous coiffés d'un bonnet gris flanqué d'un énorme flocon ! Non seulement ces super-héros avaient un nom de troupe génial, mais leur couvre-chef l'était tout autant. La maire avait eu l'idée de recycler un vieux lot de bonnets et d'y coudre des flocons de feutrine blanche. Aux côtés d'Alex se trouvait Gwendoline, qui avait rameuté toute l'escouade, quelques minutes plus tôt. Charles, Diana, Isaac, Amy, Josette, Lilas, Ludwig... Ils étaient tous présents et arboraient fièrement leur coiffe. Idriss se pencha vers lui.

— Et ce n'était que la première étape ! Il est temps de passer à la deuxième et de repousser le printemps.

— Comment on va faire ? interrogea l'enfant.

— Ah, ah ! Mystère... Tout ce que je peux te dire, c'est qu'il s'agit d'une belle fête qui précédera la troisième étape.

— Retenir l'hiver ?

— Exactement. Ton amie et toi êtes attendus demain, à 10 heures tapantes, pour un grand feu de joie et... quelques surprises.

Entendant ces paroles, Samba fondit en larmes. Mais ces larmes-ci étaient bien différentes de celles qu'il avait versées sur le muret. C'étaient des larmes de joie. Alors il se laissa emporter par la vague et se jeta dans les bras de son père.

Le lendemain matin, quand il traversa Roche-bleue pour aller chercher la Princesse, Samba n'en crut pas ses yeux : le village tout entier s'était métamorphosé pendant la nuit. Il courut aussi vite qu'il le put jusqu'à son chalet et la tira par la main, pressé de le lui faire découvrir.

— Doucement, Samba ! gronda gentiment Claire qui les accompagnait.

— C'est bon, maman, je ne suis pas fatiguée, plaida la petite.

Elle n'avait aucune idée de la surprise que Samba lui réservait, mais, vu son enthousiasme, cela devait être extraordinaire. Elle trottina à ses côtés, sous l'œil inquiet de sa mère.

— Pourquoi ton père n'est pas venu ? demanda le garçon.

— Il décore mon carrosse..., répondit-elle, évasive.

Samba aurait aimé en savoir davantage sur ce carrosse, mais, déjà, la fillette s'extasiait en constatant la métamorphose de Rochebleue. Un nouveau panneau d'entrée de ville remplaçait l'ancien, indiquant « Village de l'hiver éternel », et la plaque de la rue Basse avait été rebaptisée « rue des Flocons ».

Les enfants parcoururent le village, s'émerveillant à chaque découverte. Des dizaines de sapins, placés un peu partout sur les trottoirs, un stand d'où s'échappait une fabuleuse odeur de gaufres, un carrousel avec de vrais chevaux de bois...

— Mais c'est tout ce que j'adore ! s'exclama la fillette, sous le charme. Comment t'as fait ?

— Un magicien ne dévoile jamais ses secrets ! fanfaronna Samba.

En réalité, Claire et Benoît avaient recopié une de ses nombreuses listes et l'avaient confiée à Idriss. Ils auraient voulu s'investir davantage dans l'opération « BRR », mais ils étaient déjà bien mobilisés par leur prochain départ et la décoration du *carrosse*.

Le clocher de l'église sonna dix coups. Les enfants portèrent les mains à leurs oreilles en riant, puis Samba entraîna la fillette sur la place où les attendait une joyeuse troupe de bonnets gris. Elle lui lança un regard interrogateur, mais, n'en sachant pas plus qu'elle, il se contenta d'afficher une mine qu'il espérait mystérieuse.

— Mesdames et messieurs, mes chers concitoyens, s'écria la maire en les voyant arriver. J'ai l'honneur de vous informer qu'à l'issue d'un vote en bonne et due forme, il est apparu que Rochebleue deviendrait le village de l'hiver éternel, pour une durée indéterminée. Ainsi, nous rejetons en masse le printemps et ne jurerons plus que par le froid, la glace, et Noël !

Dans le public, des enfants laissèrent éclater leur joie, associant la période aux vacances et aux cadeaux. Impressionné par l'ampleur qu'avait prise son projet, Samba roula des yeux ravis vers la Princesse. Elle lui sourit et mit sa main dans la sienne.

Elle était fraîche comme le vent de janvier, douce comme la neige tout juste tombée.

—Cher monsieur Kan, il est temps de procéder à la cérémonie d'inauguration de l'hiver éternel. Si vous voulez bien vous donner la peine…

Solennel, Idriss s'avança jusqu'au bûcher où crépitait un feu qui emplissait l'air d'une odeur réconfortante, et plongea les mains dans une boîte en velours, posée à même le sol. Il en sortit un calendrier qu'il brandit bien haut.

—Nous refusons désormais d'évoquer d'autres saisons que l'hiver ! déclara-t-il. On repousse le printemps ! À bas le printemps !

—À bas le printemps ! reprirent les Rocazuriens.

Joignant le geste à la parole, Idriss jeta le calendrier dans le brasier et en saisit un nouveau qui subit le même sort, puis encore un autre… Il lui fallut cinq bonnes minutes pour venir à bout du stock. Galvanisé par la flambée et la ferveur des personnes autour de lui, Samba scanda à son tour « à bas le printemps ! », convaincu d'avoir désormais suffisamment de soutien pour repousser cette saison maudite.

La cérémonie terminée, les Rocazuriens – rebaptisés les Hivériens – s'éparpillèrent, laissant les deux enfants profiter du monde qu'ils leur avaient créé.

—Viens, on fait du manège ! décida la fillette.

Sans attendre la réponse de Samba, elle s'approcha du carrousel et eut un petit mouvement de recul en découvrant qui était aux manettes. Il s'agissait de Marthe et Jean Vilanelle, le couple qui lui avait fait si peur, le soir du réveillon. Mais la Parisienne avait revu sa copie, depuis l'incident, remuant ciel et terre afin d'obtenir d'un ami forain qu'il lui prête l'attraction. Elle ramena ses cheveux châtain derrière ses oreilles d'un geste nerveux, et s'adressa à la fillette d'une voix douce.

— Tu ne crains rien. Monte !

La fillette hésita, mais la tentation était trop forte. Elle se hissa sur un cheval rose, avec l'aide de sa mère, et fut bientôt imitée par Samba ainsi que par une dizaine d'autres gamins surexcités.

— Je suis certain que je vais te dépasser ! la nargua Samba, quand le manège se mit en mouvement.

— Tu parles ! Je suis déjà loin devant !

— Eh, les nuls, c'est mon cheval le plus grand ! s'écria Kevin en leur tirant la langue.

La course se transforma rapidement en un concours de grimaces, ponctué par les fous rires irrépressibles des cavaliers en herbe. Une demi-douzaine de tours plus tard, ils se rendirent compte qu'ils étaient morts de faim et se dirigèrent vers les marchands de gaufres... qui n'étaient autres que Charles et Diana.

— Deux gaufres, s'il vous plaît, demanda la Princesse. Je sens que je vais retrouver l'appétit, moi !

— Elle n'arrive pas à garder ce qu'elle mange, ces jours-ci, précisa discrètement Claire à l'intention des épiciers qui lui lancèrent un regard compatissant.

— Je t'ai ajouté un petit supplément de cannelle, dit Diana à la fillette, je sais que tu adores ça.

— Oh oui ! J'aime trop le goût ! s'enthousiasma-t-elle.

— On fait la course jusqu'aux sapins, là-bas ? proposa Samba.

— Je préfère m'asseoir un peu.

— D'accord, répondit Samba en rougissant.

Il faudrait certainement un peu de temps avant que l'hiver fasse son œuvre et la guérisse. En attendant, il devrait se montrer patient. Tous deux prirent place sur le muret qu'il affectionnait tant, dégustant leur gaufre dans un silence presque religieux. Prise d'une impulsion soudaine, la fillette colla un baiser sur la joue du garçon qui, surpris, sursauta comme s'il avait été mordu par une araignée. « Clic ». Cela la fit beaucoup rire, ainsi qu'Idriss qui s'était posté non loin de là, son appareil photo à la main.

L'homme mitraillait tout ce qu'il pouvait, les sapins floqués que Lilas avait disposés un peu partout dans le village. « Clic ». La fresque peinte par le si charmant Johnny Mansard. « Clic ». Les vitrines joliment décorées. « Clic ». L'escouade des flocons vénères en pleine action. « Clic ». Lilas, coupant au sécateur des fleurs à peine écloses et les bourgeons naissants sur les arbres, en leur demandant pardon. « Clic ». Ludwig revenant des hauteurs de Roche-bleue et déversant des glacières qu'il avait remplies de neige dans un grand réfrigérateur branché à l'extérieur de la mairie. « Clic ». La chorale, dirigée par un Isaac entièrement vêtu de rouge, se démenant comme un beau diable pour maintenir un semblant d'harmonie dans les rangs. « Claaac ». Un son tout droit sorti de l'enfer, savant mélange d'ongles crissant sur un tableau et de cris de coq enrhumé, lui fit rater son cliché. Les yeux exorbités, il chercha l'origine du bruit démoniaque et découvrit la timide Amy Delorgue, tous complexes balayés, s'égosillant lors d'un improbable solo. Fière, les bras ouverts comme pour rameuter et convertir de nouvelles ouailles à sa religion infernale, transfigurée par le bonheur de chanter, au mépris des grimaces de douleur de ses compagnons d'infortune, elle s'en donnait à cœur joie. Interloqué, Idriss jeta un regard mi-interrogateur, mi-accusateur à son ami.

— *Comment peux-tu nous faire ça ?* articula-t-il en silence.

L'homme haussa les épaules et continua de battre la mesure, sourire aux lèvres, comme si de rien n'était.

Chapitre 10

Isaac Karila avait aménagé les heures d'école afin de laisser le champ libre aux élèves, durant l'après-midi. Aussi, quand la cloche sonna la fin des cours, se précipitèrent-ils tous vers le village de l'hiver éternel, terre de toutes les promesses.

La Princesse attendait Samba en haut de la rue la plus escarpée, trépignant d'impatience à l'idée de tester la nouvelle attraction baptisée « la descente des casse-cou ». Philippe Lacaille, renouant avec sa passion de jeunesse pour les sports de glisse urbains, avait désossé ses vieux skate-boards pour les transformer en luges de bitume. Sonia, sa femme, s'était chargée de collecter les draps blancs que ses voisins n'utilisaient plus afin de les fixer sur la route et de donner l'illusion d'une piste enneigée.

Kevin s'octroya le premier tour, encouragé par son père. Gonflé de fierté, il dévala la pente en riant à perdre haleine, avant d'aller s'écraser contre un mur de matelas placés en bout de course, juste après la zone de freinage – un empilement de cartons dépliés. Il se releva d'un bond, prêt à recommencer.

— C'est trop cool ! s'écria-t-il. Vous devez essayer !

Samba et la Princesse ne se firent pas prier. Ils s'installèrent ensemble sur un engin et s'élancèrent, ignorant la mine inquiète de Claire Loiseau, presque aussi pâle que le simulacre de neige.

— Au secours ! hurlèrent-ils, ivres de joie.

Ils dévalèrent la piste encore plus rapidement que Kevin, à cause du cumul de leurs poids. Leur prise de vitesse, anormale, les entraînait à si vive allure que la luge avait du mal à adhérer à la route. Réalisant que quelque chose clochait, ils s'agrippèrent de toutes leurs forces et poussèrent le même cri d'effroi quand ils décollèrent, ratant la zone de freinage et s'écrasant dans le mur moelleux, telles des mouches sur un pare-brise. Affolée, Claire accourut et les dégagea de l'amas de matelas sous lequel ils étaient ensevelis.

— Ma chérie, ça va ?

À bout de souffle, mais radieuse, la fillette lui tendit les mains afin qu'elle l'aide à se relever. Une fois debout, elle lissa sa petite robe de velours rose et ajusta sa perruque.

— Tu ne t'es pas fait mal, ma puce ?

— J'ai eu la peur de ma vie, mais c'était trop génial !

Et, avant même que sa mère puisse l'en empêcher, elle remonta la piste en courant.

— Ralentis ! Le docteur t'a dit de ne pas forcer. Il faut que tu…

— C'est bon, ça va ! souffla la fillette, déjà loin.

Elle serait épuisée, ce soir, mais comment lui refuser cette parenthèse si joyeuse ? Claire ne s'en sentait ni le droit ni la force. Alors elle masqua son angoisse derrière un sourire de maman et des encouragements à se briser les cordes vocales, parvenant tout de même à imposer que les enfants descendent un par un.

Une dizaine de tours et quasiment autant de gamelles plus tard, la fillette, à bout de souffle, décréta qu'il était temps de jouer à autre chose. Docile, Samba la suivit jusqu'au chamboule-tout.

— Je commence, dit-elle, en saisissant une balle.

Elle arma son bras, les yeux rivés sur les boîtes de conserve, et tira de toutes ses forces. Le projectile passa à trente bons centimètres de la cible.

— Ha, ha ! Tu es nulle, se moqua Samba en lui prenant la balle des mains.

— Non, je ne suis pas nulle ! J'ai juste la tête qui tourne à cause de la luge, mais tu vas voir si je suis nulle…

Elle récupéra la balle et fit un lancer bien plus droit, mais trop faible pour atteindre son but. Elle recommença, encore et encore, sans jamais toucher sa cible.

— Ce jeu est pourri. On s'en va.

— Mais je n'ai pas essayé !

— Fais ce que tu veux, moi je vais me chercher un goûter.

Samba, incapable de résister à l'appel du sucre, renonça aussitôt pour l'accompagner au stand de friandises. Il dévora sa gaufre en une demi-douzaine de bouchées, et termina celle que son amie ne put finir. Claire adressa un signe de tête discret à sa fille, puis s'éclipsa afin de les laisser tranquilles.

— Au fait, dit alors la Princesse, forçant la bonne humeur. Mon carrosse est prêt et il est trop beau. Ça te dit que je vienne avec, la prochaine fois ?

Le lendemain, Samba se rua hors de l'enceinte de l'école, pressé de découvrir l'engin. Il se fraya un passage parmi les adultes emmitouflés, disposés en petits groupes sur la place, un verre de vin chaud à la main, et aperçut le véhicule le plus dément qu'il lui ait été donné de voir. La Princesse était assise dans un incroyable trône blanc en forme de citrouille, décoré de fleurs et de paillettes. Ses jambes étaient recouvertes d'un plaid de laine immaculé, et elle avait mis ses mains dans des manchons duveteux. Sa mère poussait le curieux convoi, semblant le faire glisser sur le sol. Samba comprit qu'il s'agissait en réalité d'un fauteuil roulant dont les roues devaient être cachées par la carrosserie. Il se figea.

— Je peux encore marcher, hein… mais pour les longs trajets, c'est moins fatigant comme ça, dit la fillette, l'air de s'excuser.

— Non, mais il est trop cool, ton carrosse ! s'obligea-t-il à sourire.

Il lança un regard inquiet à la mère de son amie qui le lui rendit, le visage triste. Elle lui fit signe d'attraper les poignées du fauteuil, ce qu'il s'empressa de faire, honoré de pousser la Princesse, comme un preux chevalier sert sa dame.

Soudain, la maire fit une drôle d'annonce.

— Je vous invite à vous regrouper sur la place pour assister à la première tempête de neige !

Josette Saudet avait enfin reçu le canon à mousse qu'elle attendait et qui ajouterait une touche de féerie au village de l'hiver éternel. Bien sûr, cette location représentait un budget et elle avait dû convoquer un conseil municipal exceptionnel pour voter en faveur de la dépense. Tous les membres avaient estimé que l'achat s'avérait nécessaire.

— Je lance le compte à rebours, poursuivit-elle. Quatre, trois, deux, un… top départ !

Aux commandes du canon, Ludwig arrosa généreusement la place. La mousse dense retomba sur le sol, le recouvrant d'un tapis qui s'épaississait à vue d'œil et immergea Samba jusqu'aux épaules. Il éclata de rire et agita ses mains pour attraper les fines bulles.

— C'est super ! Je parie qu'on peut se cacher dedans !

— Il n'y a qu'un moyen de le savoir, dit la Princesse.

Elle s'éjecta de son fauteuil et plongea dans le nuage crépitant, aussitôt imitée par Samba. Ils reparurent quelques mètres plus loin, flanqués d'improbables moustaches et de sourcils à faire pâlir le Père Noël. Ils se frottèrent les oreilles pour en chasser la mousse qui crachotait, mais le regrettèrent immédiatement. L'inauguration de la machine coïncidait avec le passage de la chorale, et la désormais tristement célèbre performance d'Amy Delorgue. Quand elle entonna son chant, les adultes comme les enfants prirent le large et délaissèrent la nouvelle attraction.

— Je ne comprends pas comment M. Karila peut la laisser se ridiculiser comme ça, dit la fillette, médusée.

— Il est vraiment gentil avec elle. Mais pas du tout avec nous.

— C'est même de la torture.

— Sérieusement, il faut faire quelque chose, se lamenta le garçon, les mains sur les oreilles.

— T'inquiète, dit-elle, en décollant une de ses mains. J'ai une idée…

Le lendemain, les deux complices mirent son plan à exécution. La fillette faussa compagnie à sa mère, la laissant encore une fois aux commandes d'un fauteuil vide, et rejoignit Samba dans la mousse fraîche dès qu'elle fut projetée. Ensemble, ils se dirigèrent droit vers le réfrigérateur où Ludwig stockait la neige.

— Bonjour, les enfants, vous avez besoin de munitions ?

— Oui, dirent-ils de concert, affichant leur air le plus angélique.

— Je ne suis pas dupe. J'ai compris…, lâcha-t-il comme on lance une bombe.

— Co… comment ça ? balbutia Samba, paniqué à l'idée d'avoir été démasqué. Ce n'est pas ce que vous croyez…

— Ce n'est pas méchant, plaida la Princesse, la voix filant dans les aigus, juste un petit tour.

— Je sais, sourit Ludwig. Je voulais seulement vous dire merci.

— Merci ?

— *Ja*. Maintenant que je vous connais mieux, je sais que c'est vous, mes Cupidon. Grâce à vous, j'ai trouvé l'amour. Prenez autant de neige que vous le souhaitez.

Soulagés qu'il ne soit pas question de leur nouveau projet, mais de leur ancienne quête, ils poussèrent un soupir et remplirent quatre sacs en plastique, avant de s'enfuir comme des bandits. « Clic. » Idriss se tourna vers Gwendoline, suspicieux.

— J'en connais deux qui préparent un mauvais coup…

— Tu veux qu'on les surveille d'un peu plus près ?

Elle s'accroupit et disparut dans la mousse, tirant sur sa manche afin qu'il la rejoigne.

Ils suivirent les deux enfants, se faisant les plus discrets possible, malgré leurs appuis approximatifs et leurs piètres talents de détectives. Que pouvaient-ils bien mijoter ? Soudain, un bruit de cymbale retentit et les deux enquêteurs échangèrent un regard plein d'effroi. C'était l'heure du passage de la chorale, plus précisément celui du solo de l'enfer. Ils se trouvaient à moins de deux mètres du groupe de chanteurs, et allaient subir l'agression de plein fouet. Le supplice ne se fit pas attendre. Amy Delorgue entonna *Petit Papa Noël*. Sa voix, équivalent humain du son de la cornemuse, transperça la mousse, implacable, inarrêtable, insensible à la souffrance de ses auditeurs. Mais, cette fois-ci, à peine Amy avait-elle assené ses premières notes que deux boules de neige jaillirent du tapis blanc. L'une d'entre elles retomba quelques centimètres plus loin, l'autre s'écrasa sur son manteau. Pourtant, toute à sa chanson – et aussi un peu à son chef de chorale –, elle ne remarqua rien. Deux petites têtes surgirent. Samba et son amie balancèrent de nouveaux projectiles sur la chanteuse.

— Samba, chuchota Idriss d'un ton sévère. Qu'est-ce que tu fabriques ?

— Je… c'est que…

— Elle nous casse les oreilles, répondit la gamine, avec aplomb. On protège les tympans des gens, c'est tout.

— Mais ce n'est pas une raison pour l'attaquer.

— Je ne serais pas si catégorique, nuança Gwendoline. Moi, je vois plutôt ça comme une mission de sauvegarde de notre santé auditive... et mentale !

— Tu es sérieuse ?

Gwendoline plongea une main dans un des sacs en plastique et forma une boule de neige qu'elle lança aussitôt, tout droit sur le bonnet d'Amy, morte de rire.

— En plein dans la casserole ! se félicita la jeune femme, en se cachant sous la mousse.

L'agente de mairie se frotta le crâne et balaya la place du regard, sans comprendre d'où venait l'attaque.

— Non, mais tu ne peux pas faire ça ! protesta Idriss.

— Bien sûr que si. D'ailleurs, tu devrais essayer.

— Mais quel exemple on donnerait ?

— Et elle ? Quel exemple elle donne, en nous infligeant ce calvaire, jour après jour ?

— Si Isaac la supporte, on devrait pouvoir en faire autant.

— Ou alors... le sortir de ce mauvais pas. Il doit souffrir, le pauvre ! Allez, si tu es son ami, tu dois le secourir.

Encouragé par le sourire radieux de sa comparse, et peut-être aussi par les tasses de vin chaud qu'il avait dégustées juste avant, Idriss plongea la main dans un sac, invitant les enfants à en faire de même.

— Tous ensemble ! murmura Gwendoline. Un, deux, trois !

Quatre boules de neige, puis quatre autres, puis encore quatre vinrent s'écraser sur les membres de la chorale. Pris sous le feu des tirs incessants, les chanteurs se dispersèrent... l'air soulagé.

— Qui fait ça ? gronda Isaac.

Il tourna sur lui-même, à la recherche des coupables, offrant à Idriss une vue imprenable sur ses oreilles. Celui-ci saisit enfin comment le musicien pouvait tolérer l'horrible organe d'Amy

Delorgue. Il bondit hors de sa cachette et pointa un doigt accusateur sur lui.

—Espèce d'imposteur ! Tu as mis des bouchons d'oreilles !

Isaac ouvrit la bouche pour se défendre, mais Idriss, survolté, lui décocha une boule en pleine figure puis déguerpit, entraînant Gwendoline avec lui, riant à en perdre haleine. Ils coururent aussi loin que possible pour échapper à l'homme qu'ils avaient démasqué et se réfugièrent derrière la maison de Johnny Mansard. Il leur fallut de nombreuses minutes avant de réussir à se calmer et à retrouver leur souffle.

—Ah, l'escroc ! dit Idriss, amusé.

—Il nous a bien eus, confirma la jeune femme.

Elle scruta son visage pendant ce qui lui parut une éternité, affichant un air qu'il ne parvint pas à déchiffrer.

—J'ai un bouton ? Une tête bizarre ?

—Tu as tous les âges…, répondit-elle, plus grave. Je te vois, avec ton sourire de gosse, ton regard de vieillard, ton corps de jeune homme, et j'aime tout ça à la fois.

Elle fit courir ses doigts sur son visage, se hissa sur la pointe des pieds et, s'accrochant aux épaules d'Idriss, déposa un baiser sur ses lèvres.

—Ici, tu es sûre ? Parce que…

—Chut.

Alors il ne dit plus rien et lui rendit son baiser. Ce fut un baiser si doux et si léger qu'il sembla à Gwendoline qu'elle embrassait un nuage. Ce fut comme si le temps s'était arrêté, comme si la musique s'était tue, comme si le village entier avait été déserté et leur appartenait intégralement. Incapables de se détacher l'un de l'autre, ils se laissèrent aller à la fièvre de se découvrir enfin, s'embrassant encore et encore…

Une fenêtre s'ouvrit brutalement derrière eux.

— Y a des chambres, pour ça ! s'écria Johnny Mansard. Foutez le camp d'ici, c'est dégueulasse.

— Décidément, il est allergique au bonheur, celui-là ! pesta Idriss.

Réalisant qu'il avait gardé un des sacs de neige, il fit un clin d'œil à Gwendoline qui le lui rendit aussitôt, comprenant ses intentions. Ils prirent le temps de modeler de belles boules bien denses, puis, sans sommation, visèrent le vieux grincheux, vidant sur lui leurs dernières réserves avant de s'enfuir sous un tombereau d'insultes, riant comme des gamins.

Deux jours plus tard, Amy Delorgue ne digérait toujours pas le double affront qui lui avait été fait. L'attaque des boules de neige, et surtout la découverte qu'Isaac Karila portait des bouchons pour ne pas l'entendre. Une âme « charitable », trop heureuse de lui ouvrir les yeux sur ses performances, lui avait prêté la cassette de sa prestation, filmée au Caméscope, afin qu'elle mesure l'étendue des dégâts. Et elle était morte de honte. Pire, elle en voulait à Isaac de l'avoir laissée chanter si mal et si faux devant tout le monde. Quel monstre fallait-il être pour la jeter en pâture aux railleries, bien planqué derrière ses protections auditives ? Oui, elle lui en voulait terriblement, pourtant... une petite voix lui soufflait que seul un homme amoureux pouvait faire abstraction des critiques ainsi que de sa propre sensibilité, pour lui offrir le plaisir de se produire. Et si... ? Si ce qu'elle avait interprété comme une forme d'indifférence n'était autre qu'une marque d'affection ? Si toutes ces fois où il s'éclipsait étaient les conséquences d'une timidité qui le terrassait, le rendait incapable de la côtoyer sans rougir ? Elle devait en avoir le cœur net. La vie était trop courte pour passer à côté du bonheur.

Ce vendredi, elle se prépara avec un soin particulier. Elle enfila une élégante robe longue à motifs, déposa quelques gouttes d'un parfum fleuri derrière ses oreilles et à la naissance de ses seins, tartina ses lèvres fines de gloss pour leur donner une apparence pulpeuse. Elle vissa un petit chapeau en feutrine sur sa coupe garçonne, mit un manteau cintré et chaussa ses bottines fourrées, déterminée à surmonter son appréhension, et à faire le premier pas.

Elle arriva tôt sur la place de la Mairie et se posta suffisamment à l'écart pour ne pas avoir à essuyer les moqueries, mais assez près pour ne rien perdre du spectacle. L'attraction du jour impliquait Isaac, et il était hors de question qu'elle ne soit pas aux premières loges.

Bientôt, Samba et son amie s'installèrent devant elle, ce qui ne la dérangeait pas, vu leur taille. Il actionna le frein du fauteuil et se tint à côté de la gamine, dont le sourire semblait manger le visage émacié. De minuscules taches rouges, de la taille d'une tête d'épingle, constellaient ses joues blêmes. Le garçon posa une main sur son bras et la couva du regard, ce qui finit d'attendrir la romantique Amy. Ces deux-là s'étaient trouvés ! La magie de Noël était bel et bien au rendez-vous, prête à exaucer tous les souhaits...

Samba la sortit de sa rêverie.

— J'ai eu peur que tu rates la distribution des cadeaux ! lança-t-il à la Princesse. Pourquoi tu n'es pas venue, hier ?

— Je ne me sentais pas bien, chuchota-t-elle. Je crois que j'ai mangé trop de sucreries.

— Mais tu n'avales quasiment rien...

Il fut interrompu par le vrombissement d'un moteur qui retentit au bout de la rue, emplissant la vallée tout entière. Le volume des haut-parleurs fut poussé au maximum : c'était l'heure. Chevauchant sa moto enrubannée pour l'occasion, Alexandra Lepage avança lentement, vêtue d'un costume de Mère Noël à faire rougir les lutins les plus avertis. Dans le side-car, Isaac Karila, coiffé d'un serre-tête en forme de bois de renne, pressait contre lui une hotte bien garnie.

— Ho, ho, ho ! lança joyeusement la jeune femme, en remontant la rue des Flocons.

Elle se gara au milieu de la place, envoya quelques baisers aux enfants et descendit de sa bécane. Voyant que son compagnon avait du mal à déplier ses longues jambes hors du side-car, elle contourna le véhicule et lui tendit la main pour l'aider. L'homme la saisit et, emporté par son élan, il atterrit dans ses bras. Jusqu'à présent, ils s'étaient efforcés de rester discrets, autant pour se soustraire aux commérages que pour préserver Sophie. Pourtant, pris d'une incontrôlable impulsion, ils s'embrassèrent. Le contact, aussi chaste que bref, suffit à déchaîner la foule qui siffla et applaudit le nouveau couple. Cueillis par les félicitations du public, ils oublièrent un instant leur mission et s'embrassèrent à nouveau, fougueusement cette fois-ci, déclenchant une vague de liesse autour d'eux.

Une personne cependant ne souscrivit pas à l'exaltation populaire. Douchée, Amy quitta les lieux, le dos droit, la démarche digne.

Personne ne remarqua son départ.

La Mère Noël commença la distribution de cadeaux, préalablement collectés par Gwendoline auprès de ses patients de la station. Aucun enfant ne fut négligé, du plus sage au plus dissipé. Samba reçut une balle rebondissante et deux mains collantes, et la Princesse une compilation des plus belles chansons de Disney. Elle tendit la cassette à ses parents qui se tenaient à côté, et glissa quelques mots à l'oreille de son père. L'homme lui sourit gentiment et lança un regard inquiet à sa femme avant de s'adresser à Samba.

— On va te fausser compagnie, mon grand.

— J'ai hâte d'écouter ma musique ! dit la fillette.

— Mais tu viens juste d'arriver ! protesta l'enfant. Tu peux l'écouter plus tard.

— Non, répondit Claire, moi aussi j'ai très envie de l'écouter maintenant.

— On se voit demain, promis ! lui assura la fillette.

— Promis juré ?

— Croix de bois, croix de fer. Pour rien au monde, je ne raterais ce merveilleux hiver !

Chapitre 11

Mais la Princesse ne tint pas sa promesse.

Elle ne reparut ni le lendemain ni les jours d'après.

Une semaine entière s'était écoulée sans que Samba la voie et, peu à peu, le village de l'hiver éternel avait perdu son caractère magique. Les haut-parleurs crachaient une musique mécanique, dont les notes joyeuses giflaient sa tristesse. Il trouvait le carrousel glauque, la mousse sale, les gaufres écœurantes.

Ce matin-là, pelotonné dans son petit lit, le regard dans les nuages, il pleurait en silence, incapable de se lever. Idriss s'assit à côté de lui et lui caressa le visage.

— Pourquoi elle est encore plus malade, papa ? On fait tout ce qu'on peut pour retenir l'hiver !

— Peut-être que l'hiver, c'est autre chose. On s'est imaginé qu'il suffisait de mettre des pulls et de faire de la luge pour le prolonger, mais c'est probablement plus complexe.

— Comment ça ?

— Eh bien, je pense que chaque saison a une personnalité propre, un parfum, une ambiance. Comme l'été et son odeur de terre grillée impossible à décrire à quelqu'un qui ne l'aurait jamais humée.

— Mais ça sent la cannelle et les feux de cheminée ! objecta l'enfant.

— C'est vrai, mon grand. Pourtant, on a beau couper les bourgeons, ils repoussent de plus belle. La nature sait que l'hiver est terminé, je crois…

Samba se redressa et sécha ses larmes. Les sourcils froncés, il planta ses yeux dans ceux de son père.

— On a fait tout ça pour rien ?

— Non, pas pour rien. Pour vous offrir un moment rien qu'à vous. Et également le bien le plus précieux au monde : l'espoir.

— L'espoir, ça sert à rien ! Je suis trop bête d'y avoir cru…

Idriss prit son fils dans ses bras. Contre son corps, il sentit que celui de l'enfant avait gagné en force et en vigueur. Ses membres étaient plus longs, ses muscles plus toniques. Il se préparait, lui aussi, pour la prochaine saison de sa vie.

— Non, Samba. Tu es un idéaliste, comme ton père. Et je te souhaite de le rester toute ton existence, même si ça fait mal, parce qu'un homme sans idéal n'est qu'une machine.

L'enfant ne saisit pas tout à fait le sens de ses paroles. Il comprit cependant que le moment était venu de se lever et d'affronter la réalité.

— Gwendoline est déjà arrivée ?

— Elle nous attend. Mais prends le temps qu'il te faut, répondit Idriss en quittant la pièce.

Samba se réchauffa sous une longue douche et se fit aussi beau que possible. Il enfila un pantalon de velours crème, une chemise à carreaux verte et un pull chocolat, lustra ses boucles serrées, vérifia son haleine, se força à sourire à son reflet, et rejoignit les adultes dans la cuisine. Il avala sa boisson chaude, mais ne put rien manger, sa gorge et son estomac étaient trop serrés.

Gwendoline rabattit le siège passager de sa R5 cabossée, afin qu'il se faufile à l'arrière. La voiture roula dans un silence que personne ne songea à briser. Samba regardait défiler le paysage, tête contre la vitre. C'était la première fois qu'il redescendait de la montagne depuis son arrivée. Ses yeux se portèrent sur le vide à sa droite, un vertige l'obligea à se cramponner à la portière. Son cœur battait à tout rompre, s'emballant sous l'effet de l'angoisse de tomber et celle, encore plus terrible, de ce qu'il allait bientôt découvrir. Quand ils parvinrent à la vallée, il fut saisi par une explosion de couleurs. Des arbres, cernés de fleurs jaunes, tendaient des branches parsemées de bourgeons vers le soleil. C'était magnifique. C'était insupportable. Il ferma les yeux et ne les rouvrit pas avant d'être arrivé.

La voiture s'immobilisa.

Samba franchit l'entrée de l'hôpital dans un état second, guidé par son père et Gwendoline. Il emprunta un ascenseur austère et ressortit dans un couloir peuplé de toux fantômes et d'enfants au crâne chauve.

— Tu es prêt ? demanda la jeune femme.

Il fit signe que « oui » et frappa trois coups à la porte de la chambre numéro 16. Benoît Loiseau lui ouvrit et s'effaça pour le laisser passer. Ses yeux rouges étaient cernés d'un brun profond, trahissant ses longues insomnies. Assise à côté du lit, Claire tenait la main de sa fille, minuscule fée aux cheveux roses perdue dans ses draps pastel. Intimidé, le garçon se figea sur place.

— Samba ! s'exclama la fillette.

Cette voix si mélodieuse, si pleine de vie, il l'aurait reconnue entre mille. Ce n'était pas celle d'une enfant malade, mais bien de sa Princesse des neiges ! Rassuré, il la rejoignit, déposa son petit sac à bandoulière sur une chaise et lui raconta tout ce qu'elle avait manqué, par le menu.

— Kevin s'est cassé le bras en tombant de la luge, alors on a tous dessiné sur son plâtre ! Et aussi, les anciens ont improvisé un thé dansant… même Jojo le Crado a participé et il a valsé avec Amy ! C'est dingue, non ? Peut-être que tous les Johnny savent danser, comme dans *Dirty Dancing*. Ah… et j'ai une surprise pour toi !

Il fouilla sa besace et en sortit un Caméscope avec lequel tous les villageois avaient enregistré un message pour la petite. Samba actionna l'appareil et lui montra l'écran minuscule. On pouvait y apercevoir Charles et Diana, affairés sur le stand de gaufres, le visage rougi par la chaleur et une clope au bec.

— *Tu nous as transmis ta passion pour la cannelle*, dit Diana, les yeux pleins d'amour.

— *Un peu trop !* râla Charles, pour la forme. *Elle en met même dans mes épinards !*

La fillette éclata de rire et leur envoya un baiser de la main.

— Tu leur diras que ça me donne envie d'en manger !

— Beurk ! s'exclama Samba. Pas moyen, c'est trop dégueu, les épinards.

Elle découvrit ensuite Lilas et Ludwig, filant le parfait amour, s'embrassant devant la caméra. La fleuriste avait l'air plus épanouie que jamais.

— *Merci encore d'avoir imaginé ce jeu de piste*, dit l'Allemand.

— *Si c'est une fille, on l'appellera comme toi*, enchérit Lilas en se caressant le ventre.

Elle lança un regard appuyé à son compagnon qui ne saisit pas immédiatement l'allusion. Il la fixa un instant, incrédule, ses yeux sautant de son visage à son ventre.

— *Was ? Du bist…*

— *Oui*, l'interrompit la jeune femme, aux anges. *Je viens de l'apprendre !*

— *Mais c'est merveilleux ! Ma chérie ! Je vais être papa !*

Oubliant complètement la caméra braquée sur eux, ils se jetèrent dans les bras l'un de l'autre, tout à leur bonheur.

— J'y crois pas ! C'est grâce à nous, se réjouit la petite spectatrice. Merci ! Cette vidéo est top.

— Et attends, tu n'as pas tout vu...

De nombreux villageois défilèrent devant l'objectif.

Alex lui délivra un message avec une quinzaine de Chamallows dans la bouche, Amy lui lut un poème sur l'hiver, Jojo le Crado... resta fidèle à lui-même et tourna le dos à l'écran.

— *Je n'ai pas de temps à perdre avec ces conneries, moi !*

Enfin arriva le clou du spectacle. Isaac et Samba se mirent au piano et entamèrent un morceau, accompagnés par la chorale délestée de son coq enrhumé.

Now I've had the time of my life
No, I never felt like this before
Yes I swear, it's the truth
And I owe it all to you
'Cause I've had the time of my life
And I owe it all to you

Émue, la fillette entonna la chanson de *Dirty Dancing*, qu'elle connaissait par cœur.

— Tu comprends les paroles ? demanda-t-elle à Samba.

— Mon père me l'a traduite. Moi aussi, je te dois tout...

Quand le morceau se termina, l'objectif se fixa sur Gwendoline. Elle tendit un pot de fleurs à la caméra, comme si elle voulait le lui donner.

— J'avoue que je n'ai pas capté cette histoire de pot, chuchota le garçon.

— T'inquiète, ça va venir, dit son amie, mystérieuse.

Elle lança un regard appuyé à ses parents.

— Je crois qu'il est temps qu'on les laisse seuls ! dit Claire.

Gwendoline et Idriss s'arrachèrent à grand-peine à cette scène si touchante, mais ils s'éclipsèrent, soucieux de respecter cet instant qui ne devait appartenir qu'à eux. Une fois que tous les adultes eurent quitté la pièce, la Princesse se tourna vers le garçon.

— Samba, dit-elle dans un souffle, c'est la dernière fois qu'on se voit, toi et moi.

Incapable de répondre, il attendit la suite, aux aguets, le cœur battant. Elle étira les lèvres en un de ces sourires mutins auxquels il ne résistait jamais.

— Je vais partir, ajouta-t-elle.

Samba laissa tomber le Caméscope sur le sol. *Partir.* Il ressentit le besoin urgent d'ôter ce pull ridicule dans lequel il étouffait, de déboutonner le col trop serré de sa chemise, de se tenir aux barreaux du lit pour ne pas s'effondrer.

— Mais qu'est-ce que j'ai mal fait ? gémit-il. Pourquoi on n'arrive pas à le terrasser, ton dragon ?

Les larmes aux yeux, elle lui prit les mains. Ses paumes étaient fraîches, alors que lui était en ébullition.

— Parce que c'est un très gros dragon.

— Tu m'as supplié de ne pas t'abandonner et maintenant c'est toi qui veux me laisser tout seul ? Tu ne peux pas mourir, tu n'as pas le droit ! Tu es ma Princesse des neiges et je suis ton chevalier.

Saisie par la violence de son chagrin, la fillette épousseta des miettes imaginaires sur ses draps de coton.

— Qui t'a dit que j'allais mourir ? Je pars juste en Floride, c'est tout.

— Tu vas à Disney World ? demanda-t-il, incrédule.

— Je dois d'abord me rendre dans un autre hôpital, un meilleur qu'ici. Là-bas, il y a un grand professeur qui guérit les enfants comme moi.

— Et après, tu reviendras ?

— Ben non, on va vivre aux États-Unis, banane ! Je parlerai américain et je mangerai des hamburgers, tous les jours. C'est le pays de la liberté ! Tu sais, là-bas, les enfants font tout ce qu'ils veulent. C'est encore plus chouette que le pays de l'hiver éternel.

— Ce ne sont pas des histoires ? Tu me le jures ?

Elle repoussa ses draps et descendit prudemment du lit. Elle flottait dans la petite chemise de nuit jaune pâle brodée de fleurs qui lui collait aux jambes, à chacun de ses pas. Elle se dirigea vers le placard de sa chambre, l'ouvrit, et saisit un objet qu'elle plaqua contre sa poitrine, sans que Samba parvienne à le distinguer.

— Peut-être qu'un jour je reviendrai à Roche-bleue, histoire de voir ce que tu as fait de ton arbre. Genre, dans quatre-vingts ans !

— Mon arbre ? Quel arbre ?

— Celui-ci.

Elle se retourna et lui tendit le pot de fleurs que Gwendoline présentait sur la vidéo. C'était un pot en céramique blanc, dans lequel poussait une tige à peine plus grande qu'un trombone. La Princesse éclata de rire devant son air interloqué.

— Lilas n'a pas réussi à le couper, lui. Tu le reconnais ?

Samba fit signe que « non ». Où voulait-elle en venir ?

— C'est le gland que tu m'as lancé dessus, le jour de notre rencontre… tu te souviens ?

— Oui, mais… tu l'avais ramassé ?

— Tu connais ma manie de tout garder. Je l'ai planté le soir même et il a pris racine, malgré l'hiver. Et moi, je trouve ça magnifique. Tu en prendras soin ?

Samba attrapa le pot, partagé entre des pensées et des sentiments contradictoires. Devait-il faire le choix de croire la nouvelle histoire qu'elle lui racontait ? Devait-il vraiment choyer cet arbre, symbole de leur rencontre, mais aussi de la fin de l'hiver ? Encore une fois, sa Princesse magicienne apporta une réponse à ses questions muettes.

—Quand on ne peut pas retenir l'hiver, il faut accueillir le printemps, Samba... Promets-moi que tu le planteras, le moment venu.

—Je te le promets, dit-il à contrecœur.

—Et promets-moi que tu relâcheras Noisette pour qu'il fonde sa propre famille. Il est assez fort, maintenant.

—Je te le promets, aussi.

Satisfaite, la fillette ouvrit le tiroir de son chevet et prit son petit carnet doré, illustré d'une licorne arc-en-ciel. Elle s'assit en tailleur dans son lit et tapota le matelas.

—Viens...

Tandis qu'il obtempérait, elle fit courir son doigt sur une liste, puis s'arrêta sur la ligne non cochée.

Embrasser un garçon sur la bouche

—Ça ne me dérange plus que tu sois jeune. Tu trouves vraiment ça dégoûtant, toi ? demanda-t-elle, intimidée.

—Non, dit-il, se liquéfiant, je ne crois pas...

Il sourit et, dans un élan qui le surprit lui-même, Samba embrassa la Princesse. C'était davantage une bise qu'un véritable baiser. Mais c'était sur ses lèvres et cela déclencha en lui une explosion d'émotions, de sensations. Elle avait un goût de fraise ! Le garçon oublia où il se trouvait, qui il était. Il resta là, sonné...

Soudain, la fillette éclata de rire, brisant la solennité de l'instant.

—T'as une tronche trop bizarre !

—Bah, tu n'as pas vu la tienne, toi aussi tu es bizarre !

— On est deux bizarres, alors. La Princesse bizarre et son chevalier bizarre.

Cela convenait parfaitement à Samba. Il voulait bien être bizarre avec elle, jusqu'à la fin des temps ! Il lui fit un bisou dans le cou tandis qu'elle cochait sa liste, puis, comprenant que le moment de se dire au revoir arrivait, il la scruta attentivement, essayant de retenir chaque détail de son visage, le petit grain de beauté sur sa pommette droite, les nuances pailletées de ses iris…

— Pourquoi tu me regardes comme ça ?

— Pour être sûr de te reconnaître, dans quatre-vingts ans.

— Alors laisse-moi aussi te graver dans ma mémoire, dit-elle en attrapant sa tête entre ses mains.

Ils se fixèrent quelques secondes, émus, riant un peu bêtement pour conjurer leur gêne. Puis elle lui adressa un sourire fatigué et se recoucha dans le lit, à bout de forces.

— Avant que je parte, murmura-t-il d'une voix étranglée, il y a une chose que tu ne m'as jamais dite et que je n'ai pas osé te demander…

— Comment je m'appelle ?

— Oui.

— Je l'ai écrit sous le pot.

Samba saisit fébrilement l'objet et le brandit au-dessus de sa tête, se contorsionnant pour déchiffrer l'inscription au feutre. La Princesse avait dessiné un cœur entourant leurs deux prénoms.

Il les contempla un moment, et sourit.

— Pour moi, c'est le prénom d'une vraie princesse.

Épilogue

Le vieil homme marque une pause. L'écho de sa voix résonne une poignée de secondes dans le silence de l'hiver, avant d'être remplacé par les bruits de la nature. Ici, un paquet de neige se détachant d'un arbre, là le chant d'un oiseau impatient de voir le printemps arriver. Il parvient également à percevoir le parfum des feux de cheminée dans l'air encore piquant de mars, à apprécier la morsure d'un froid pas tout à fait résolu à rendre les armes.

— C'est ainsi que se termine l'histoire qui a changé la vie du jeune Samba, dit-il en caressant la joue de sa petite-fille. Cet hiver-là, la Princesse l'a sauvé de bien des façons. Elle a sauvé la relation avec son père, elle a ouvert son cœur, lui a montré qu'il avait sa place, ici.

— Mais après, papy ? demande la fillette. Tu as fait quoi ?

— J'ai planté le gland dans la clairière des amoureux.

Samba avait attendu son dixième anniversaire, pour le faire. Ce 21 mars à la fois haï et redouté, parce que c'était le jour du printemps.

— Ici ? dit la gamine, surexcitée.

— Ici. Un an plus tard, nous avons quitté Roche-bleue. Mon père voulait refaire sa vie dans un endroit qui n'appartiendrait qu'à nous. Il a épousé Gwendoline…

— Le docteur Canon ! éclate-t-elle de rire.

— Le docteur Canon. Et puis, nous sommes tous allés en Bretagne.

— Avec ta mamy Diana et ton papy Charles ?

— Oui, ma grande.

— La maire a dû être triste que vous partiez !

— Un peu, mais tu sais, d'autres sont restés. Gwendoline s'est trouvé une remplaçante qui a fait toute sa carrière à Roche-bleue. Quant à nous, nous étions tellement heureux de fonder cette nouvelle famille !

Bien sûr, toutes les personnes qu'il avait appris à connaître lui avaient terriblement manqué, au début. Mais il avait emporté un peu de chacun avec lui, comme autant de petites graines ne demandant qu'à germer. Le romantisme de Ludwig, la capacité à se réinventer de Lilas, la générosité de ceux qui avaient osé se lancer dans un pari fou, parce que deux enfants étaient tombés amoureux… Samba avait eu la joie d'apprendre que Kevin avait été sélectionné pour jouer dans une équipe de foot régionale, qu'Amy avait quitté Roche-bleue et n'était plus un cœur à prendre, ou encore que Jojo le Crado… était demeuré Jojo le Crado, fidèle à la teigne qu'il avait toujours été, jusqu'à son dernier souffle.

Isaac et Alex, dont la famille s'était agrandie avec la naissance de leurs jumelles, avaient passé tous leurs étés en Bretagne, et les fous rires tonitruants du musicien et de son ami étaient entrés dans la légende. De son professeur, Samba avait hérité un goût immodéré pour le jazz, et quelques techniques de séduction qui lui avaient été fort utiles, quand il avait rencontré celle qui était devenue sa femme. Il avait donné son prénom à son fils, et à sa fille, celui de…

— La Princesse, elle a été guérie ? s'inquiète la petite.

Personne n'avait eu le fin mot de l'histoire. Les Loiseau s'étaient envolés quelques jours plus tard, et n'avaient jamais envoyé de nouvelles. Certains s'étaient imaginé que le couple avait tout vendu pour que leur fille passe ses derniers instants à Disney World, d'autres qu'ils avaient réussi à lui faire intégrer une thérapie expérimentale, d'autres encore pensaient qu'elle n'avait jamais quitté l'hôpital... Samba n'avait jamais eu le courage de vérifier.

— J'ai fait le choix d'y croire, ma grande, de me dire qu'elle était guérie et qu'elle vivait dans un pays où l'on est libre de manger des hamburgers à tous les repas.

— Mais tu n'es jamais revenu ici, au cas où ?

— Bien sûr que si ! Et toujours au printemps...

Il était venu, le jour de ses onze ans, pour s'assurer que la jeune pousse s'en sortirait sans lui, et pour dire au revoir à Noisette. Le jour de ses quinze ans, accompagné d'Idriss et de Gwendoline, ainsi que de son petit frère. L'arbre allait bientôt le dépasser. À trente-deux ans, avec Emma, sa tendre épouse, qui chérissait cette histoire autant que lui. Le chêne se dressait, majestueux, offrant son ombre fraîche aux amoureux en été, les abritant des intempéries, pendant les mauvaises saisons.

— Une fois, j'ai cru apercevoir la Princesse, de l'autre côté de la clairière...

À soixante ans, peu après le décès d'Emma, il lui avait semblé la reconnaître, derrière un buisson.

— ... mais ce n'était qu'une biche.

À l'hiver de sa vie ne restent à Samba que ses souvenirs. Des noms qu'il est le seul à connaître et quelques clichés jaunis, usés à force d'avoir été regardés. Un beau blond vidant de la neige dans un réfrigérateur. Une petite brune coupant les bourgeons des arbres, la mine coupable. Une femme aux yeux exorbités et aux veines dilatées, au milieu d'une chorale. L'escouade des flocons vénères, au garde-à-vous. Un vieil homme à l'air mauvais, posant, pinceau à la main, devant un trompe-l'œil. Ses chers Charles et

Diana s'affairant au stand de gaufres, la clope au bec. Son visage déformé par la surprise quand la Princesse l'avait embrassé sur la joue... Son père avait toujours eu un don pour saisir l'essence de ses modèles. Il avait fini par en faire son métier, encouragé par Gwendoline qui était restée sa première fan.

Samba sourit à l'évocation de ces précieux moments. Il sourit, bien qu'il sache que ce pèlerinage sera le dernier, qu'il ne reverra plus son arbre. Il sourit et attrape sa canne d'une main à la peau fine comme du parchemin, soucieux d'honorer, une ultime fois, la mémoire de sa Princesse, résolu à la guetter parce qu'elle a suggéré qu'elle reviendrait peut-être, dans quatre-vingts ans. Il prend appui sur le pommeau, se lève péniblement de son *carrosse*, embrasse sa fille ainsi que sa petite-fille, avance un pied dans la neige, glisse, tangue.

— Fais attention, papa ! Laisse-moi au moins venir avec toi. Tu n'es pas en état de...

— Je peux encore aller saluer mon arbre tout seul ! bougonne-t-il en s'éloignant.

Le chêne l'attend, immense, sublime, éternel. Un pas après l'autre, Samba chancelle jusqu'à lui. Enfin, il l'étreint, le caresse, comme il le fait chaque fois.

— Salut, vieille branche, tu m'as manqué. Des nouvelles de la dynastie Noisette ?

Une rafale agite les branches de l'arbre, dispersant de la neige tout autour du vieillard. Il se trouve éclaboussé, cerné de flocons virevoltants. Il tire la langue pour les goûter, est pris d'une violente quinte de toux qui le secoue telle une marionnette folle, se ressaisit et recommence en se marrant comme le gosse qu'il était, il y a quelques saisons de cela. Il lui semble que c'était hier, qu'il serait encore capable de dévaler les rues sur une luge à roulettes, d'escalader une échelle de corde pour se faufiler dans une cabane aux allures de palais, d'incarner un Requin avec sa petite amoureuse…

Le souvenir de leurs jeux d'enfants le transporte, lui fait perdre la notion du temps, de l'espace. Lui arrache une larme qu'il ne songe pas à écraser. Sa vue est troublée.

Soudain, il distingue une silhouette, à l'autre bout de la clairière. Le brouillard la rend floue, il la voit à peine. Est-ce une silhouette de femme ? Celle d'une petite fille ? Ou bien juste un mirage…

Le vieil homme plisse les yeux et place une main en visière sur son front. Il lui semble reconnaître quelques détails. Sa poitrine se serre, il a le souffle coupé… et, brusquement, il éclate en sanglots. C'est *elle*.

— Ma Princesse ! Ma petite Princesse des neiges ! Tu es venue ! Attends-moi, j'arrive…

Alors, comme par magie, la peine et le poids des années s'évaporent dans l'air frais de mars.

Samba lâche sa canne, car un enfant n'en a nul besoin.

Et, un sourire aux lèvres, il la rejoint.

Remerciements

Il y a bien longtemps que je porte l'histoire de cette petite princesse des neiges en moi. J'en ai été le premier témoin, j'en suis aujourd'hui la passeuse… J'espère qu'elle vous touchera autant qu'elle m'a émue.

Je tiens à remercier celles et ceux qui ont permis qu'elle voie le jour, qui m'ont offert la possibilité de la faire exister sur quelques pages.
Merci aux « vrais » Samba et Idriss sans qui l'histoire de la Princesse aurait été incomplète. Merci pour le regard doux que vous avez porté sur cette histoire.
Merci à vous, chère Josette Saudet, ma merveilleuse institutrice grâce à qui j'ai pu sauter une classe, dans mes très jeunes années. Sans votre intervention, je me serais cruellement ennuyée ! Merci de maintenir ce joli lien épistolaire avec moi, plus de quarante ans après. Chaque Noël je guette votre courrier, et je souris en le lisant. Je voulais vous rendre un petit hommage en donnant votre nom à un personnage. J'espère vous avoir fait sourire, vous aussi.
Merci à toi, Loïc, d'être encore et toujours mon ami, sans que je comprenne vraiment ce que j'ai fait pour mériter ce cadeau précieux. Merci pour ta relecture éclairée, pour le fou rire quand je t'ai demandé comment tu résumerais cette histoire, à ma place. Tu ne m'en voudras pas, j'espère, mais je n'ai pas retenu ta proposition !
Merci à toi, Grégor, d'avoir relu mon manuscrit, et désolée de t'avoir mis dans cet état. Je ne m'étais jamais fait engueuler comme ça par un lecteur, et crois bien que, malgré ma compassion, j'ai été très heureuse de te voir autant pleurer. Oui, les autrices sont parfois sadiques.

Merci à vous, Claire Deslandes et Julia Leloup, pour votre lecture bienveillante et rigoureuse. Vous savez l'importance que ce roman a pour moi, pourquoi il m'était nécessaire que vous soyez sans pitié. Merci de l'avoir été (j'espère !).
Merci à Juliette Kobusinski, correctrice aussi rigoureuse que pédagogue. Vos remarques pertinentes et toujours bienveillantes m'ont été extrêmement précieuses. Vous faites un travail remarquable et essentiel, et je déplore qu'il soit si peu souvent crédité et demeure méconnu des lecteurs. Alors encore une fois, merci.
Merci à vous Athénaïs Boudignon, Marina Massarutto, Joann Plusalainet, Florence Prévoteau, pour votre patience, votre gentillesse et vos précieux retours sur la couverture de ce livre. Votre soutien et vos remarques argumentées m'ont donné de la force et portée jusqu'à ce joli résultat que nous avons unanimement embrassé.
Merci à vous, chers lecteurs sans qui rien de tout cela ne serait possible. Merci de me suivre dans ce virage à cent quatre-vingts degrés ; on est très loin de *Sa vie dans les yeux d'une poupée*, n'est-ce pas ? Mais, vous le savez, je suis incapable de tricher, de nier qui je suis ou qui je deviens... et j'aime me diriger vers de belles histoires plus lumineuses, vous faire ressentir toujours plus d'émotions. Alors voilà, je ne dis pas qu'il n'y aura plus de noir, de thriller, mais il y aura aussi de la lumière, désormais, et des histoires douces-amères comme celle que vous venez de lire. Merci aussi à vous qui me découvrez à travers *Retenir l'hiver*, j'espère que ce roman signera le début d'une longue et belle histoire entre nous.

Enfin, plus que par un merci, c'est par un pardon que je vais conclure.
Ce pardon, il est pour toi, Marie-Thé. Si tu as inspiré un personnage de *Capucine Ladouce*, c'est de *Retenir l'hiver* dont je souhaite

te parler. Je te l'avais raconté, il y a des années, et tu as tout de suite adoré. Cette histoire t'a touchée, tu voulais la lire, et je ne compte plus les fois où tu m'as pressée de l'écrire, avant qu'il ne soit trop tard pour toi. Hélas ! Le temps de l'écriture ne s'accommode guère de nos impatiences, et ce roman n'était alors pas assez mûr pour être cueilli, je ne me sentais pas capable de l'écrire, juste d'en rêver, de m'y projeter un peu, de le raconter aux proches de confiance, de guetter leur réaction.
Il existe, à présent. Et malheureusement, tu es *partie*. Pardon de ne pas avoir pu le sortir avant. J'espère juste qu'il saura te trouver, où que tu sois, et que tu souriras, lâchant de ta voix pointue : « Eh bien, j'ai cru qu'il n'arriverait jamais ! »

Vous l'avez sans doute compris, certaines répliques sont empruntées au film *Dirty Dancing*. Ardolino, E. (Réalisateur), Gottlieb, L., Bergstein, E., Cannold, M., Reuther, S. & Bachrach, D. (Producteurs). (1987). *Dirty Dancing* [Film]. Great American Films Limited Partnership et Vestron Pictures.

Achevé d'imprimer en septembre 2024
Par CPI Brodard & Taupin à La Flèche
N° d'impression : 3057879
Dépôt légal : octobre 2024
Imprimé en France
38122765-1